王建生・著

鏤金錯采的藝術品——索引本評校補

麝塵蓮寸集

光緒庚寅秋

麝塵蓮寸集

門人吳爾寬署

麝塵蓮寸集卷一

績谿汪淵時甫

休甯程淑繡橋

蒼梧謠

瞞。折得。梅花。獨。自看。無人。覺。翠袖。怯。天寒。

瞞陸游妻唐氏釵頭鳳　折潘汾南鄉子　無范成大秦樓月　翠晁无咎生查子

赤棗子

風淅淅。月朦朧。鞦千人散小庭空。麝指暗思花下約。假山西畔藥欄東。

風曾紆謁金門　月李珣酒泉子　秋韓克丑葉黃　麝孫光憲浣溪沙　假司空圖酒泉子

抛毬樂

卷之

自序

這本索引本評訂、點校、補正《麝塵蓮寸集》的出版，有些「奇遇」。《麝塵蓮寸集》是汪淵集句，其妻程淑校注。王易《詞曲史》認為這部集句書，「集宋元人詞句得詞二百餘首，工麗渾成，亦詞家之別開生面者。」（台北：洪氏出版社，頁486，1981年1月）看來，這部集詞，應會流傳後代。原先，我撰寫《蕭繼宗先生研究》，是一部綜合性研究的書，包括對蕭繼宗先生生平、時代環境、蕭先生學術著作、古典詩詞、文藝創作等方面的研究。其中一章，是探討蕭先生詞與詞學研究。因為蕭先生著作中，有一部評訂《麝塵蓮寸集》（台北：聯經出版社，1978年6月），蕭先生在該書〈自序〉中說：「如果《四庫全書》收了《麝塵蓮寸集》，那麼，當他們執筆寫《香屑集》（黃之雋）〈提要〉的時候，恐怕就不會慷慨地用『後無來者』四個字了。」（頁 18）。由於《四庫全書》來不及收錄，否則，真正詞句集「後無來者」的應當是《麝塵蓮寸集》。他又說：「像《麝塵蓮寸集》這樣的一部集句詞，……我們把它當作一件極精緻的「鏤金錯采」的藝術品去欣賞，是最適當不過的。……在古代，有些巧匠，不惜窮年累月，嵌珠鑲鑽作成一件藝術品，實際毫無用處，但仍然價值連城。」（頁19）。這本《麝塵蓮寸集》就是鏤金錯采的藝術品，價值連城。

探討蕭先生詞學研究，搜集資料時，發現有許振軒、林志術點校的《麝塵蓮寸集》（安徽文藝出版社，1989年2月）。因為手邊沒有這本書，透過東海大學圖書館參考組蘇秀華小姐等館際合作，向台北國立藝術大學圖書館借得。評訂本與點校本《麝塵蓮寸集》出版時間相差十一年，而評訂本重在「評訂」，許振軒先生曾說是「生花妙筆的評訂」，而且「所評至當」。許、林點校本重在「校勘」，花費很多工夫。然而，

「蕭先生的評訂本有評訂而無點校」，而許、林點校本「有點校而無評訂」，許先生有「合之雙美」、「離之兩傷」的感慨。

由於撰著《蕭繼宗先生研究》，在作蕭先生評訂《羼塵蓮寸集》研究時，計畫將二書的優點合一。也就是「合之雙美」的想法，把「評訂」「點校」（尤其校勘）合一，並作「補正」，補這兩本書尚有差異之處，核對《全宋詞》資料，端正其正譌。也為了方便讀者檢索，在書末作了「索引」，使這本書在文學藝術上有其「獨立性」、「完整性」、「完美性」。真正達到鏤金錯采的藝術品，因以為書名。也算是對於古典文學，或者對學術研究，盡一分棉薄之力。對於喜好詞的同好，或者研究詞的朋友，此書的出版，帶來福音。書中，除汪淵夫婦集句外，有蕭先生評訂，許先生夫婦點校，還有個人補正及索引的工夫，使這本書也具「實用性」。特別要感謝東海大學洪培雅同學（今為中山大學碩士班研究生），以工讀方式幫我打字、協助查對《全宋詞》資料等等，備極辛勞，十分感激。

至於本書的體例，汪淵所集《羼塵蓮寸集》，以台北聯經出版社出版為主，書中所言卷頁，即指此本。又有所謂蕭先生「自存」本，是整理其書籍，蕭先生評訂本存書，中有紅筆改正本。蕭先生評訂部分，簡稱「蕭評」，許振軒、林志術點校部分簡稱「校勘」。個人補正部分簡稱「生補正」。由於許、林《點校》本，與蕭先生《評訂》本，每闋詞都是在同一卷，所以，《點校》本只注頁碼，不再註明卷數。「索引」部分，依詞調筆劃排列，便於讀者檢索。

最後感謝秀威資訊科技公司協助出版。

王建生

大度山九月

汪序

綴詩葩於《香屑》，黃集名奇；考詞譜於《碎金》，謝家派別。若云合璧，亦自殊科。陰陽平之清濁易淆，長短句之鉤連難密。梁安汪子詩圃，精研六律，上溯八叉。綴蠟為珠，調鯖作饌。雲機織就，五銖無縫之衣；月斧修成，七寶廣寒之殿。斯誠極遊戲之能事，而殫襞績之苦心矣。僕昔在金陵，逮事湘鄉。曾集宋詞，以當鐃吹。見獵心喜，開函意移。琴百衲而絃（弦）調，谷萬花而錦燦。鉤心鬥角，堪附目錄總集之餘；摘艷熏香，合登《樂府雅詞》之首。（曾慥編《樂府雅詞》，卷一則收《調笑》集句，故云。）光緒己丑（十五年，1889）暮春歙汪宗沂於西溪之弢廬。

程序

自魯直和半山之詠，子諲綴二老之章，集詞之興，溯源已遠。若乃擷羣言之芳潤，獨妙攢花；萃百氏之宮商，罔差累黍。辭皆霏玉，句盡碎金。則斆詩體之掚搘，窮文心之狡獪，固知集狐而腋非止一，食雞而蹠必盈千矣。吾邑詩圃汪子，譽擅龍雕，詞工獺祭。弓衣繡徧，早飲香名；井水歌來，爭傳雅什。猶復排比新聲，貫穿舊闋。章分雲漢，義協風騷。逸韻如生，味逾釀花之蜜；覃思見巧，詣極刻棘之猴。此火龍黼黻之彰施，異紫鳳天吳之顛倒者也。釗笛裏尋聲，花閒按譜。未借他人杯酒，塊壘難澆；誰知無縫天衣，鍼綫盡滅。而是編織九張機之錦，穿一絡索之珠。藝苑聲蜚，旗亭唱發。引商刻羽，勝胡笳十八之拍辭；錯彩鏤金，陋樂府九重之《調笑》。光緒辛卯（十七年，1891）春，同邑程秉釗序。

程序

詞之集句，濫觴坡谷荊公，及《九重樂府》之《調笑》。至國朝朱氏竹垞，柴氏次山輩，而調始繁。然皆集唐詩為之，非集詞句也。集詞為詞，則始自《金谷遺音》，而萬氏紅友，江氏橙里，遙為繼起。顧萬僅自壽數短闋，江僅集《山中白雲（雪？）》一卷。欲求慢令具備，多至二三百闋者蓋寡。我詩圃夫子心嗛焉。因就所見諸詞，掇其菁英，比其節奏，成《麝塵蓮寸集》四卷。今觀其句偶之工，聲律之細，氣格之渾成，一一如自己出，殆所謂人巧極而天工錯者乎！淑來歸夫子時，見所刊自著《藕絲詞》，喜雒誦之，而於是編尤愛不忍釋，爰為詳訂出處，務使撰者不欺，讀者有考。庶是集一出，得竟坡谷諸賢未竟之緒，而為古今集詞之大觀也夫。光緒庚寅（十六年，1890）春程淑繡橋譔。

譚序

夫擣麝成塵，芳馨之性不改；拗蓮作寸，高潔之致長留。五金同鑪，千絲成錦。是謂妙手，是謂匠心。然而古詩百一，寓言十九。修辭者意內而言外，尚友者誦詩而讀書。唐堂《香屑》之千篇；竹垞《蕃錦》為一集。此空中語，作如是觀。疇昔皖公山下，得讀《藕絲詞》卷，未詳名輩，望若古人，繼知並世之賢豪，有此軼羣之浩唱，心儀目想，閱歲經年。辱示新編，並聆寄語，乃知千雲一色，無閒于山川；八音成聲，遙同夫琴瑟也已。杭州譚獻譔。

目　次

《麝塵蓮寸集》卷一

蒼梧謠（卷 1 頁 1）

瞞陸游妻唐氏〈釵頭鳳〉。折得梅花獨自看潘牥〈南鄉子〉。無人覺范成大〈秦樓月〉，翠袖怯天寒楊無咎〈先查子〉。

蕭評：

此詞中最短之調，亦最難著筆。大抵以第一字為全篇主腦。此首從「瞞」字立幹，繼之以「獨自」、「無人覺」等字，烘托「瞞」字，結句用空谷佳人詩，亦取「幽居」之意，結構極見謹嚴，豈隨意拼湊者所可比耶？

許、林校勘（頁 1）**：**

〔折〕[1]此詞別誤作周邦彥詞，見《草堂詩餘雋》卷四。〔翠〕「天寒」一作「春寒」。

生補正：

「翠袖」句，〈先查子〉應作〈生查子〉。《全宋詞》[2]作〈生查子〉（第二冊，頁 1201）。

---

1 〔折〕，指「折得梅花獨自看」句。許振軒、林志衡點校《校勘》本（安徽文藝出版社，1989 年 2 月）以該詞第一字「」代表該句。以下皆如此，不贅。

2 唐圭璋編《全宋詞》，北京：中華書局出版，共五冊，1965 年 1 月。下面

赤棗子（卷 1 頁 1）

風淅瀝曾紆〈謁金門〉，月朦朧李珣〈酒泉子〉。秋千人散小庭空陳克〈豆葉黃〉。麬指暗思花下約孫光憲〈浣溪沙〉，假山西畔藥欄東司空圖〈酒泉子〉。

蕭評：

此首粗看似亦平平，而集者精神全注於「暗思」二字，月色取其朦朧，庭園取其幽寂，假山藥檻，又取其深邃，非徒然也。

許、林校勘（頁 2）**：**

〔假〕「藥欄」一作「藥闌」。

抛毬樂（卷 1 頁 2）

偷眼暗形相溫庭筠〈南歌子〉，纖腰束素長尹鶚〈江城子〉。淺妝眉暈軟李肩吾〈風流子〉，私語口脂香周邦彥〈意難忘〉。把酒來相就呂本中〈生查子〉，溫柔和醉鄉孫惟信〈阮郎歸〉。

蕭評：

第五句集得極妙，無此語則句結便無著落也。

生補正：

第五句集得極妙，此點睛法。

引《全宋詞》皆據此本，不贅。又，《全宋詞》若未收該詞，則不錄。

三臺令（卷1頁2）

無語姜夔〈側犯〉，無語謝懋〈石州慢〉，愁到眉峯碧聚毛滂〈惜分飛〉。畫樓紅溼斜陽翁元龍〈水龍吟〉，南浦鶯聲斷腸溫庭筠〈清平樂〉。腸斷歐陽炯〈定風波〉，腸斷晁補之〈調笑〉，誰道湔裙人遠王沂孫〈南浦〉。

蕭評：

「無語」及「腸斷」皆疊句，而各有出處；「南浦」句接合極妙，不獨風致佳也。

許、林校勘（頁3）**：**

〔無〕〈石州慢〉一作〈石州引〉。

生補正：

集的好，雖疊句，出處不同。

薄命女（卷1頁3）

春幾許張翥〈謁金門〉？誤我碧桃花下語康與之〈玉樓春〉。此恨知無數辛棄疾〈卜算子〉。　　細草孤雲斜日陳克〈謁金門〉，短艇淡烟疏雨王之道〈如夢令〉。門外畫橋寒食路謝逸〈玉樓春〉，歸雁愁邊去曹組〈點絳脣〉。

蕭評：

起二語透入一層，逕抒心曲；第三句承上兼領起孤雲，短艇，畫橋等回憶；末句，更結得無可奈何，佳製也。

許、林校勘（頁 3）**：**

〔誤〕〈玉樓春〉一作〈玉樓春令〉。〔此〕此詞又別作曹組詞，見《陽春白雪》卷四。〔細〕此詞又誤作俞克成詞，見《類編草堂詩餘》卷一。〔歸〕「愁邊去」一作「愁還去」。

生補正：

「春幾」句，「幾」《校勘》本作「几」字。「此恨」句，「無」《校勘》本作「无」，《全宋詞》作「無」（第三冊，頁 1937）。[3]蕭先生分析全篇章法、結構，起二語、第三句，以後第四句（孤雲）、第五句（短艇）、第六句（畫橋）、末句……更結得無可奈何。等等，論析精闢。

薄命女（卷 1 頁 3）

春睡覺李後主〈阮郎歸〉。帳裏熏鑪殘蠟照鄭僅〈調笑令〉。耿耿東窗曉仇遠〈生查子〉。　　夜月一簾幽夢秦觀〈八六子〉，長日一簾芳草張炎〈一萼紅〉。別院海棠花正好陳允平〈玉樓春〉。寒蝶尋香到吳文英〈點絳脣〉。

蕭評：

起二句由宵達旦，寫來極有層次；下二句係由前語中抽出，寫足閨情。結語暗示花好亦徒然，僅贖寒蝶尋芳，凄單同命也！

3　《校勘》本部分簡體字容易辨識，「補正」未收錄。

許、林校勘（頁4）：

〔春〕「春睡覺」一作「佩聲悄」。〔帳〕〈調笑令〉一作〈調笑轉踏〉。

生補正：

「熏鑪」，許、林《校勘》作「熏爐」，《全宋詞》作「熏爐」（第一冊，頁445）。又，蕭先生論析全詞極有層次。

怨回紇（卷1頁3）

斜撼珍珠箔馬莊父〈海棠春〉，低傾瑪瑙杯毛文錫〈月宮春〉。淚沾紅袖黦韋莊〈應天長〉，恨寫綠琴哀蔡伸〈水調歌頭〉。　風靜林還靜徐俯〈卜算子〉，雁來人不來溫庭筠〈定西番〉。亂蛩疏雨裏吳文英〈齊天樂〉，清漏玉壺催康與之〈憶少年〉。

蕭評：

此首極見對仗之工——對仗中亦有章法。一氣呵成，起結仍對，所以為工也。

許、林校勘（頁4）：

〔斜〕馬莊父名子岩。〔風〕此詞誤入李呂《澹軒集》卷四。又為道家附會作呂岩詞，見《純陽真人文集》卷八。〔低〕「瑪」一作「馬」。〔清〕〈憶少年〉一作〈憶少年令〉。

生補正：

「淚沾」句，「淚」字，《校勘》本作「泪」。

點絳脣（卷 1 頁 4）

挑菜初閒陸游〈水龍吟〉，曲屏香煖凝沈炷李甲〈八寶妝〉。恨烟顰雨張輯〈祝英臺近〉，猶記銷魂處張震〈蓦山溪〉。　燕子來遲吳元可〈采桑子〉，誰聽喃呢語辛棄疾〈生查子〉？空愁竚戴山隱〈滿江紅〉，彩箋無數袁去華〈劍器近〉，題徧傷春句高觀國〈卜算子〉。

蕭評：

妙在結語，喚醒全篇，頓覺好語如珠。

許、林校勘（頁 4）**：**

〔曲〕此詞為劉燾詞，見《樂府雅詞拾遺》卷上。《詞綜》誤作李甲詞。又誤入李呂《澹軒集》卷四。〔猶〕「猶記」一作「曾記」。

生補正：

「挑菜」句，「閒」《校勘》本作「閑」，《全宋詞》作「閑」（第三冊，頁 1600）。「曲屏」句，「煖」《校勘》本作「暖」，《全宋詞》作「暖」（第二冊，頁 692）。「猶記」句，「銷」《校勘》本作「消」，《全宋詞》作「銷」（第三冊，頁 1851）。「誰聽」句，「喃呢」《校勘》本作「呢喃」，《全宋詞》作「呢喃」（第三冊，頁 1926）。「彩箋」句，「無」《校勘》本作「无」，《全宋詞》作「無」（第三冊，頁 1498）。「題徧」《校勘》本作「遍」，《全宋詞》作「徧」（第四冊，頁 2361）。又按：蕭先生云，妙在結語，此亦為龍點睛。

點絳脣（卷 1 頁 4）

敲碎離愁辛棄疾〈滿江紅〉，落花門巷家家雨周密〈鷓鴣天〉。送春歸去周紫芝〈千秋歲〉，春在冥濛處蔣捷〈虞美人〉。　　漸理琴絲唐藝孫〈齊天樂〉，有恨和情撫魏承班〈生查子〉。憑誰訴馮去非〈點絳脣〉？滿懷離苦周邦彥〈解蹀躞〉，夢斷聞殘語郭從範〈念奴嬌〉。

蕭評：

此首前半一氣呵成，自是佳妙；後起「漸理」二字與前段意不相屬，微覺遜色，不如依周邦彥〈大酺〉改為「潤逼」二字，與前後段春雨冥濛光景，緊接度過。又「憑誰訴」三字，係集自〈點絳脣〉本調，於例欠合，鄙意擬用方千里〈垂絲釣〉中「人何許」三字似較勝。

許、林校勘（頁 6）**：**

〔夢〕郭從範名世模。

生補正：

「送春」句，「歸去」《校勘》本作「歸處」，《全宋詞》作「歸去」（第二冊，頁 892）。如依《校勘》本，則上下句皆有「處」字，不妥。

點絳脣（卷 1 頁 5）

風拍疏簾邵亨貞〈祝英臺近〉，夜香燒短銀屏燭吳文英〈醉落魄〉。晚涼新浴蘇軾〈賀新郎〉，小枕欹寒玉王觀〈雨中花〉。　　厚約深盟沈公述〈念奴嬌〉，白紙書雖足陳亞〈生查子〉。從頭讀辛棄疾〈滿江紅〉，自憐幽獨周邦彥〈大酺〉，月轉廻廊曲陳允平〈六幺令〉。

蕭評：

首句四字，極力為次句「燒短」二字作勢。後半一氣貫注，「難足」二字，正從「厚」，「深」二字生出，極見鍼線工夫。

許、林校勘（頁 7）**：**

〔小〕〈雨中花〉一作〈雨中花令〉。〔厚〕此詞《京本通俗小說・西山一窟鬼》誤作沈文述詞。

生補正：

「月轉」句，「廻」字《校勘》本作「回」，《全宋詞》作「回」（第五冊，頁 3126）。

菩薩蠻（卷 1 頁 5）

牡丹忽報清明近姚雲文〈蝶戀花〉，夢回鴛帳餘香嫩趙鼎〈點絳脣〉。休去倚危闌辛棄疾〈摸魚兒〉，有人愁遠山黃庭堅〈阮郎歸〉。紫簫吹散後張孝祥〈木蘭花慢〉，月上鵝黃柳李彭老〈生查子〉。何處問鱗鴻潘元質〈玉胡蝶〉，燈前書一封胡翼龍〈長相思〉。

蕭評：

兩結呼應，毫無牽強之處。

許、林校勘（頁 8）**：**

〔休〕「危闌」一作「危樓」。〔有〕「愁遠山」一作「思遠山」。〔何〕潘元質名汾。

菩薩蠻（卷1頁6）

傷春玉瘦慵疏掠向子諲〈梅花引〉，帶圍寬盡無人覺范成大〈春樓月〉。把鏡近檐看胡翼龍〈少年游〉，愁盈鏡裏山魏子敬〈生查子〉。　水晶簾不下晁補之〈洞仙歌〉，雙燕還來也賀鑄〈清平樂〉。有意送春歸釋如晦〈卜算子〉，綠陰鶯亂啼蘇庠〈阮郎歸〉。

蕭評：

簾卷燕還，春歸鶯送，正是兩重境界。

生補正：

許、林《校勘》本在頁9，與蕭先生所用本子前後次序不同。又，「帶圍」句，「春樓月」，「春」應作「秦」字，《全宋詞》作「秦」（第三冊，頁1615）。「雙燕」句，「還」《校勘》本作「歸」，則二句有歸字，《全宋詞》作「還」（第一冊，頁537）。又，本闋言雙燕來迎春，鶯啼春去。

菩薩蠻（卷1頁6）

東風不放珠簾卷錢𠆤孫〈踏莎行〉，暮烟衰草黏天遠盧祖皋〈水龍吟〉。愁損倚闌人鄭子玉〈木蘭花慢〉，能消幾度春王從叔〈阮郎歸〉。　舊巢無覓處李好古〈謁金門〉，燕子雙雙語周紫芝〈生查子〉。悠蕩碧雲心趙君舉〈少年游〉，楊花吹滿襟徐照〈阮郎歸〉。

蕭評：

「悠蕩」二句，神魂飛越，意境絕佳，不獨全篇語意鉤連緊密已也。

許、林校勘（頁 7）**：**

〔愁〕〈木蘭花慢〉應作〈八聲甘州〉。〔舊〕此詞《貴耳集》又作衛元卿詞，《花草粹編》卷三又作李好義詞。〔悠〕趙君舉名子發。

生補正：

「東風」句，「錢宀孫」之「宀」《校勘》本作「山」，《全宋詞》作「宀」（第五冊，頁 3174）。「能消」句，「幾」《校勘》本作「几」，《全宋詞》作「幾」（第五冊，頁 3555）。「舊巢」句，「無」《校勘》本作「无」。又，本詞意境好，如蕭先生言。

菩薩蠻（卷 1 頁 6）

捲簾人出身如燕黃時龍〈虞美人〉，橫波停眼燈前見譚宣子〈漁家傲〉。髩鬅去年時方君遇〈風流子〉，花枝難似伊歐陽修〈長相思〉。　香篝熏素被周邦彥〈花犯〉，步障搖紅綺張先〈碧牡丹〉。幽夢費重尋黃簡〈眼兒媚〉，無人知此心孫光憲〈河傳〉。

蕭評：

簾間出燕，燈下橫波，是何等風光！寫俊俏女郎，呼之欲出。使作者不明標集句，直疑其為自作矣。「香篝」二句，偶作對仗，亦復甚工。後結「重尋」二字，即點明前結「去年」字，「髩鬅」句正是首兩句之補筆也。

許、林校勘（頁 9）：

〔步〕「步障」一作「步帳」。

生補正：

「捲簾」句，「捲」《校勘》本作「卷」，《全宋詞》作「捲」（第四冊，頁 2782）。又，「橫波」句，「燈」字《校勘》本作「灯」，《全宋詞》作「燈」（第五冊，頁 3168）。

謁金門（卷 1 頁 7）

芳草渡蘇軾〈漁家傲〉，畫舸游情如霧吳文英〈西子妝〉。盡日東風吹柳絮晏幾道〈玉樓春〉，湔裙前事誤胡翼龍〈徵招〉。　　無計可留君住舒亶〈鵲橋仙〉，有夢欲隨春去陳允平〈如夢令〉。閒蹙黛眉慵不語馮延巳〈南鄉子〉，醉聽深夜雨王沂孫〈綺羅香〉。

蕭評：

畫舸游情如霧句集得最工，寫景如畫；下闋稍率。

許、林校勘（頁 10）：

〔盡〕〈玉樓春〉一作〈木蘭花〉。〔湔〕「湔裙」一作「濺裙」。〔有〕「有夢」一作「愁夢」。〈如夢令〉一作〈宴桃源〉。〔閒〕馮延己應為馮延巳，後文徑改不注。

生補正：

「閒蹙」，「閒」《校勘》本作「閑」。蕭先生以為上片集「畫舸」句集得最工。

憶秦娥（卷 1 頁 7）

情難託趙長卿〈思越人〉，**梨花一樹如削**無名氏〈踏莎行〉。**人如削**張元幹〈滿江紅〉，**眼波微注**周必大〈點絳脣〉，**鬢雲慵掠**王安禮〈點絳脣〉。　　**春寒惻惻春陰薄**顧瑛〈青玉案〉，**落紅填逕東風惡**袁易〈齊天樂〉。**東風惡**陸游〈釵頭鳳〉，**珠簾隔燕**晏殊〈踏莎行〉，**畫檐聞鵲**王泳祖〈風流子〉。

蕭評：

此調前後兩三字句，例當為上句末三字之重文，此等處集句亦頗不易，而集者若行所無事，要是難得。結尾「畫檐聞鵲」四字，微嫌不屬，殊覺稍遜。集者最擅對仗見工，有時不無過火之處，此處一結要緊，正不必強與上文作對也。

許、林校勘（頁 11）**：**

〔情〕〈思越人〉一作〈朝天子〉、〈鷓鴣天〉。查現存趙長卿詞，無〈思越人〉，亦無〈朝天子〉；有〈鷓鴣天〉二十闋，但無此句。應亦出自王安國〈點絳唇〉。〔鬢〕此詞為王安國詞，見《皇朝事實類苑》卷三十五引《倦游染錄》。《花草粹編》卷一誤作王安禮詞。又誤作趙抃詞，見《歷代詩餘》卷五。

生補正：

首句「託」字，《校勘》本作「托」，《全宋詞》作「託」（第一冊，頁 216）。

憶秦娥（卷 1 頁 8）

愁無際韓琦〈點絳脣〉，桃花溪畔人千里李石〈漁家傲〉。人千里劉頡〈滿庭芳〉，鸞膠難續段成己〈滿江紅〉，鳳箋空寄林表民〈玉漏遲〉。　　畫屏閒展吳山翠晏幾道〈蝶戀花〉，一鉤新月天如水謝逸〈千秋歲〉，天如水汪藻〈點絳脣〉，朱絃軋雁張先〈傾盃樂〉，綠盃浮蟻無名氏〈點絳脣〉。

蕭評：

此首殊覺平平，然對偶工絕，亦復不易。

許、林校勘（頁 13）**：**

〔朱〕〈傾杯樂〉一作〈傾杯〉。

生補正：

「畫屏」句，「閒」字《校勘》本作「閑」，《全宋詞》作「閒」（第一冊，頁 224）。「一鉤」句，「新」字《校勘》本作「淡」，《全宋詞》作「淡」（第二冊，頁 649）。

憶秦娥（卷 1 頁 8）

春心困蘇軾〈瑤池燕〉。亂鶯啼樹清明近鄭文妻孫氏〈燭影搖紅〉。清明近翁元龍〈瑞龍吟〉，小桃初謝賀鑄〈清平樂〉，海棠應盡張翥〈摘紅英〉。　　欲將幽恨傳愁信杜安世〈玉闌干〉，錦鱗去後憑誰問李浙〈踏莎行〉？憑誰問韓元吉〈六州歌頭〉，雲鬟濕周密〈木蘭花慢〉，月眉香暈陳允平〈丁香結〉。

蕭評：

前結「初謝」、「應盡」，正寫清明時節，文意流貫，九、十兩句，對仗雖工，究嫌纖巧，與「憑誰問」三字亦脫笱。

許、林校勘（頁12）**：**

〔春〕此詞又作廖正一詞，見《樂府雅詞拾遺》卷十一。〔亂〕此詞為無名氏詞，見《草堂詩餘後集》卷下。《彤管遺編後集》卷十二作鄭文妻詞。〔錦〕李淛應為李淛。李淛字子秀。

生補正：

「清明」句，「瑞龍」字《校勘》本作「瑞鶴」，《全宋詞》作「瑞龍」（第四冊，頁 2943）。「錦鱗」句，「憑」字《校勘》本作「凭」，《全宋詞》作「憑」（第三冊，頁 1672）。「憑誰」句，「憑」字《校勘》本作「凭」，《全宋詞》作「憑」（第二冊，頁 1402）。

憶秦娥（卷 1 頁 9）

空腸斷蔡伸〈點絳脣〉，小桃零落春將半晁端禮〈水龍吟〉。春將半韓元吉〈六州歌頭〉，錦屏香褪趙汝茪〈清平樂〉，曲屏寒淺翁孟寅〈燭影搖紅〉。　秦樓去了東風伴劉儗〈菩薩蠻〉，蘋花又綠江南岸胡翼龍〈徵招〉，江南岸朱敦儒〈柳枝〉，情隨珮冷高觀國〈永遇樂〉，夢隨帆遠周密〈三姝媚〉。

蕭評：

前結兩句，有意弄巧，轉傷真味，第九句「情隨珮冷」之「珮」字，用鄭交甫事，與下句「帆」字同與上文「江南岸」意相屬，非泛設也。

許、林校勘（頁 12）：

〔小〕此詞又誤作周紫芝詞，見《歷代詩餘》卷七十六。

生補正：

「情隨」句，「珮」字《校勘》本作「佩」，《全宋詞》作「佩」（第四冊，頁 2360）。

憶秦娥柳（卷 1 頁 10）

隋堤路周邦彥〈尉遲盃〉，綠絲低拂鴛鴦浦姜夔〈杏花天影〉。鴛鴦浦張翥〈摸魚兒〉，帷雲翦水左譽句，舞風眠雨賀鑄〈鶴沖天〉。　　舊時家近章臺住晏幾道〈玉樓春〉，如今總是銷魂處蔡伸〈七娘子〉。銷魂處程垓〈洞庭春色〉，淡烟殘照王□□〈漢宮春〉，亂花飛絮秦觀〈河傳〉。

蕭評：

此首題為詠柳，無一句明點，但無一句不暗合。「帷雲」二句，極寫柳之能事，可謂工絕。後半轉為疏蕩，「舊時」與「如今」呼應有致，逗出「銷魂處」三字；但後結兩句，不死死抱住題面，卻以「淡煙」等字陪襯，說明銷魂之處。一筆虛寫，極見手法，使以俗手為之，堆砌字面，鋪陳故實，便是笨伯矣。

許、林校勘（頁 14）：

〔帷〕此為殘句，僅存「帷雲剪水，滴粉搓酥」，失調名。見《玉照新志》卷四，《全宋詞》第二冊 912 頁收載。〔舊〕〈玉樓春〉一作〈木蘭花〉。

生補正：

「舊時」句，「臺」字《校勘》本作「台」，《全宋詞》作「臺」（第一冊，頁233）。

憶秦娥柳（卷1頁10）

人何許無名氏〈青門怨〉，寶轆暗憶章台路周密〈水龍吟〉。章台路周邦彥〈瑞龍吟〉，連天晚照朱敦儒〈十二時〉，連天芳樹李清照〈點絳脣〉。　　繡簾閒倚吹輕絮歐陽修〈一絡索〉，問誰猶在憑欄處程垓〈南浦〉。憑欄處毛滂〈青玉案〉，幾番風月辛棄疾〈賀新郎〉，幾番晴雨施岳〈水龍吟〉。

蕭評：

後結兩用「幾番」語，正從第七句「問誰」二字生出。「憑闌」與「倚簾」相應，而「風月」、「晴雨」則點染「吹輕絮」三字，用心至細。

許、林校勘（頁15）**：**

〔連〕「芳樹」一作「衰草」。〔綉〕〈一絡索〉一作〈洛陽春〉。

生補正：

「繡簾」句，「閒」字《校勘》本作「閑」，《全宋詞》作「閒」（第一冊，頁145）。「問誰」句，「憑」字《校勘》本作「凭」，《全宋詞》作「凭」（第三冊，頁1991）。「憑欄」句，「憑」字《校勘》本作「凭」，《全宋詞》作「憑」（第二冊，頁680）。「幾番」句，「幾」字《校勘》本作「几」，《全宋詞》作「幾」（第三冊，頁1890）。

桃源憶故人（卷 1 頁 11）

屏山翠入江南遠毛滂〈踏莎行〉，一架舞紅都變周邦彥〈過秦樓〉。無奈愁深酒淺劉過〈賀新郎〉，醉也無人管黃公紹〈青玉案〉。　畫樓吹徹〈江南怨〉劉翰〈蝶戀花〉，兩袖淚痕還滿張先〈卜算子慢〉。無奈雲沈雨散王詵〈憶故人〉，夢也無由見黃機〈蝶戀花〉。

蕭評：

此詞語語皆有韻腳，而集者能使前後片章法全同，幾於全篇對偶；語語工緻，又復層次井然，可謂極文心之狡獪矣。

許、林校勘（頁 15）：

〔醉〕無名氏詞，見《陽春白雪》卷五。《詞林萬選》卷三誤作黃公紹詞。《古今別腸詞選》卷三又誤作明冷謙詞。

生補正：

二「無奈」句，「無」字《校勘》本作「无」，《全宋詞》作「無」（第三冊，頁 2149）。「兩袖」句，「淚」字《校勘》本作「泪」，《全宋詞》作「淚」（第一冊，頁 66）。

海棠春（卷 1 頁 11）

崇桃積李無顏色曹原〈蘭陵王〉，煞憔悴、牆根堪惜姜个翁〈霓裳中序第一〉。時節欲黃昏溫庭筠〈菩薩蠻〉，院宇明寒食施岳〈曲游春〉。　樓高目斷南來翼黃公度〈菩薩蠻〉，強載酒、細尋前跡周邦彥〈應天長〉。花徑款殘紅李之儀〈謝池春慢〉，池水凝新碧吳潛〈南歌子〉。

蕭評：

全詞寫晚春光景，第五句「樓高目斷南來翼」，雖可泛指音沉信杳，究與時令欠合。不如取趙長卿「朝中措」後起首句，作「別來幾日愁心折」，則「前跡」二字有出，而兩結時令，相去亦不遠也。

許、林校勘（頁16）：

〔強〕「強載江」一作「強帶酒」。〔花〕「款殘紅」一作「斂餘紅」。〈謝池春慢〉一作〈謝池春〉。〔池〕〈南歌子〉一作〈南柯子〉。

生補正：

「煞樵」句，「堪」字《校勘》本作「甚」，《全宋詞》作「堪」（第五冊，頁3553）。

碧玉簫（卷1頁12）

鳳枕鴛帷柳永〈駐馬聽〉，燕簾鶯戶張炎〈朝中措〉，玉容寂寞誰為主史達祖〈玉樓春〉。倦繡人閑陳策〈滿江紅〉，閑倚秋千柱周紫芝〈生查子〉。　梅子青時晏幾道〈好女兒〉，楊花飛處蘇茂〈祝英臺近〉，紗窗幾陣黃昏雨秦觀〈蝶戀花〉。無雨銷魂周密〈法曲獻仙音〉，魂斷金釵股洪瑹〈鬟山溪〉。

蕭評：

青梅飛絮，暮雨紗窗，一片無可奈何之情，皆為「無語銷魂」

設色。全篇各語，又皆為「誰為主」三字作註腳耳，故能一片渾成。

許、林校勘（頁16）：

〔無〕〈法曲獻仙音〉一作〈獻仙音〉。

生補正：

「紗窗」句，「幾」字《校勘》本作「几」。「無語」句，「無」字《校勘》本作「无」，「銷」字《校勘》本作「消」，《全宋詞》作「無」、「消」（第五冊，頁3291）。

賀聖朝（卷1頁12）

紫雲元在深深院危稹〈漁家傲〉，恨重簾不捲辛棄疾〈錦帳春〉，嚬青泫白蔣捷〈絳都春〉，尤紅殢翠柳永〈長壽樂〉，滿庭花綻毛熙震〈後庭花〉。　珠香未歇趙以夫〈鵲橋仙〉，鉛香不斷吳文英〈瑞龍吟〉，漏箭烟一半無名氏〈紅窗睡〉。翠欄凭曉陳允平〈永遇樂〉，銀屏娛夜趙聞禮〈瑞鶴仙〉，夢魂俱遠蔡伸〈蘇武慢〉。

蕭評：

妙在首句喚起全篇，次句緊接一轉，以後次第展開，如一幅工筆圖畫。首句「元在」二字，極見精神，院本深深，獨恨其重簾不捲，致滿園春色，外泄人間，即篝烟裊裊，亦約略可窺，徒令人「夢魂俱遠」矣。若徒謂「嚬青」二語，比事屬詞，銖兩悉稱，猶未可謂為知言也。

許、林校勘（頁18）：

〔紫〕「深深院」一作「梨花院」。〔滿〕「花綻」一作「花片」。

〔珠〕此詞又誤作吳仲方詞，見《江湖後集》卷十七。〔翠〕「翠欄」一作「翠闌」。

生補正：

「紫雲」句，「雲」字《校勘》本作「紅」，《全宋詞》作「雲」（第四冊，頁2275）。「恨重」句，「捲」字《校勘》本作「卷」，《全宋詞》作「捲」（第三冊，頁1919）。

柳梢青（卷1頁13）

燕語鶯啼潘元質〈醜奴兒慢〉，蝶隨蜂趁陳允平〈點絳脣〉，鴻怨蛩悲馮去非〈八聲甘州〉。過了黃昏張炎〈國香〉，閒窗燈岸柳永〈慢卷紬〉，深院簾垂晁端禮〈水龍吟〉。　斷腸一搦腰肢尹鶚〈清平樂〉，瘦損也、知他為誰葛立方〈沙塞子〉。寶鏡慵拈劉天迪〈蝶戀花〉，瑤琴慵理危復之〈永遇樂〉，素壁慵題羅志仁〈風流子〉。

蕭評：

集者特欲於對仗見巧，故首三句餖飣而下，適足為累。以文字為遊戲者，往往坐是病，不可不戒。下半甚佳，可謂一氣呵成。第八句「為」字讀去聲，此等句法，求之於他調中，亦頗不易，而集者連集數章，了不在意也。

許、林校勘（頁18）**：**

〔閑〕「燈暗」一作「燭暗」。〔深〕原句為「深院簾垂雨」。此詞又誤作周紫芝詞，見《歷代詩餘》卷七十六。〔斷〕「腰支」一作「腰肢」。〔瑤〕此詞又誤作范复之詞，見《草堂詩餘別集》卷四，想是因名同而誤。

生補正：

「閒窗」句，「閒」字《校勘》本作「閑」，「燈」字《校勘》本作「灯」，《全宋詞》作「閒」、「燭」（第一冊，頁21）。「斷腸」句，「肢」字《校勘》本作「支」。

柳梢青（卷1頁14）

時霎清明吳文英〈點絳脣〉，梨花雨細謝逸〈踏莎行〉，楊柳風輕馮延巳〈蝶戀花〉。潤逼衣篝張輯〈疏簾淡月〉，寒侵枕障周邦彥〈大酺〉，冷隔簾旌胡翼龍〈徵招〉。　起來一餉愁縈尹濟翁〈木蘭花慢〉，聽隔水、誰家賣餳張炎〈慶宮春〉。最是黃昏晏幾道〈兩同心〉，傷春病思陸游〈沁園春〉，中酒心情詹玉〈渡江雲〉。

蕭評：

首句「時霎清明」，籠罩全篇，上半寫清明時節之景候，下半寫清明時節之心情。「潤逼」三句，虧他苦心挑選得來；「傷春」二句正從張子野〈青門引〉「庭軒寂寞近清明」數語化出。

許、林校勘（頁19）：

〔楊〕〈蝶戀花〉一作〈鵲踏枝〉。

生補正：

「時霎清明」起，寫清明，由景而情，漸次渲染。

柳梢青（卷 1 頁 14）

睡起無人方千里〈齊天樂〉，**鬢蟬不整**洪邁〈踏莎行〉，**衾鳳猶溫**張先〈踏莎行〉。**寶瑟塵生**王安禮〈點絳脣〉，**瓊簫夢遠**陳允平〈摸魚兒〉，**前事銷魂**裴湘〈浪淘沙〉。　**海棠啼損紅痕**蕭則山〈朝中措〉，**忍不住、低低問春**張炎〈慶宮春〉。**春淺春深**薛夢桂〈醉落魄〉，**春寒春困**張雨〈早春怨〉，**愁對黃昏**樓扶〈水龍吟〉。

蕭評：

前半平穩，後段搖曳生姿。第八句低低一問，極有風致，「春淺春深，春寒春困」，無非所問之事；惜「愁對黃昏」一語，不從「問」字生出，亦不能綰合「春淺」兩句，遂覺浮浮泛失味。鄙意擬改用程垓〈江城梅花引〉中「誰與溫存」句以問語作結，則全段貫串；亦與前結「前事銷魂」四字遙相照映，似較原文為勝。

許、林校勘（頁 20）**：**

〔寶〕此詞為王安國詞，見《皇宋事實類苑》卷三十五引《倦游染錄》。〔海〕蕭則山名崱。

生補正：

「前事」句，「銷」字《校勘》本作「消」，《全宋詞》作「消」（第一冊，頁 203）。「春寒」句，「寒」字《校勘》本作「窗」。

柳梢青（卷 1 頁 15）

此恨誰知徐俯〈畫堂春〉，閒尋翠徑阮逸女〈花心動〉，猶掩青扉徐寶之〈鶯啼序〉。柔柳搖搖張先〈翦牡丹〉，團荷閃閃孫光憲〈河傳〉，芳草萋萋杜安世〈山亭柳〉。　　小園鶯喚春歸呂渭老〈夢玉人〉，空細寫、琴心向誰袁去華〈長相思慢〉。穉綠蘇晴周邦彥〈西平樂〉，倦紅顰曉周密〈大聖樂〉，追念年時柳永〈陽臺路〉。

蕭評：

第一句與第八句兩「誰」字，遙相應接，未始無脈絡可尋；然「柔柳」、「團荷」、「芳草」，皆拼湊之句，微為贅累。至「穉綠蘇晴，倦紅顰曉」八字，銖兩悉稱，以往日詞家視之，便是佳句矣。

許、林校勘（頁 21）**：**

〔此〕此詞為秦觀詞，見《淮海居士長短句》卷中。《類編草堂詩餘》卷一誤作徐俯詞。「獨」原句為「遲回獨掩青扉」。〔團〕「團荷」一作「圓荷」。〔芳〕原句為「卻芳草萋萋」。〔小〕〈夢玉人〉一作〈夢玉人引〉。〔穉〕「穉綠」一作「穉柳」。〔追〕「年時」一作「少年時」，又作「平時」。

生補正：

「閒尋」句，「閒」字《校勘》本作「閑」，《全宋詞》作「閒」（第一冊，頁 203）。蕭先生指出本詞脈絡，亦指出贅累拼湊之句及佳句。

柳梢青（卷 1 頁 15）

倚檻調鶯張炎〈水龍吟〉，翦花挑蝶利登〈綠頭鴨〉，人醉寒輕吳琚〈浪淘沙〉。碧草如茵黃玉泉〈晝錦堂〉，青梅如豆張震〈驀山溪〉，翠竹如屏丘崈〈錦帳春〉。　　無端惹起離情戴復古〈醉太平〉，問心緒、而今怎生沈端節〈太常引〉。曾幾何時趙彥端〈新荷葉〉，塵侵錦瑟周密〈解花語〉，聲冷瑤旌張樞〈慶宮春〉。

蕭評：

第八句「怎」字，以用去聲字為妙，〈太常引〉中亦然。沈端節既用之〈太常引〉中，是不足為集者病也。

生補正：

「曾幾」句，「幾」字《校勘》本作「几」，《全宋詞》作「幾」（第四冊，頁 1442）。

柳梢青（卷 1 頁 16）

芳心如醉趙雍〈憶秦娥〉，佳期如夢秦觀〈鵲橋仙〉，暮愁如水高似孫〈鶯啼序〉。斜點銀釭趙長卿〈瀟湘夜雨〉，薄籠金釧毛熙震〈後庭花〉，亂纏珠被馮延巳〈賀聖朝〉。　　春無蹤跡誰知黃庭堅〈清平樂〉，著數點、催花雨膩趙崇霄〈東風第一枝〉。紅杏梢頭朱淑真〈眼兒媚〉，紫葳枝上晁補之〈永遇樂〉，碧蕉叢裏金絅〈踏莎行〉。

蕭評：

前半六句，寫一片無可奈何之情，四字句能運用如此靈活，可謂難得。換頭一句喚起緊接作答，以下疏疏點綴，一氣呵成，不結自結，極見手段。

生補正：

「亂纏」句，「珠」字《校勘》本作「朱」。「春無」句，「無」字《校勘》本作「无」，「蹤跡」《校勘》本作「踪迹」，《全宋詞》作「無」、「蹤迹」（第一冊，頁393）。

柳梢青（卷1頁17）

錦屏羅薦莫崙〈水龍吟〉，夢遊熟處吳文英〈點絳脣〉，為誰斷腸周紫芝〈品令〉。鴛枕雙欹趙雍〈燭影搖紅〉，獸環半掩潘元質〈倦尋芳〉，鴨鑪長暖毛滂〈踏莎行〉。　看來猶未勝情鄭斗煥〈新荷葉〉，怕迤邐、年華暗換周密〈宴清都〉。紅樹池塘徐寶之〈桂枝香〉，青榆巷陌翁元龍〈瑞龍吟〉，紫苔庭院王千秋〈憶秦娥〉。

蕭評：

後結三句，景物如畫，天涯游子，苦憶故園，於此中得少佳趣矣。

許、林校勘（頁23）：

〔怕〕「年華」一作「華年」。

生補正：

「錦屏」句，「薦」字《校勘》本作「荐」，《全宋詞》作「薦」（第五冊，頁3376）。「夢遊」句，「遊」字《校勘》本作「游」，《全宋詞》作「遊」（第四冊，頁2931）。「鴨鑪」句，「鑪」《校勘》本作「爐」字，《全宋詞》作「鑪」（第二冊，頁 669）。「怕迆」句，「迤邐」字《校勘》本作「逶迆」，《全宋詞》作「迤邐」（第五冊，頁 3276）。「紫苕」句，「〈憶秦娥〉」，《校勘》本作「〈憶王孫〉」，《全宋詞》作「〈憶秦娥〉」（第三冊，頁 1468）。

南歌子（卷 1 頁 17）

修竹蕭蕭晚楊无咎〈生查子〉，閑花淡淡春張先〈醉垂鞭〉。小樓疏雨可憐人黎廷瑞〈浣溪沙〉，手撚一枝獨自對芳樽康與之〈江城梅花引〉。　羞入鴛鴦被韓偓〈生查子〉，慵拖翡翠裙毛文錫〈贊浦子〉。安排腸斷到黃昏秦觀〈鷓鴣天〉，一曲清歌留住半窗雲蕭允之〈虞美人〉。

蕭評：

開筆兩句，吐屬安雅，對仗之妙，尤為工絕。後起一聯，雖覺平淡，而「羞」「慵」二字，正為「安排」句作勢。結句「半」字，亦稍稍與「鴛鴦」「翡翠」字相映照也。

許、林校勘（頁 23）**：**

〔手〕「手撚一枝獨自對芳樽」一作「愁把梅花獨自泛清尊」。此詞為程垓詞，題作〈攤破江城子〉，見《書舟詞》。《類編草堂詩餘》卷二誤作康與之詞。〔安〕此詞為無名氏作，見《草堂詩餘前集》卷上。《類編草堂詩餘》卷一誤作秦觀詞。又誤作李清照詞，見四印齋本《漱玉詞》引汲古閣未刻本《漱玉詞》。

生補正：

「手撚」句，「撚」《校勘》本作「捻」。

鵲橋仙（卷 1 頁 18）

寸心萬里張樞〈瑞鶴仙〉，寸腸千結康與之〈應天長〉，離思暗傷南浦林表民〈玉漏遲〉。滿樓飛絮一箏塵江開〈浣溪沙〉，都忘卻、舊題詩處韓淲〈祝英臺近〉。　　十分顦顇黃機〈酹江月〉，十分孤寂楊炎正〈滿江紅〉，到此翻成輕誤解昉〈永遇樂〉。小窗和雨夢梨花無名氏〈小秦王〉，怎忘得、玉環分付姜夔〈長亭怨慢〉。

蕭評：

第九句「小窗和雨夢梨花」，集者用白居易〈長恨歌〉「玉容寂寞淚闌干，梨花一枝春帶雨」意，所以狀太真「顦顇」「孤寂」之容，故結語用「玉環」二字，是以「玉環」為楊妃小字。而姜夔〈長亭怨慢〉之玉環，其上句為「韋郎去也」，則係用韋皐與玉簫事。二字固不妨巧借，終覺「分付」二字，不如原文有據也。

許、林校勘（頁 24）**：**

〔十〕「十分孤寂」一作「九分孤寂」。

生補正：

「寸腸」句，「結」字《校勘》本作「縷」，《全宋詞》作「縷」（第二冊，頁 1307）。「十分」句，「顦顇」字《校勘》本作「憔悴」，《全宋詞》作「顦顇」（第四冊，頁 2533）。

鵲橋仙（卷 1 頁 18）

一池萍碎蘇軾〈水龍吟〉，一簾花碎劉鎮〈水龍吟〉，占得畫屏春聚周密〈一枝春〉。聽風聽雨過清明吳文英〈風入松〉，有誰勸、流鶯聲住辛棄疾〈祝英臺近〉。　香囊暗解秦觀〈滿庭芳〉，翠囊親贈孫惟信〈風流子〉，歷歷此心曾許高觀國〈永遇樂〉。那堪別後更思量王萬之〈踏莎行〉，漫空倩、啼鵑聲訴趙聞禮〈玉漏遲〉。

蕭評：

兩結皆流美，惟後起兩句，不免巧中見拙耳！

許、林校勘（頁 25）**：**

〔一〕「一簾花碎」：劉鎮詞，現存〈念奴嬌〉、〈行香子〉兩闋，無此調，亦無此句。〔有〕「有誰勸」一作「倩誰喚」。〈祝英臺近〉一作〈祝英臺令〉。

生補正：

「一池」句，「〈水吟龍〉」《校勘》本作「〈水龍吟〉」。疑蕭先生評訂本排印時有誤，未校出。

虞美人　有贈（卷 1 頁 19）

夜寒指冷羅衣薄張先〈醉落魄〉，香繞屏山角張元幹〈點絳脣〉。阿誰伴我醉吹簫呂渭老〈浣溪沙〉，可愛風流年紀可憐宵譚宣子〈江城子〉。　輕鬟半擁釵橫玉王沂孫〈醉落魄〉，贏得春眠足葛郯〈念奴嬌〉。背人殘燭卻多情陳克〈浣溪沙〉，已被鄰雞催起、怕天明秦觀〈南柯子〉。

蕭評：

題曰「有贈」，讀其詞而所贈者可知矣！全詞一氣渾成，語語密接，而其間鍼線盡滅，雖云集句，實不啻若自己出也，洵為佳構矣！

許、林校勘（頁26）：

〔夜〕「指冷羅衣薄」一作「手冷春衣薄」。〔阿〕「伴我醉吹簫」一作「有分伴吹簫」。〔已〕「催曉」一作「催起」。此詞又誤作僧仲殊詞，見《古今詞選》卷二。

生補正：

「已被」句，「起」字《校勘》本作「曉」，《全宋詞》作「起」（第一冊，頁468）。

虞美人（卷1頁19）

鴛樓碎瀉東西玉蔣捷〈金縷曲〉，雙蕊明紅燭呂渭老〈念奴嬌〉。淡黃楊柳帶栖鴉賀鑄〈浣溪沙〉，簾外一眉新月浸梨花謝逸〈南柯子〉。　花凝玉立東風暮李彭老〈青玉案〉，誰解歌〈金縷〉趙鼎〈點絳脣〉？倚闌無語惜芳菲蘇庠〈浣溪沙〉，笑把畫羅小扇覓春詞徐照〈南柯子〉。

蕭評：

後起「花凝玉立」四字，「花」字緊接前片末一字，用心不可謂不細；惟「玉」字稍覺牽強耳。

許、林校勘（頁 26）：

〔鴛〕〈金縷曲〉一作〈賀新郎〉。〔淡〕「帶栖鵶」一作「暗栖鵶」。此詞又誤作周邦彥詞，見楊慎評點本《草堂詩餘》卷一。〔花〕現存李彭老詞〈青玉案〉僅一闋，無此句。〔倚〕「倚欄」一作「倚闌」。〈浣溪沙〉應為〈阮郎歸〉。〔笑〕〈南柯子〉一作〈南歌子〉。

生補正：

「倚闌」句，「闌」字《校勘》本作「欄」，《全宋詞》作「闌」（第二冊，頁658）。

虞美人（卷 1 頁 20）

淩波不過横塘路賀鑄〈青玉案〉，楊柳無重數韓淲〈祝英臺近〉。絲絲烟縷織離愁曹冠〈浣溪沙〉，猶自多情為我繫行舟曹冠〈江城子〉。　　歸期已負梅花約周紫芝〈醉落魄〉，金鴈空零落王安禮〈點絳脣〉。重重簾幙密遮燈張先〈天仙子〉，待倩春風吹夢過江城楊适〈南柯子〉。

蕭評：

前半流順中見跌宕；結尾兩句，饒他摶搟得來。重幙遮燈，原為「風」字作註；而倩風吹夢，則又身在簾中，神馳幙外可知矣。又「江城」二字，輕輕綰合「楊柳」、「行舟」，亦非虛設。

許、林校勘（頁 27）：

〔淩〕〈蝶戀花〉為賀鑄詞，名〈青玉案〉，又名〈横塘路〉。程氏誤記作歐陽修詞。〔獨〕「獨自多情為我繫行舟」一作「獨記多情曾為繫歸舟」。〔金〕此詞為王安國詞，見《皇宋事實類苑》卷十三引《倦游雜錄》。

生補正：

「楊柳」句，「無」字《校勘》本作「无」，《全宋詞》作「無」（第四冊，頁 2256）。「絲絲」句，「織離愁」，《校勘》本「離」作「成」字，《全宋詞》作「離」（第三冊，頁 1532）。

虞美人（卷 1 頁 21）

東城楊柳東城路張先〈蝶戀花〉，盡日厭厭雨張表臣〈驀山溪〉。亂鶯殘夢起多時陳克〈攤破浣溪紗〉，不記春衫襟上舊題詩胡翼龍〈南歌子〉。　昭華三弄臨風咽范成大〈醉落魄〉，誰信愁千結李萊老〈生查子〉。紅樓西畔小闌干僧揮〈玉樓春〉，小約簾櫳一面受春寒趙汝茪〈江城梅花引〉。

蕭評：

紅樓一角，珠簾四面，柳陰覆路，鶯語撩人，此賞心樂事之境；著以「盡日厭厭雨」五字，又別是一番境界矣。

許、林校勘（頁 28）**：**

〔東〕「東城路」一作「來時路」。〈蝶戀花〉一作〈風棲梧〉。
〔紅〕僧揮即僧仲殊。〔小〕〈江城梅花引〉一作〈江梅引〉。

生補正：

賞心樂事之境，著以「盡日厭厭雨」則「愁千結」矣。

一翦梅（卷 1 頁 21）

又趁楊花到謝橋無名氏〈長相思〉。曲岸持觴辛棄疾〈念奴嬌〉，古岸停橈李彭老〈一蕚紅〉。雨餘芳草碧蕭蕭陳允平〈明月引〉。銀字吹笙毛滂〈感皇恩〉，翠陌吹簫劉應幾〈憶舊游〉。　幾度春深豆蔻梢李呂〈鷓鴣天〉，樹色沈沈潘元質〈倦尋芳〉，柳色迢迢張炎〈憶舊游〉。日長才過又今宵張先〈浣溪沙〉，門掩香殘李萊老〈高陽臺〉，屏掩香銷張樞〈慶宮春〉。

蕭評：

全首嫌湊。然此調本不好，自來佳作寥寥，不足以責集者也。

許、林校勘（頁 29）**：**

〔樹〕此詞又誤作蘇庠詞，見《類編草堂詩餘》卷三。又誤作蘇堅詞，見《詞的》卷四。〔日〕此詞又誤入歐陽修《醉翁琴趣外編》卷五。又誤作蘇軾詞，見楊金本《草堂詩餘後集》卷上。

生補正：

「幾度」句，「幾」字《校勘》本作「几」，《全宋詞》作「幾」（第三冊，頁 1479）。又，蕭先生以為本調不好集，集不好也合常情。

一翦梅（卷 1 頁 22）

燕語鶯啼小院幽趙師使〈武陵春〉。一片閒情邵亨貞〈掃花游〉，一點閒愁張可久〈人月圓〉。悠悠別恨幾時休舒亶〈散天花〉。不為傷春周格非〈多麗〉，不是悲秋李清照〈鳳凰臺上憶吹簫〉。　　門隔花深夢舊游吳文英〈浣溪沙〉。花也應悲韓元吉〈六州歌頭〉，花也應羞張耒〈風流子〉，寶箏慵按〈小梁州〉陳允平〈浣溪沙〉。待月西廂蘇軾〈雨中花慢〉、拜月西樓譚宣子〈側犯〉。

蕭評：

此作稍勝，然終不免於捋撦。費力已多，而未見出色，亦無可奈何之事也。

許、林校勘（頁30）**：**

〔燕〕趙師使一名趙師俠。〔不〕（周格非）〈多麗〉一作〈綠頭鴨〉。〔寶〕「寶箏慵按」一作「寶箏倫按」。

生補正：

此作稍勝前首〈一翦梅〉，費力亦多。「一片」句，兩「閒」《校勘》本皆作「閑」字。「悠悠」句，「幾」字《校勘》本作「几」，《全宋詞》作「幾」（第一冊，頁360）。

喝火令（卷1頁22）

翠被聽春漏李彭老〈生查子〉，青絲結曉鬟周紫芝〈生查子〉，雙鴛屏掩酒醒前韓淲〈浣溪沙〉。不道月斜人散黃庭堅〈西江月〉，閒卻縷金牋姚雲文〈八聲甘州〉。　　夢斷知何處張先〈生查子〉，魂銷似去年顧敻〈醉公子〉。鶯櫳風煖十三絃周密〈浣溪沙〉。正是清明韋莊〈河傳〉，正是海棠天胡翼龍〈滿庭芳〉。正是困人天氣謝逸〈如夢令〉，沈水裊殘煙袁去華〈相思引〉。

蕭評：

此調首見《山谷琴趣外篇》，以調論之，應有脫落；然正以其章法錯落，轉見佳勝。汪氏此集，全首佳妙，四五兩句，幾於天衣無縫。結尾四句，從「似去年」三字生出，一氣呵成，好語如珠。

許、林校勘（頁30）**：**

〔夢〕此詞為歐陽修詞，見《近體樂府》卷一。《類編草堂詩餘》卷一誤作張先詞。〔鶯〕「風暖」一作「風響」。〔正〕「正是清明」原句為「時節正是清明」。

生補正：

「閒卻」,「閒」字《校勘》本作「閑」,「牋」字《校勘》本作「箋」,《全宋詞》作「閒」、「箋」(第五冊，頁 3379)。「鶯櫳」句，「煖」字《校勘》本作「暖」,《全宋詞》作「響」(第五冊，頁 3293)。又，「絃」字《校勘》本作「弦」,《全宋詞》作「絃」(第五冊，頁 3294)。

喝火令　送春同內子繡橋集（卷 1 頁 23）

玉合銷紅豆李彭老〈生查子〉，鑪烟篆翠絲徐照〈南歌子〉。黃昏微雨畫簾垂張曙〈浣溪沙〉。不道有人新病無名氏〈西江月〉，彈淚送春歸楊恢〈八聲甘州〉。　寒峭花枝瘦秦湛〈卜算子〉，日長蝴蝶飛歐陽修〈阮郎歸〉。可憐單枕欲眠時賀鑄〈木蘭花〉。因甚將春僧晦〈高陽臺〉，因甚嬾支持陳允平〈定風波〉。因甚留春不住詹玉〈三姝媚〉，楊柳又依依方君遇〈風流子〉。

許、林校勘（頁 31）：

〔黃〕此詞又傳作張泌詞，見《花間集》。〔寒〕此詞又誤作秦觀詞，見《填詞圖譜》卷一。〔日〕此詞為馮延巳詞，作〈醉桃源〉，見《陽春集》。當系誤入《六一詞》。

生補正：

「鑪煙」，「鑪」《校勘》本作「爐」，《全宋詞》作「爐」（第四冊，頁 2426）。「彈淚」，「淚」作「泪」字。

附作　前調　程　淑繡橋

婀娜籠鬆髻徐俯〈南柯子〉，連娟細掃眉溫庭筠〈南歌子〉，含情無語小樓西張泌〈浣溪沙〉。正是銷魂時節毛熙震〈清平樂〉，雙燕說相思史達祖〈風流子〉。　芳樹陰陰轉陳克〈虞美人〉，林鶯恰恰啼趙攄〈南歌子〉，夜闌分作送春詩陳德武〈浣溪沙〉。生怕春知周密〈倚風嬌近〉，生怕踏青遲陳允平〈少年游〉。生怕黃昏疏雨美奴〈如夢令〉，春被雨禁持方君遇〈風流子〉。

蕭評：

凡集句之作，語多泛設，常病不能貼切，蓋撏撦眾人之句，以就己意，勢所難能也。至集詞為詞，益以章法之限制，聲律之拘牽，尤易捉襟見肘。故往往不能設題；一有專題，動多拘忌，自難得心而應手矣，此二首詞賦送春，乃汪氏夫婦倡酬之作，程秉釗所謂「逸韻如生，味逾釀花之蜜；覃思見巧，詣極刻棘之猴」，信非虛語。惟汪詞於歡愉之會，發愁苦之音，至謂「可憐單枕」，近於無病而呻；以視繡橋之「雙燕說相思」，及「夜闌分作送春詩」等句之情境兩勝，不無遜色。此與趙明誠作〈醉花陰〉詞事略相似，終不能讓閨中人出一頭地也。抑婦人能為詞，又所適得人，具唱隨之樂者，李易安管道昇而已。易安大家，道昇故非其敵；然並有篇章，同傳韻事。人生有此，亦復難能。讀繡橋此作，當日深閨琴瑟之歡，約略可見，而知世在承平，士耽風雅；洎於喪亂，瑣尾流離，逸致高情，遂成絕響矣。

許、林校勘（頁 32）：

〔婀〕〈南柯子〉一作〈南歌子〉。〔正〕「銷魂」一作「魂銷」。

生補正：

「含情」句，「小」字《校勘》本作「依」。蕭先生以〈喝火令〉詞論其夫婦唱和，言汪氏近於無病呻吟，比之繡橋，情境兩勝，不無遜色。比之趙明誠與李清照，女勝於男，可知蕭先生重視女性文學。

行香子（卷 1 頁 24）

裙窣金絲和凝〈采桑子〉，恨滿金徽蔡伸〈蘇武慢〉。暗傷懷、不似芳時張艾〈夜飛鵲〉。淡烟微雨黎廷瑞〈秦樓月〉，流水斜暉楊恢〈一萼紅〉。纔伴春來劉儗〈蝶戀花〉，留春住侯寘〈四犯令〉，送春歸黃昇〈月照梨花〉。　　蹙損雙眉潘元質〈醜奴兒慢〉，瘦損香肌康與之〈金菊對芙蓉〉。怕匆匆、已是遲遲盧祖皋〈夜飛鵲〉。十年幽夢姜夔〈水龍吟〉，一夜相思楊无咎〈柳梢青〉。有淚如傾張孝祥〈六州歌頭〉，愁如織王千秋〈憶秦娥〉，事如飛汪元量〈六州歌頭〉。

蕭評：

集此調以第六及第十四兩句為最難，難在以領句字直貫到底也。

許、林校勘（頁 32）：

〔暗〕「傷懷」一作「傷情」。〔怕〕〈夜飛鵲〉一作〈夜飛鵲慢〉。

生補正：

「纔伴」句，「纔」字《校勘》本作「才」。「有淚」句，「淚」字《校勘》本作「泪」，《全宋詞》作「淚」（第三冊，頁 1686）。

獻衷心（卷 1 頁 25）

念紫簫聲闋蔡伸〈滿庭芳〉，悵朱檻香銷李萊老〈揚州慢〉。花露重韋莊〈酒泉子〉，篆烟飃王惲〈三奠子〉。更梅邊携手周密〈憶舊游〉，向柳外停橈張翥〈木蘭花慢〉。人如月洪皓〈江城梅花引〉，月如水張谿〈祝英臺近〉，夢魂遙劉光祖〈昭君怨〉。　　翠觴留醉高觀國〈齊天樂〉，金屋藏嬌劉辰翁〈意難忘〉。鳳釵斜墜劉學箕〈賀新郎〉，蜜炬高燒曹組〈點絳脣〉。便等閒抛卻黃公度〈好事近〉，如許無聊柳永〈臨江仙〉。珠簾捲歐陽修〈珠簾卷〉，銀漏滴譚宣子〈謁金門〉，玉璫搖魏承班〈訴衷情〉。

蕭評：

前半語工緻，後半微湊。

許、林校勘（頁 34）：

〔更〕「更」一作「向」。〔金〕此詞或疑非劉作。〔珠〕「珠簾」一作「疏簾」。此首原缺調名，因首句為「珠簾卷」，故名。據《醉翁琴趣外篇》卷六，應作〈聖無憂〉。

生補正：

「便等」句，「閒」字《校勘》本作「閑」，《全宋詞》作「閒」

（第二冊，頁1327）。「如許」句，「無」字《校勘》本作「无」，《全宋詞》作「無」（第一冊，頁43）。「珠簾」句，「捲」字《校勘》本作「卷」，《全宋詞》作「捲」（第一冊，頁147）。

祝英臺近（卷1頁25）

倚銀牀楊纘〈被花惱〉，低綺戶蘇軾〈水調歌頭〉，一枕杏花月無名氏〈小重山〉。欲說相思石孝友〈臨江仙〉，寂寞向誰說應法孫〈霓裳中序第一〉。繡窗芳思遲遲石瑤林〈清平樂〉，新愁黯黯周紫芝〈朝中措〉，空分付、有情眉睫史達祖〈醉落魄〉。　太情切田為〈江神子慢〉，不見翠陌尋春高觀國〈玲瓏四犯〉，誰解寸腸結王學文〈摸魚子〉。春若歸來趙彥端〈新荷葉〉，香徑渺啼鴂李琳〈六幺令〉。花邊如夢如薰奚㴖〈芳草〉，似癡似醉周邦彥〈芳草渡〉，長是伴、牡丹時節曹原〈玲瓏四犯〉。

蕭評：

調中頗多拗語，集者運斤成風，極自然，亦極蘊藉。前半章法極佳，「欲說」句故為縱送，隨手挽回。「向誰」二字，直貫前結，以「空」字應之，而此句又雙承六七兩句作結，甚見手段。又詞中六、七及十四、十五兩處，不獨集得甚巧，亦極得此調句法之神理，殊可喜也。

許、林校勘（頁35）**：**

〔欲〕查石孝友發現存〈臨江仙〉有四闋，然無此句。「誰」〈摸魚子〉一作〈摸魚兒〉。

生補正：

「繡窗」句，「繡窗」《校勘》本頁34作「繡戶」。

金人捧露盤（卷1頁26）

待春來陳允平〈祝英臺近〉，送春去劉辰翁〈蘭陵王〉，鎖春愁李珣〈酒泉子〉。記伴仙、曾倚嬌柔張樞〈風入松〉。嬌柔嬾起張先〈歸朝歡〉，酒酣眠折玉搔頭無名氏〈搗練子〉。請誰傳語嚴仁〈一絡索〉，萬千事、欲說還休馮艾子〈春風嬝娜〉。　花如雪蘇軾〈滿江紅〉，香如霧韓元吉〈六州歌頭〉，人如玉周邦彥〈憶秦娥〉，月如鉤馮延巳〈芳草渡〉。便無情、也是風流張炎〈聲聲慢〉。風流誰與高觀國〈喜遷鶯〉，一溪春水送行舟宋豐之〈小重山〉。彩箋不寄洪瑹〈蘘山溪〉，空惆悵、相見無由徐君寶妻〈滿庭芳〉。

蕭評：

四、五及十四、十五，小施伎倆，要非常精采之處。然第十三句，總結後起四句，以起下文，亦復大佳。有此一句，前四句便見精神，胸襟亦自超脫。

許、林校勘（頁36）：

〔人〕此詞為無名氏詞，見《草堂詩餘後集》卷下。《類編草堂詩餘》卷一誤作周邦彥詞。〔一〕〈小重山〉一名〈小冲山〉。此詞又誤作向滈詞，見金繩武本《花草粹編》卷十三。

生補正：

「請誰」句，「請」字《校勘》本作「倩」，《全宋詞》作「倩」（第四冊，頁2550）。「便無」句，「無」字《校勘》本作「无」，「是」作「自」字，《全宋詞》作「無」、「自」（第五冊，頁3487）。又，「空惆」句，「無」字《校勘》本作「无」，《全宋詞》作「無」（第五冊，頁3420）。

金人捧露盤（卷 1 頁 27）

怕春深盧祖皋〈春光好〉，傷春瘦張元幹〈怨王孫〉，喜春遲張先〈芳草渡〉。將清恨、都入金徽趙彥端〈新荷葉〉。徽絃乍拂周邦彥〈宴清都〉，一聲聲送一聲悲無名氏〈御街行〉。驂鸞人去盧炳〈點絳脣〉，對芳蹤、惆悵多時晏殊〈鳳啣盃〉。　梅花過李彭老〈祝英臺近〉，梨花落毛幵〈滿江紅〉，桃花嫩史達祖〈風流子〉，杏花稀溫庭筠〈酒泉子〉。似淚灑、紈扇題詩李清照〈多麗〉。詩成難寄韓元吉〈水龍吟〉，夜寒無處著相思無名氏〈踏莎行〉。憑何消遣柳永〈陽臺路〉？強開懷、細酌酴醿呂渭老〈夢玉人引〉。

蕭評：

後結四句佳。「徽絃」及「詩成」兩處，均用頂鍼，與前首同。

許、林校勘（頁 37）：

〔怕〕〈春光好〉一作〈倚闌令〉。〔杏〕「杏花稀」一作「杏花飛」。〔詩〕「詩成難寄」一作「詩成千首」。

生補正：

「將清」句，《校勘》本作「將看」，《全宋詞》作「將清」（第三冊，頁 1442）。「對芳」句，「芳蹤」字《校勘》本作「芳叢」，《全宋詞》作「芳叢」（第一冊，頁 91）。「似淚」句，「淚」字《校勘》本作「泪」，《全宋詞》作「淚」（第二冊，頁 427）。「憑何」句，「憑」字《校勘》本作「凭」，《全宋詞》作「憑」（第一冊，頁 28）。

滿庭芳（卷 1 頁 27）

兩岸斜陽周紫芝〈一翦梅〉，一江流水張榘〈青玉案〉，畫橋誰繫蘭舟万俟詠〈木蘭花慢〉？楚天空遠趙崇嶓〈過秦橋〉，花事等閑休張樞〈風入松〉。折得斜楊寄與李萊老〈清平樂〉，奈舊家、苑已成秋蔣捷〈高陽臺〉。銷凝處施樞〈摸魚兒〉，歌闌團扇錢宀孫〈踏莎行〉，淚暗灑燈篝張孝祥〈木蘭花慢〉。　新愁知幾許秦觀〈菩薩蠻〉，燭銷人瘦吳文英〈霜花腴〉，玉沁春柔陳坦之〈沁園春〉。任歲華苒苒王沂孫〈聲聲慢〉，心事悠悠張炎〈甘州〉。消得腰枝如杵衛元卿〈齊天樂〉，對西風、休賦〈登樓〉周密〈聲聲慢〉。樓陰缺范成大〈秦樓月〉，數聲新雁黃機〈憶秦娥〉，蘆葉滿汀洲劉過〈南樓令〉。

蕭評：

處處寫題，不著痕跡，第十一句愁字暗韻，飄然渡過，若無其事。

許、林校勘（頁 38）：

〔一〕張矩應為張榘。矩字成子，號梅深，榘字方叔，號芸窗。〔淚〕「泪暗」一作「暗泪」。〔新〕此詞為無名氏作，見《草堂詩餘前集》卷下。沈際飛本《草堂詩餘正集》卷一誤作秦觀詞。

生補正：

「一江」句，「流」字《校勘》本作「春」，《全宋詞》作「流」（第四冊，頁 2677）。「畫橋」句，「蘭」字《校勘》本作「歸」，《全宋詞》作「蘭」（第二冊，頁 811）。「折得」句，「垂楊」《校勘》本作「斜陽」，《全宋詞》作「垂楊」（第四冊，頁 2974）。「淚暗」句，「淚」《校勘》本作「泪」，「燈」《校勘》本作「灯」，《全宋詞》作「淚」、「燈」(第三冊，頁1690)。「新愁」句，「幾」《校勘》本作「几」，《全宋詞》作「幾」(第五冊，頁3740)。「消得」句，「腰肢」，「肢」《校勘》本作「支」，《全宋詞》作「支」(第四冊，頁2487)。

燭影搖紅(卷1頁28)

樓外春深康與之〈浪淘沙〉，水簾斜捲誰庭院舒亶〈蝶戀花〉。碧羅衫子唾花微陳允平〈浣溪沙〉，倚醉偷回面陳克〈點絳脣〉。誰遣鸞箋寫怨沈會宗〈清商怨〉，早已是、歌慵笑嬾何籀〈宴清都〉。鳳幃夜短柳永〈滿路花〉，鴛瓦寒生曾覿〈水龍吟〉，鬘房香煖馮艾子〈春風嫋娜〉。　好夢偏慳詹玉〈多麗〉，玉釵墜枕風鬟顫趙善扛〈賀新郎〉。背鐙暗鈤乳鵝裙曹良史〈江城子〉，依舊柔腸斷程垓〈卜算子〉。月上朱闌一半孫道絢〈如夢令〉，照波底、紅嬌翠婉張鎡〈鵲橋仙〉。金樽滿泛吳奕〈昇平樂〉，寶瑟高張賀鑄〈聲聲慢〉，玉箏低按張翥〈摸魚兒〉。

蕭評：

前半極有層次，第十五句「照波」字與第二句「水簾斜捲」，猶能照應。至後結三句，一味講究對仗，致全文情調盡失。此病集句家固所常有，然亦不獨集句家如此也。

許、林校勘(頁39)**：**

〔樓〕〈浪淘沙〉一作〈賣花聲〉。〔水〕「水簾」一作「冰簾」。〔誰〕沈會宗名會。〔早〕「早已是」一作「又早是」。〔鳳〕〈滿路花〉一作〈促拍滿路花〉。〔寶〕〈聲聲慢〉一作〈鳳求鳳〉。

生補正：

「水簾」句，「捲」《校勘》本作「卷」，《全宋詞》作「捲」（第一冊，頁364）。「蠶房」句，「煖」字《校勘》本作「暖」。「背鐙」句，「鐙」字《校勘》本作「灯」，《全宋詞》作「燈」（第五冊，頁3259）。「寶瑟」句，「貿鑄」，「貿」應作「賀」字，疑排版誤植。

八聲甘州（卷1頁29）

怕飛紅拍絮入書樓万俟詠〈木蘭花慢〉，看看到荼蘼王公明〈梅花引〉。正錦溫瓊膩吳文英〈丁香結〉，香凝翠煖張炎〈大聖樂〉，酒戀歌迷黃庭堅〈醜奴兒〉。誰念文園倦客胡翼龍〈滿庭芳〉，愁病送春歸范成大〈菩薩蠻〉。春向天涯住謝明遠〈菩薩蠻〉，無計憐伊方君遇〈風流子〉。　一夜海棠如夢翁元龍〈西江月〉，點春風如雪張翥〈石州慢〉，春雨如絲蔣捷〈解珮令〉。又翻成輕別查荎〈透碧霄〉，和淚立斜暉魏夫人〈武陵春〉。縱寫得、離懷萬種柳永〈卜算子慢〉，待殷勤、留此寄相思程過〈滿江紅〉。空淒黯高觀國〈永遇樂〉，昔攜手處韓元吉〈六州歌頭〉，花誤幽期史達祖〈風流子〉。

蕭評：

此調起筆兩句，極是難集，集者煞費苦心，已得甘州風度矣。第十八句句法甚是，「手」字仍用平聲為宜，此句只宜求之〈水龍吟〉，〈百宜嬌〉，〈小鎮西犯〉，〈戚氏〉諸調之中也。

許、林校勘（頁40）：

〔酒〕〈醜奴兒〉一作〈采桑子〉。〔春〕「天涯」一作「天邊」。

〔縱〕「離懷」一作「離腸」。〔昔〕「昔攜手處」一作「共攜手處」。

生補正：

「正錦」句，「瓊」《校勘》本作「琼」，《全宋詞》作「瓊」（第四冊，頁 2889）。「香凝」句，「煖」字《校勘》本作「暖」，《全宋詞》作「暖」（第五冊，頁 3485）。「無計」句，「無」字《校勘》本作「无」，《全宋詞》作「無」（第四冊，頁 2771）。方君「遇」，「遇」《校勘》本作「邁」，是。「春雨」句，「珮」《校勘》本作「佩」，《全宋詞》作「佩」（第五冊，頁 3441）。「和淚」句，「淚」《校勘》本作「泪」，《全宋詞》作「淚」（第一冊，頁 269）。

錦堂春慢　送別（卷 1 頁 29）

羅帳分釵薛夢桂〈三姝媚〉，燈樓倚扇李彭老〈木蘭花慢〉，小憐重上琵琶王安國〈清平樂〉。正落花時節劉將孫〈憶舊遊〉，壓酒人家王沂孫〈一萼紅〉。隱隱斷霞殘照柳永〈留客住〉，陰陰淡月籠紗周邦彥〈尉遲盃〉。向秋娘渡口陳以莊〈水龍吟〉，賀監湖邊陸游〈謝池春〉，無計留他張先〈浪淘沙〉。　登高送遠惆悵呂渭老〈傾盃令〉，念風移霜換奚㴲〈長相思慢〉，水遶雲遮張翥〈六州歌頭〉。船逐清波東注美奴〈如夢令〉，冷照西斜周密〈高陽臺〉。短夢未成芳草晏幾道〈泛清波摘徧〉，閒愁又似楊花史達祖〈西江月〉。但碧羅窗曉賀鑄〈兀令〉，綠玉屏深利登〈過秦樓〉，人去天涯吳文英〈憶舊游〉。

蕭評：

全詞風華綺麗，骨肉停勻。「短夢」一聯，寫歌樓賦別之情，惆悵無端，非尋常對偶可比。又十四、十五兩句部分對偶，視全句相對者，尤為難集，亦不可不知也。

許、林校勘（頁 41）：

〔小〕此詞疑為王安石作，據《竹坡老人詩話》載，曾見安石墨蹟，〔閑〕「又似」一作「多似」。〔但〕〈兀令〉一作〈想車音〉。

生補正：

「燈樓」句，「燈」《校勘》本作「灯」，《全宋詞》作「燈」（第四冊，頁 2968）。「閒愁」句，「閒」字《校勘》本作「閑」，《全宋詞》作「閒」（第四冊，頁 2332）。「水遶」句，「遶」《校勘》本作「繞」。

玉胡蝶（卷 1 頁 30）

寶髻鬆鬆挽就司馬光〈西江月〉，香霏珠唾滕賓〈齊天樂〉，露溼羅襟彭元遜〈漢宮春〉。十二屏山孫惟信〈風流子〉，舊時飛燕難尋史深〈木蘭花慢〉。柳懸懸張炎〈鷓鴣天〉、且留春住姚雲文〈齊天樂〉，花可可周密〈唐多令〉、只怕春深姜夔〈一萼紅〉。酒孤斟吳文英〈鷓鴣天〉，煖風簾幙歐陽修〈青玉案〉，遲日園林韓嘐〈高陽臺〉。　　雙岑李萊老〈木蘭花慢〉，倚闌凝望歐陽炯〈鳳樓春〉，宿酲未解劉鎮〈水龍吟〉，離思難禁王沂孫〈三姝媚〉。心字香燒蔣捷〈一翦梅〉，幾回小語月華侵盧祖皋〈醜奴兒慢〉。怎當他呂渭老〈握金釵〉、夢隨烟散羅志仁〈風流子〉，誰念我魏夫人〈繫裙腰〉、事逐雲沈高觀國〈永遇樂〉。到如今樓槃〈霜天曉角〉，半隄花雨德祐太學生〈念奴嬌〉，一井桐陰史達祖〈月當廳〉。

蕭評：

七、九兩聯，用字極有分寸，究係拼湊得來；至十九、二十則明分主客，如出一家之手，要自難得。後結三語，似結而實未結，不可謂非小病也。

許、林校勘（頁 42）：

〔寶〕「梳就」一作「挽就」。〔柳〕疑別有出處。〔花〕〈唐多令〉一作〈南樓令〉。〔酒〕〈鷓鴣天〉一作〈思佳客〉。〔暖〕此詞為無名氏詞，見《草堂詩餘前集》卷上，《類編草堂詩餘》卷一誤作歐陽修詞。〔倚〕「凝望」一作「顒望」。〔到〕此詞又誤作林逋詞，見《古今圖書集成·草木典》卷二百一十「梅部」。又誤作元虞集詞，見《詩餘圖譜·補遺》。

生補正：

「煖風」句，「煖」《校勘》本作「暖」，《全宋詞》作「暖」（第五冊，頁 3737）。「幾回」句，「幾」《校勘》本作「几」，《全宋詞》作「幾」（第四冊，頁 2413）。「半隄」句，「隄」《校勘》本作「堤」，《全宋詞》作「堤」（第五冊，頁 3872）。

念奴嬌（卷 1 頁 31）

乍寒簾幙黃廷璹〈解連環〉，胥春紅愁溼趙聞禮〈好事近〉，海棠經雨万俟詠〈卓牌兒〉。三十六陂芳草地陳允平〈木蘭花〉，冷落踏青心緒柳永〈鬪百花〉。小閣凝香呂渭老〈惜久長〉，單衣試酒李彭老〈一萼紅〉，夢到銷魂處曹組〈驀山溪〉。子規聲裏洪咨夔〈眼兒媚〉，匆匆春又歸去辛棄疾〈摸魚兒〉。　遙見翠檻紅樓韋莊〈河傳〉，朱欄碧甃毛滂〈感皇恩〉，忘卻來時路馮取洽〈摸魚兒〉。一晌沈吟誰會得譚宣子〈謁金門〉，寫密斷腸新句史深〈花心動〉。曲曲屏山姜夔〈齊天樂〉，溫溫沈水吳淑姬〈祝英臺近〉，唱徹〈黃金縷〉秦觀〈鳳棲梧〉。繡牀倚遍曾允元〈水龍吟〉，愁連滿眼烟樹黃機〈摸魚兒〉。

蕭評：

二、三兩句倒裝，「罥春紅愁濕」五字突如其來，幾不成語，接以「海棠經雨」，便覺雋妙。前結何等自然，信手拈來，自饒風致。又此調過片乃取自〈河傳〉，亦意想不到者。

許、林校勘（頁 43）：

〔三〕〈木蘭花〉一作〈玉樓春〉。〔夢〕此詞又誤入洪正治本《白石詩詞集》。〔遙〕「遙見」一作「遙望」。〔一〕「一晌」一作「一餉」。〔唱〕〈鳳棲梧〉一作〈黃金縷〉。

生補正：

「夢到」句，「銷」字《校勘》本作「消」，《全宋詞》作「銷」（第二冊，頁 801）。「唱徹」句，「秦覯」，「覯」字《校勘》本作「觀」，「觀」是。

念奴嬌　春晚（卷 1 頁 32）

若耶溪路康與之〈洞仙歌〉，悵行雲夢斷韓元吉〈永龍吟〉，水邊樓閣辛棄疾〈瑞鶴仙〉。樓上東風春不淺張先〈蝶戀花〉，鶯去亂紅猶落宋祁〈好事近〉。綠樹成陰李萊老〈高陽臺〉，青苔滿地劉克莊〈摸魚兒〉，忘了前時約張元幹〈點絳脣〉。危闌倚徧蔡伸〈蘇武慢〉，斜陽又滿東角張榘〈應天長〉。　聞道花底花前王嵎〈祝英臺近〉，翠蛾如畫王庭珪〈點絳脣〉，別後新梳掠朱敦儒

〈點絳脣〉。盡日相思羅帶緩嚴仁〈玉樓春〉，應是素肌瘦削潘元質〈花心動〉。芳草連雲張震〈蝶戀花〉，煖香吹月劉鎮〈水龍吟〉，病起情懷惡韓淲〈金縷曲〉。等閒孤負程垓〈水龍吟〉，重重繡帟珠箔万俟詠〈尉遲盃〉。

蕭評：

四五語雋。後起五句，脈絡貫穿，辭意甚婉。

許、林校勘（頁45）：

〔若〕〈洞仙歌〉一作〈洞仙歌令〉。〔悵〕原句為「悵飛梟路踏，行雲夢斷」。〔鶯〕「鶯去」一作「吹去」。〔危〕全句為「淒涼危欄倚遍」。〔斜〕張榘應為張矩。〔盡〕此詞又誤作劉過詞，見周濟《詞辨》。〔暖〕現存劉鎮詞兩闋，無此調。〔病〕〈金縷曲〉一作〈賀新郎〉。〔等〕此詞又誤作辛棄疾詞，見《草堂詩餘續集》卷下。

生補正：

「悵行」句，「永龍」應作「水龍」，《全宋詞》作「水龍」（第二冊，頁1401）。「危闌」句，「徧」《校勘》本作「遍」，《全宋詞》作「遍」（第二冊，頁1006）。「煖香」句，「煖」《校勘》本作「暖」，《全宋詞》作「暖」（第四冊，頁2473）。「等閒」句，《校勘》本「閒」作「閑」，《全宋詞》作「閒」（第三冊，頁1992）。「重重」句，「帟」《校勘》本作「簾」，《全宋詞》作「帟」（第二冊，頁808）。

念奴嬌（卷1頁32）

籠香覓醉朱昂孫〈真珠簾〉，向尊前擬問李甲〈過秦樓〉，閒愁幾許葛勝仲〈點絳脣〉。往事過如幽夢斷張先〈木蘭花〉，夢斷綠窗鶯語向鎬〈如夢令〉。暗雨敲花李彭老句，平波卷絮張炎〈高陽臺〉，空憶橫塘路曹組〈驀山溪〉。木蘭艇子賀鑄〈厭金杯〉，載將離恨歸去周邦彥〈尉遲盃〉。　　獨倚紅藥闌邊張涅〈祝英臺近〉，蒼苔徑裏晁補之〈永遇樂〉，無計相分付毛滂〈青玉案〉。臂枕香消眉黛斂楊冠卿〈蝶戀花〉，搵得淚痕無數黃機〈摸魚兒〉。繡閣輕拋柳永〈夜半樂〉，瓊疏靜掩周密〈齊天樂〉，畢竟春誰主易祓溪〈驀山溪〉。子規聲斷陳亮〈水龍吟〉，前塵回首俱誤李昴英〈摸魚兒〉。

蕭評：

語語鉤連緊密，如自己出，後起兩句，是汪君慣技，自然順適；四、五句，則不免搔首弄姿矣。

許、林校勘（頁 46）：

〔籠〕原句為「對此籠香覓句」。〔閑〕此詞又誤作王安禮詞，見《歷代詩餘》卷五。〔夢〕向鎬應為向滈。滈字豐之，有《樂齋集》。〔暗〕殘句，失調名，見《詞旨屬對》。〔水〕〈厭金杯〉一作〈獻金杯〉。

生補正：

「閒愁」句，「閒」字《校勘》本作「閑」，《全宋詞》作「閒」（第二冊，頁 717）。「暗雨」，「花」《校勘》本作「窗」，《全宋詞》作「花」（第四冊，頁 2972）。「搵得」句，「淚」字《校勘》本作「泪」，「無」《校勘》本作「无」，《全宋詞》作「淚」、「無」（第四冊，頁 2531）。「瓊疏」句，「瓊」字《校勘》本作「琼」，《全宋詞》作「瓊」（第五冊，頁 3272）。

東風第一枝　夜思（卷1頁33）

紅蓼烟輕謝逸〈采桑子〉，綠楊風急范成大〈秦樓月〉，翠簾十二空捲張樞〈壺中天〉。多情要密還疏趙彥端〈風入松〉，幽夢似真還斷趙崇嶓〈過秦樓〉。屏幃半掩劉鎮〈漢宮春〉，漸迤邐、更催銀箭潘元質〈倦尋芳〉。奈箇人、水隔天遮王沂孫〈高陽臺〉，燈下有誰相伴許棐〈清平樂〉。　休說起趙汝茪〈謁金門〉，鶯嬌燕婉張翥〈摸魚子〉，都忘卻張先〈滿江紅〉、蝶悽蜂慘楊纘〈八六子〉。今宵雨魄雲魂趙令畤〈清平樂〉，明日水村烟岸向鎬〈如夢令〉。匆匆聚散洪瑹〈瑞鶴仙〉，更舊恨新愁相間辛棄疾〈錦帳春〉。對菱花、與說相思陸叡〈瑞鶴仙〉，眉鎖何曾舒展尹濟翁〈聲聲慢〉？

蕭評：

首二句時令，微覺欠合，「屏幃」以下，一氣流轉，後半雙起雙承，至「匆匆聚散」四字一束，以起下文作結，章法甚佳。

許、林校勘（頁47）**：**

〔休〕「休說起」一作「羞說起」。〔鶯〕〈摸魚子〉一作〈摸魚兒〉。〔今〕此詞一作劉弇詞，見《苕溪漁隱叢話後集》卷四十引《復齋漫錄》。〔明〕「向鎬」為應「向滈」。〔更〕「更舊恨」一作「把舊恨」。

生補正：

「翠簾」句，「捲」字《校勘》本作「卷」，《全宋詞》作「捲」（第四冊，頁3030）。「燈下」句，「燈」字《校勘》本作「灯」，《全宋詞》作「燈」（第四冊，頁2865）。

木蘭花慢（卷 1 頁 34）

碧雲春信斷趙令畤〈小重山〉，思往事李元膺〈思佳客〉，慘無歡李之儀〈玉胡蝶〉。但密袖熏虬史深〈玉漏遲〉，芳屏聚蝶周密〈露華憶〉，急鼓催鶯蔣捷〈春夏兩相期〉。歌闌旋燒絳蠟黃庭堅〈惜餘歡〉，任畫簾不卷玉鉤閒陳允平〈滿江紅〉。天外征帆隱隱舒亶〈滿庭芳〉，樓前小雨珊珊元好問〈清平樂〉。　　輕翻歐陽脩〈南鄉子〉，倦枕夢初殘胡翼龍〈少年游〉，獨自倚闌干馮延巳〈臨江仙〉。料素扇塵深黃廷璹〈鎖窗寒〉，繡囊香減蕭東父〈齊天樂〉，金縷衣寬柳永〈雨中花慢〉。無端淚珠暗簌石孝友〈聲聲慢〉，正黃昏時候杏花寒岳珂〈滿江紅〉。依舊照人秋水晁補之〈鬪百花〉，憑誰剗却春山羅椅〈清平樂〉。

蕭評：

此調集者為曲合聲律，煞費苦心。「輕翻」二字讀斷，尚復易為；至第七至第十七兩句則萬分棘手，即令「闌」「端」二字，妙手偶得，而「旋」、「絳」、「淚」、「暗」四字，皆屬去聲；便覺巧不可階矣。憶往年拙作此調，和者數家，往往漏韻誤聲，大為音律所窘，汪氏乃以集句出之，用心之苦，蓋可想矣！

許、林校勘（頁 48）**：**

〔碧〕此詞又誤作趙德仁詞，見《草堂詩餘前集》卷下。〔思〕〈思佳客〉一作〈鷓鴣天〉。〔芳〕〈露華憶〉一作〈露華〉或〈露華慢〉。〔獨〕「倚闌干」一作「憑闌干」。〔金〕〈雨中花慢〉一作〈錦堂春〉。〔无〕〈聲聲慢〉一作〈勝勝慢〉。

生補正：

「任晝」句，「閒」字《校勘》本作「閑」，《全宋詞》作「閒」（第五冊，頁3128）。「無端」句，「淚」字《校勘》本作「泪」，《全宋詞》作「淚」（第三冊，頁2041）。「憑誰」句，「憑」字《校勘》本作「凭」，《全宋詞》作「憑」（第五冊，頁3072）。

喜遷鶯（卷1頁35）

花飛時節程垓〈玉漏遲〉，正涼掛半蟾翁元龍〈風流子〉，晚晴風歇范成大〈霜天曉角〉。鳳枕慵欹無名氏〈杜韋娘〉，象牀困倚樓扶〈水龍吟〉，樓上玉笙吹徹倪瓚〈柳梢青〉。素腕光搖寶釧袁華〈水調歌頭〉，翠幌光搖絳蠟舒頔〈風入松〉。久延佇張翥〈瑞龍吟〉，但餘香繞夢陳坦之〈沁園春〉，錦圍紅匝張雨〈滿江紅〉。　　凄絕蕭泰來〈霜天曉角〉，歌一闋寇準〈陽春引〉。青翼不來袁去華〈一叢花〉，猶醉迷飛蝶曹原〈玲瓏四犯〉。時笑時謳李甲〈過秦樓〉，同行同坐楊无咎〈玉抱肚〉，消盡水沈金鴨李肩吾〈謁金門〉。二十四簾芳晝陳允平〈過秦樓〉，二十四橋明月周密〈瑤花〉，紫簫遠吳文英〈法曲獻仙音〉，怕牽愁勾怨陳偕〈滿庭芳〉，頓成輕別賀鑄〈柳色黃〉。

蕭評：

亦見風光，微嫌泛設。

許、林校勘（頁49）**：**

〔凄〕「凄絕」一作「清絕」。〔歌〕〈陽春引〉應作〈陽關引〉。寇準作〈陽關引〉，檃括王維〈陽關曲〉。〔頓〕〈柳色黃〉一作〈石州引〉。

生補正：

「正涼」句，「涼」字《校勘》本作「凉」，《全宋詞》作「涼」（第四冊，頁2944）。「鳳枕」句，「無」字《校勘》本作「无」，《全宋詞》作「無」（第五冊，頁3655）。「象牀」句，「牀」字《校勘》本作「床」，《全宋詞》作「牀」（第五冊，頁2965）。

永遇樂　殘春（卷1頁35）

楊柳風柔薩都剌〈少年游〉，梧桐雨細張輯〈疏簾淡月〉，梁燕無主劉辰翁〈蘭陵王〉。鬥草庭空陳允平〈永遇樂〉，采蘋溪晚賀鑄〈厭金杯〉，春事能幾許周邦彥〈掃花遊〉。酒邊成醉吳潛〈青玉案〉，詩邊就夢史達祖〈齊天樂〉，一晌凝情無語王之道〈如夢令〉。慢佇想、明璫鉤襪劉之才〈解連環〉，相趁落紅飛去盧祖皋〈謁金門〉。　紅巾翠袖辛棄疾〈水龍吟〉，紅茵翠被柳永〈慢卷紬〉，風月誰憐虛度黃機〈念奴嬌〉。豆蔻濃時程垓〈雨中花〉，海棠開後王詵〈雨中花〉，迢遞歸夢阻王沂孫〈掃花游〉。芳姿綽約趙以夫〈角招〉，芳心繾綣洪瑹〈瑞鶴仙〉，悵望舊游仙侶葉閶〈摸魚兒〉。近更苦、雲衣香薄黃廷璹〈解連環〉，夜溫繡戶吳文英〈絳都春〉。

蕭評：

第四句「鬪草庭空」，為對下句「采蘋溪晚」，竟用陳允平〈永遇樂〉中語，與本調同，於集者原例欠合，殆一時遷就對偶，不覺其誤耳，愚意不如改用周密〈齊天樂〉中之「倚竹天寒」四字為妥。

許、林校勘（頁 50）：

〔楊〕〈少年游〉一作〈小闌干〉。〔采〕〈厭金杯〉一作〈獻金杯〉。〔春〕〈掃花遊〉一作〈掃地花〉。〔一〕「一晌」一作「一餉」。〔豆〕〈雨中花〉一作〈雨中花令〉。〔悵〕「舊游仙侶」一作「游仙舊侶」。

生補正：

「梁燕」句，「無」《校勘》本作「无」，《全宋詞》作「無」（第五冊，頁 3213）。「春事」句，「幾」《校勘》本作「几」，《全宋詞》作「幾」（第二冊，頁 597）。「一晌」句，「無」《校勘》本作「无」，《全宋詞》作「無」（第二冊，頁 1162）。

永遇樂（卷 1 頁 36）

遲日催花陳亮〈水龍吟〉，柔風過柳李彭老句，吹夢難醒翁孟寅〈齊天樂〉。寶鴨烟銷張半湖〈掃花游〉，玉麟寒少張矩〈孤鸞〉，香伴銀屏冷魏子敬〈生查子〉。朱扉斜闔吳文英〈暗香〉，朱闌斜倚劉涇〈夏初臨〉，淚眼自看清影朱敦儒〈桂枝香〉。漫問著、小桃無語高觀國〈玲瓏四犯〉，誤了鶯鶯相等姚鏞〈謁金門〉。　姿姿媚媚柳永〈擊梧桐〉，娉娉嬝嬝黃庭堅〈驀山溪〉，新樣雙鸞交映利登〈洞仙歌〉。錦瑟重調王易簡〈齊天樂〉，冰奩半掩呂洞老〈水龍吟〉，深院簾櫳靜謝逸〈驀山溪〉。素紈招月陳允平〈法曲獻仙音〉，素甌泛雪王沂孫〈解連環〉，往事不堪追省錢應庚〈臺城路〉。念修竹、天寒何處劉儗〈賀新郎〉，恨長怨永王千秋〈瑞鶴仙〉。

蕭評：

起筆三句，寫早春光景，「吹夢」之「夢」，非謂人而謂花柳，自饒情致。前結稍稍照應，亦復大佳。後起直寫，靈活，至第二十句小束，結句四字，恰合準繩，極見心細。

許、林校勘（頁51）：

〔柔〕僅存「暗雨敲花，柔風過柳」兩句，失調名。〔玉〕張矩應作張榘。〔冰〕「冰匳」一作「冰簾」。〔念〕劉拟名仙倫，字叔拟。

生補正：

「淚眼」句，「淚」《校勘》本作「泪」，《全宋詞》作「淚」（第二冊，頁834）。「漫問」句，「無」《校勘》本作「无」，《全宋詞》作「無」（第四冊，頁2360）。

蘇武慢（卷1頁37）

翠陌吹衣史達祖〈釵頭鳳〉，青門解袂賀鑄〈萬年歡〉，人共海棠俱醉王嵎〈夜行船〉。蜂愁蝶恨呂渭老〈薄倖〉，燕約鶯期周密〈曲游春〉，斷送一生憔悴趙令畤〈清平樂〉。常記那回秦觀〈河傳〉，榆莢拋錢陳偕〈滿庭芳〉，桃花貪子蔡松年〈念奴嬌〉。倚孤芳澹泞謝楙〈解連環〉，幽芳零亂王沂孫〈慶宮春〉，謾沾殘淚吳文英〈齊天樂〉。　　凝望處韓玉〈賀新郎〉，月滿南樓趙長卿〈燭影搖紅〉，雲橫西塞謝逸〈燕歸梁〉，簾卷曲闌獨倚吳城小龍女〈荊州亭〉。倦調瑤瑟沈景高〈沁園春〉，悶剔銀釭杜龍沙〈鬪雞回〉，還是向來情味晁補之〈鬪百花〉。惆悵後期康與之〈應天長〉，蟬錦香沈黃簡〈眼兒媚〉，鳳箋春麗陸游〈風流子〉。被紅塵隔斷陳允平〈拜星月慢〉，愁落鵑聲萬里張炎〈西子妝〉。

蕭評：

集者於此調係以呂聖求所作為其準繩，故第七句用「常記那回」，第二十句用「惆悵後期」，與呂作「誰念少年」、「聞道近來」兩句，銖兩悉稱。前結「謾沾殘淚」，呂作「倦尋歌扇」；後結「愁落鵑聲萬里」，呂作「回首江南路遠」。於發調處，絲毫不苟。集者尚不以為苦，抑何作家之反視聲律為枷鎖耶？

許、林校勘（頁 52）**：**

〔青〕〈萬年歡〉一作〈斷湘弦〉。〔斷〕此詞疑為劉弇詞，見《苕溪漁隱叢話後集》卷四十引《復齋漫錄》。〔謾〕「謾沾」一作「漫沾」。〔悶〕「銀釭」一作「銀缸」。〔蟬〕「蟬錦」一作「蟺錦」。

生補正：

「謾沾」句，「淚」《校勘》本作「泪」，《全宋詞》作「淚」（第四冊，頁 2885）。「簾卷」句，「闌」《校勘》本作「欄」，《全宋詞》作「欄」（第五冊，頁 3861）。「還是」句，「花」《校勘》本作「草」，《全宋詞》作「花」（第一冊，頁 580）。

一萼紅（卷 1 頁 38）

惜芳時晏殊〈漏更子〉，歎江潭冷落周密〈水龍吟〉，楊柳又如絲溫庭筠〈菩薩蠻〉。遲日烘晴王茂孫〈高陽臺〉，深烟帶晚張炎〈鎖窗寒〉，還是綠與春歸王澡〈祝英臺近〉。但暗水、新流芳恨楊纘〈八六子〉，恨伯勞、東去燕西飛元好問〈滿江紅〉。賣酒壚邊李甲〈過秦樓〉，湔裙淇上賀鑄〈憶秦娥〉，翠斂愁眉康與之〈風入松〉。　閑處淚珠偷落袁去華〈謁金門〉，向花前月下毛幵〈滿江紅〉，待訴心期張艾〈夜飛鵲〉。孤館迢迢周邦彥〈點絳脣〉，離亭黯黯吳文英〈惜黃花慢〉，應念瘦損香肌方君遇〈風流子〉。記舊約、薔薇開後陳允平〈倦尋芳〉。甚殘寒、猶怯苧羅衣楊恢〈八聲甘州〉。一縷幽香難滅李億〈念奴嬌〉，虛費相思呂渭老〈木蘭花慢〉。

蕭評：

第六及第十七兩句，本可不作拗句。而集者舍易就難，既拘於格律，又限於韻腳，居然應付裕如，不可謂非妙手；縱有小疵，不足為病。

許、林校勘（頁 54）**：**

〔惜〕現存晏殊〈更漏子〉四闋，無此句。〔待〕「待訴」一作「欲訴」。〔記〕「薔薇」一作「荼蘼」。

生補正：

「閑處」句，「淚」《校勘》本作「泪」，《全宋詞》作「淚」（第三冊，頁 1501）。

大聖樂（卷 1 頁 39）

紅綬銷香康與之〈風流子〉，翠綃封淚陳亮〈水龍吟〉，殢歡尤惜曹原〈瑞鶴仙〉。便等閑、孤枕驚回王茂孫〈高陽臺〉，繡被夢輕吳文英〈絳都春〉，腸斷夜闌霜笛黃玉泉〈東風第一枝〉。睡起欄干凝思處趙以夫〈二郎神〉，正雨後、梨花幽艷白孫道絢〈憶少年〉。當時事吳激〈風流子〉，記玉筍攬衣孫惟信〈風流子〉，茸唾凝碧施岳〈蘭陵王〉。　　如今眼穿故國王沂孫〈望梅〉，念過眼光陰難再得曹組〈憶少年〉。惹芳心如醉晏幾道〈探春令〉，舊游如夢無名氏〈古陽關〉，亂愁如織黃霽宇〈水龍吟〉。燕子銜來相思字楊恢〈二郎神〉，試點染、吟箋留醉墨黃子行〈西湖月〉。渾無據陳坦之〈沁園春〉，奈蝶怨、良宵岑寂周密〈曲游春〉。

蕭評：

以集句言，此調極難成篇，如後起第十二句，第八及第十八兩句，皆屬不易，七及十七，又稍難矣；尤以第五句四字，極不易得，況第四句七字又正在其上，遷就音節，則文氣不貫，集者以「便等閑孤枕驚回」喚起，輕輕以「繡被夢輕」四字一接，再以「腸斷夜闌霜笛」，倒裝說出，可稱妙絕。論其音節，則與周草窗「漸午陰簾影移香，燕語夢回」二語，四聲全合，真不知嘔盡多少心血而成，雕龍刻棘，精力枉拋，良堪一嘆！豈慧業文人，如到死春蠶，非盡吐胸中所蓄不已耶？

許、林校勘（頁 55）**：**

〔正〕〈憶少年〉應為〈少年游〉。〔如〕此詞為無名氏詞，見《梅苑》卷四。《花草粹編》卷十二誤題王聖與（王沂孫字聖與）作；各家俱誤補入王沂孫《花外集》。金繩武本《花草粹編》卷二十三又誤作王夢應詞。

生補正：

「翠綃」句，「淚」《校勘》本作「泪」，《全宋詞》作「淚」（第三冊，頁 2108）。「記玉」句，「筍」《校勘》本作「笋」，《全宋詞》作「筍」（第四冊，頁 2484）。「舊遊」句，「無」《校勘》本作「无」，《全宋詞》作「無」（第五冊，頁 3842）。

風流子　春思（卷1頁40）

捲簾人睡起張樞〈瑞鶴仙〉，閒池閣范成大〈憶秦娥〉，獨自倚闌時薩都剌〈少年游〉。對清晝漸長張炎〈大聖樂〉，酒闌歌散劉瀾〈齊天樂〉，幽歡難偶無名氏〈一萼紅〉，事闊心違彭元遜〈解連環〉。怎忘得呂渭老〈江城子慢〉、絮飛波影亂韓元吉〈謁金門〉，葉暗乳鴉啼蔣子雲〈好事近〉。衣袖粉香翁元龍〈絳都春〉，幾多別恨黃昇〈月照梨花〉，襪羅塵沁趙聞禮〈水龍吟〉，一晌凝思張先〈卜算子慢〉。　　西樓天將晚楊无咎〈卓牌子〉，傷魂處柳永〈輪臺子〉、滿眼芳草斜暉李彭老〈一萼紅〉。背面銀牀斜倚李呂〈調笑令〉，珠淚偷垂康與之〈金菊對芙蓉〉。算江南江北盧祖皋〈沁園春〉，瑤池路杳曹原〈齊天樂〉；花開花謝葉清臣〈賀聖朝〉，金谷人歸姜夔〈點絳脣〉。又是一番憔悴吳儆〈滿庭芳〉，燕子誰依趙文〈八聲甘州〉。

蕭評：

此調當以第十五句最為難集，求之他調中殊不易得也。

許、林校勘（頁56）**：**

〔閑〕「閑池閣」又見陸游〈釵頭鳳〉。〈憶秦娥〉一作〈秦樓月〉。〔獨〕〈少年游〉一作〈小闌干〉。〔一〕「一晌」一作「一餉」。〔西〕〈卓牌子〉一作〈卓牌子慢〉。〔傷〕現存柳永詞有〈輪臺子〉二闋，「一枕清宵夢好」闋有「但黯黯魂消」句，「霧斂澄江」闋有「花開柳拆傷魂魄」句，兩闋均無此句。〔又〕「一番」一作「一春」。

生補正：

「捲簾」句，「捲」《校勘》本作「卷」，《全宋詞》作「卷」（第四冊，頁3029）。「閒池」句，「閒」《校勘》本作「閑」，《全宋詞》作「閒」（第三冊，頁1585）。「幽歡」句，「無」《校勘》本作「无」。「事闊」句，「違」《校勘》本作「迷」，《全宋詞》作「違」（第五冊，頁3313）。「葉暗」句，「鵶」《校勘》本作「鶯」，《全宋詞》作「鵶」（第二冊，頁913）。「幾多」句，「幾」《校勘》本作「几」，《全宋詞》作「幾」（第四冊，頁2995）。「珠淚」句，「淚」《校勘》本作「泪」，《全宋詞》作「淚」（第二冊，頁1308）。

大酺（卷1頁41）

似霧中花周晉〈柳梢青〉，風前絮岳珂〈滿江紅〉，望斷儂家心眼鄭僅〈調笑令〉。不堪殘酒醒舒亶〈散天花〉，聽幾聲啼鴂趙與仁〈好事近〉，一聲征雁曹組〈青玉案〉。寶瑟彈冰高觀國〈喜遷鶯〉，瓊壺敲月周密〈聲聲慢〉，黯黯夢雲驚斷蘇軾〈永遇樂〉。天涯歸期阻康與之〈風流子〉，只別愁如織洪适〈好事近〉，淚痕如線何籀〈點絳脣〉。記翠管聯吟林表民〈玉漏遲〉，紅爐對詎程垓〈雪獅兒〉，幾時得見孫氏〈燭影搖紅〉。　　尋芳來最晚晏幾道〈撲胡蝶〉，悄無語趙以夫〈芙蓉月〉，晝永重簾捲趙善杠〈賀新郎〉。念誰伴、塗妝綰髻劉一止〈夢橫塘〉，嚼蕊吹香朱淑真〈柳梢青〉，暗窗前、醉眠蔥蒨周邦彥〈玲瓏四犯〉。寂寞閑庭戶謝懋〈驀山溪〉，恁吟袖、畫闌空暖劉天游〈氐州第一〉，又還是春將半宋徽宗〈探春令〉。遺恨多少王沂孫〈掃花游〉，拾得殘紅一片危復之〈永遇樂〉，重來却尋朱檻歐陽修〈梁州令〉。

蕭評：

一氣流轉，對仗工緻。

許、林校勘（頁 57）：

〔望〕〈調笑令〉一作〈調笑轉踏〉。〔瓊〕「敲月」一作「歌月」。〔幾〕此詞為无名氏詞，見《草堂詩餘後集》卷下。《彤管遺編後集》卷二十誤作孫氏詞。〔晝〕趙善杠應作趙善扛。〔念〕「綰髻」一作「綰結」。〔嚼〕此詞為楊无咎詞，見《逃禪詞》。誤入朱淑真《斷腸詞》。

生補正：

「淚痕」句，「淚」《校勘》本作「泪」。「幾時」句，「幾」《校勘》本作「几」，「孫氏」《校勘》本作「鄭文妻孫氏」。「晝永」句，「捲」《校勘》本作「卷」，《全宋詞》作「捲」（第三冊，頁 1980）。

《麝塵蓮寸集》卷二

南歌子（卷 2 頁 43）

簾外三更雨鄧肅〈生查子〉，尊前一曲歌杜安世〈卜算子〉。纖手掩香羅張耒〈少年游〉。淚珠紅簌簌陳克〈謁金門〉，奈愁何曹組〈鷓鴣天〉。

蕭評：

此調集句雖易辨，難在有五代人風致。

許、林校勘（頁 58）**：**

〔紅〕「簌簌」一作「蔌蔌」。

生補正：

「淚珠」句，「淚」《校勘》本作「泪」，《全宋詞》作「淚」（第二冊，頁 826）。

南歌子（卷 2 頁 43）

綬帶盤金鳳歐陽炯〈女冠子〉，羅襦隱繡茸李彭老〈生查子〉。背立怨東風姜夔〈玉梅令〉。東風無氣力陳克〈謁金門〉，惹殘紅毛文錫〈酒泉子〉。

蕭評：

「背立」句以下，信手拈來，一波三折。

生補正：

「綬帶」句，「鳳」《校勘》本作「縷」。「東風」句，「無」《校勘》本作「无」，《全宋詞》作「無」（第二冊，頁 827）。

江南春（卷 2 頁 44）

羅幌掩歐陽炯〈三字令〉，錦屏空汪輔之〈行香子〉。斷腸芳草碧韋莊〈謁金門〉，流恨落花紅戴復古〈木蘭花慢〉。重門不鎖相思夢趙令畤〈錦堂春〉，雙燕歸來細雨中歐陽修〈采桑子〉。

蕭評：

前四句皆消極語，至第五句作反語一轉，以「雙燕」為結，頗見溫婉。

許、林校勘（頁 59）**：**

〔羅〕「羅幌掩」一作「羅幌卷」。〔錦〕此詞又見晏幾道《小山詞》。〔重〕〈錦堂春〉一作〈烏夜啼〉。

江南春（卷2頁44）

梁燕語周邦彥〈垂絲釣〉，谷鶯遷歐陽炯〈春光好〉。幽蘭啼曉露宋褧〈穆護砂〉，垂柳羃瑤烟曹冠〈小重山〉。倚闌誰唱〈清真曲〉晁子正〈鷓鴣天〉，愁入春風十四絃陸游〈采桑子〉。

蕭評：

此種小令，即屬創作，亦易落虛浮，何況集句？

許、林校勘（頁60）**：**

〔梁〕「梁燕語」一作「梁間燕語」。

生補正：

「倚闌」句，「闌」《校勘》本作「欄」，「晁子正」，「正」《校勘》本作「止」。

江南春（卷2頁44）

香燼冷趙汝茪〈江城梅花引〉，錦衾寒李後主〈更漏子〉。夢游芳草路張元幹〈臨江仙〉，醉過落花天徐囦子〈臨江仙〉。泥金小字回文句王安中〈鷓鴣天〉，寫向紅窗月夜前晏幾道〈破陣子〉。

蕭評：

全首近於拼湊，有似聲律啟蒙矣，此不能為賢者諱也。

許、林校勘（頁 60）：

〔香〕〈江城梅花引〉一作〈梅花引〉。〔錦〕此詞《尊前集》作李後主（李煜）詞，《花間集》列為溫庭筠詞。〔夢〕「夢游」一作「夢迷」。〔泥〕「回文」一作「蠻箋」。

生補正：

「醉過」句，「落」《校勘》本作「杳」。「寫向」句，「幾」《校勘》本作「几」，《全宋詞》作「幾」（第一冊，頁 246）。

江南春（卷 2 頁 45）

朱閣靜呂渭老〈祝英臺近〉，翠簾垂李清照〈訴衷情〉，藕花香習習袁去華〈謁金門〉，梅子雨絲絲蔡松年〈石州慢〉。多愁多感仍多病蘇軾〈采桑子〉，愁病厭厭與睡宜蔡柟〈鷓鴣天〉。

蕭評：

梅子藕花，恐非同時並見之物，不能謂非小疵。五六兩句，略見巧思，究非上乘。

許、林校勘（頁 61）：

〔朱〕〈祝英臺近〉一作〈祝英台〉。〔多〕「多愁」一作「多情」。

如夢令（卷 2 頁 45）

深院月斜人靜司馬光〈西江月〉，一桁愔愔簾影周密〈西江月〉。愁壓曲屏清胡翼龍〈徵招〉，須信情多是病波子山〈剔銀燈〉。

重省徐伸〈二郎神〉，重省陸淞〈瑞鶴仙〉，依舊歸期未定李玉〈金縷曲〉。

蕭評：

「重省」二字叠句，必求之兩家之作，亦見其不苟處。

許、林校勘（頁 62）：

〔重〕此詞（陸淞〈瑞鶴仙〉）又誤作歐陽修詞，見《草堂詩餘前集》卷上。〔依〕〈金縷曲〉一作〈賀新郎〉。此詞又誤作潘汾詞，見《陽春白雪》卷一。又誤入趙長卿《惜春樂府》卷四。

生補正：

「愁壓」句，「清」《校勘》本作「深」，《全宋詞》作「深」（第五冊，頁 3068）。「須信」句，《校勘》本未作箋注。

如夢令（卷 2 頁 46）

又是一番春暮周密〈西江月〉，又是一番紅素李好古〈謁金門〉。烟雨正愁人高觀國〈少年游〉，人面桃花在否袁去華〈瑞鶴仙〉？凝佇徐□□〈真珠簾〉，凝佇姜夔〈月下笛〉，尚憶去年崔護洪瑹〈永遇樂〉。

蕭評：

全詞一片渾成，一氣流轉，無一語泛設，無一字浮濫。結語點明詞意，遂覺全文生動，與調名「如夢」或「憶仙姿」，亦極切合。

如夢令（卷2頁46）

曲折迷春怨宇徐儼夫〈西江月〉，沈水烟横香霧謝逸〈謁金門〉。卷帳蠟燈紅賀鑄〈厭金盃〉，誰在玉樓歌舞李好古〈謁金門〉，無據柳永〈黃鶯兒〉，無據孫居敬〈喜遷鶯〉，空惹閒愁千縷趙以夫〈鵲橋仙〉。

蕭評：

前四句寫景尚佳，後文如此結束，便覺少味。集者如能割愛，另集四句，使「無據」二字突出，倍見精神，便成佳構矣。

許、林校勘（頁63）：

〔卷〕〈厭金杯〉一作〈獻金杯〉。

生補正：

「卷帳」句，「蠟燈」《校勘》本作「蜡灯」，《全宋詞》作「蠟燈」（第一冊，頁537）。「無據」，「無」《校勘》本作「无」，《全宋詞》作「無」（第一冊，頁13）。

女冠子（卷2頁47）

月樓花院賀鑄〈青玉案〉，睡起橫波慢顧敻〈醉公子〉。想幽歡史達祖〈玉胡蝶〉。轉語傳青鳥孫光憲〈生查子〉，含羞整翠鬟張先〈生查子〉。　酒邊人楚楚張翥〈謁金門〉，簾外雨潺潺李後主〈浪淘沙〉。楊柳黃昏約岳珂〈生查子〉，怨春寒張元幹〈怨王孫〉。

蕭評：

此集亦大佳，惟結尾兩語，微嫌不屬。「怨春寒」三字既不足以結「楊柳黃昏約」之意，又用月上柳梢意與上句亦微犯。不如將第八句改用韋莊〈菩薩蠻〉中之「皓腕凝雙雪」，似更流貫。

許、林校勘（頁63）：

〔月〕「月樓」一作「月橋」。〈青玉案〉一作〈橫塘路〉。〔含〕此詞為歐陽修詞，見《近體樂府》卷一。《類編草堂詩餘》卷一誤作張先詞。

生補正：

「含羞」句，「鬟」蕭先生「自存」本改作「鬟」。《全宋詞》第一冊張先〈存目詞〉作此。

女冠子（卷2頁47）

瑣窗朱戶賀鑄〈青玉案〉，滿地梨花雨韋莊〈清平樂〉。獨無憀顧夐〈河傳〉。撥火溫寒酯俞國寶〈卜算子〉，開帆候信潮皇甫松〈怨回紇〉。　　紅巾銜翠翼史達祖〈玉簟涼〉，綠酒負金蕉張翥〈風入松〉。惆悵誰能賦姜夔〈卜算子〉，恨迢迢魏承班〈訴衷情〉。

蕭評：

此首前半尚可。後四句，一味拼湊，真成「集句」矣。較之以前諸作，真可刪去。

許、林校勘（頁64）：

〔瑣〕〈青玉案〉一作〈橫塘路〉。〔開〕此詞又作皇甫冉詞，見《全唐詩》卷九。

生補正：

「獨無」句，「無」《校勘》本作「无」。

采桑子（卷2頁48）

綠窗酒醒春如夢舒亶〈菩薩蠻〉，空想芳馨羅志仁〈木蘭花慢〉。誰誤娉婷姚雲文〈木蘭花慢〉，柳樣纖柔花樣輕張先〈長相思〉。　　翠珠塵冷香如霧無名氏〈青門怨〉，霓節飛瓊吳文英〈無悶〉。錦瑟湘靈張翥〈鳳凰臺上憶吹簫〉，月樣嬋娟雪樣清毛滂〈浣溪沙〉。

蕭評：

上下片全文對仗，皆好語耳！

生補正：

「霓節」句，「無」《校勘》本作「无」，《全宋詞》作「無」（第四冊，頁2903）。

采桑子（卷2頁48）

綠陰滿院簾垂地陳克〈虞美人〉，春也難留蔣捷〈高陽臺〉。春也堪羞黎廷瑞〈朝中措〉，兩點春山滿鏡愁周邦彥〈鷓鴣天〉。　　泠泠水向橋東去劉鎮〈玉樓春〉，獨倚江樓查荎〈透碧霄〉。獨上蘭舟李清照〈一翦梅〉，聽得吹簫憶舊游孫惟信〈南鄉子〉。

蕭評：

集來神似易安居士之作。

許、林校勘（頁 65）**：**

〔兩〕現存周邦彥詞不見此闋。〔獨〕（查荎〈透碧霄〉）「江樓」一作「西樓」。

采桑子（卷 2 頁 49）

夢雲散後無蹤跡無名氏〈踏莎行〉，冷冷清清李清照〈聲聲慢〉。冷冷清清汪元量〈鶯啼序〉，十二雕窗六曲屏高觀國〈卜算子〉。　　羅帷黯淡燈花結范成大〈秦樓月〉，宿酒初醒柴望〈念奴嬌〉。宿酒初醉儲泳〈齊天樂〉，歸去如何睡得成譚宣子〈長相思〉？

蕭評：

詞中兩組疊句，各有出處，殊不易得。然其妙處尤在首尾各句，配襯得好。「十二雕窗」句，七字純寫實境，本無哀樂之情；但冠以「冷冷清清」四字，便覺「窗屏」諸物，皆染有「夢雲散後」之寂寥情緒矣，頓遣精神生動。第六句「宿酒初醒」，屬「羅帷黯淡」句，正初醒時之情緒；第七句，則屬結句，一轉念間，涉及「歸去如何睡得成」也。故語重而意不重。

生補正：

「夢雲」句，「無」《校勘》本作「无」。「宿酒初醉」句，《校勘》本作「宿酒初醒」，《全宋詞》作「宿酒初醒」（第四冊，頁 2956）。

采桑子（卷 2 頁 49）

匆匆相遇匆匆去郭應祥〈玉樓春〉，羅帶輕分秦觀〈滿庭芳〉。羅帶輕分劉假〈一翦梅〉，相送黃花落葉村程垓〈南鄉子〉。　蛩螿更作聲聲怨黃機〈蝶戀花〉，幾度黃昏王沂孫〈疏影〉。幾度黃昏楊恢〈祝英臺近〉，露冷依前獨掩門張先〈南鄉子〉。

蕭評：

中四疊句，其第二句，言相遇之時，第三句言相送之時。第六句言相別之後，第七句言懷人之際，正不嫌其重。以俗手為之，四、八兩句，必成贅文，可截去作〈一翦梅〉矣，一笑。

卜算子（卷 2 頁 50）

紅綻武陵溪洪适〈生查子〉，翠隔江淹浦歐陽修〈虞美人影〉。一段春嬌入畫屏陳允平〈鷓鴣天〉，不道春將暮王安石〈傷春怨〉。　簾捲玉鉤斜溫庭筠〈南歌子〉，夢逐金鞍去姜夔〈醉吟商〉。暮雨瀟瀟郎不歸白居易〈長相思〉，無說相思處周紫芝〈生查子〉。

蕭評：

明潔可喜。後起語尤雋。

許、林校勘（頁 67）**：**

〔紅〕「紅綻」一作「紅慘」。〔一〕〈鷓鴣天〉一作〈思佳客〉。

〔不〕〈傷春怨〉應作〈生查子〉。〔暮〕此詞又作吳二娘詞，見葉申薌《本事詞》及卓人月《古今詞統》。

卜算子（卷2頁50）

吸盡紫霞杯王灼〈恨來遲〉，歌斷〈黃金縷〉趙鼎〈蝶戀花〉。更傍朱脣暖玉簫吳億〈南鄉子〉，一一春鶯語張先〈生查子〉。　無處說相思晏幾道〈生查子〉，都為相思苦王茂孫〈點絳脣〉。簾外飛花自往還陳允〈思佳客〉，斷送春歸去張震〈驀山溪〉。

蕭評：

張子野詞為：「雁柱十三絃，一一春鶯語。」妙在「一一」二字自「十三」二字生出。此處則「語」字自「朱脣」二字生出。一言琴，一言簫，各有佳致。大凡集句家，無非掇拾他人語，縱不能更勝原作一籌，亦不可令「失主」縐眉也。近人集句，往往將前人雋語，集成死句，「失主」有知，或將起而訟之。

許、林校勘（頁68）：

〔吸〕原句為「更勸君、吸盡紫霞杯」。〔一〕此詞為歐陽修詞，見《近體樂府》卷一。《類編草堂詩餘》誤作張先詞。

生補正：

「無處」句，「無」《校勘》本作「无」，《全宋詞》作「無」（第一冊，頁228）。

訴衷情（卷 2 頁 51）

小窗簾影冷如冰趙令時〈臨江仙〉，簾外月朧明岳飛〈小重山〉。暮雲依舊凝碧万俟詠〈念奴嬌〉，何處逐雲行毛熙震〈臨江山〉。　　鶯意嬾周密〈江城子〉，蝶愁輕翁元龍〈阮郎歸〉，若為情張孝祥〈六州歌頭〉。露橋聞笛周邦彥〈蘭陵王〉，水國吹簫張炎〈齊天樂〉，淺醉還醒姚雲文〈紫萸香慢〉。

蕭評：

平平。

許、林校勘（頁 69）**：**

〔小〕〈臨江仙〉應為〈小重山〉。〔暮〕現存万俟詠詞無此闋。〔何〕「何處」一作「何事」。〔蝶〕「蝶愁輕」一作「舞鬢輕」。

生補正：

「暮雲」句、「何處」句，「雲」字《校勘》本皆作簡體「云」字，他闋亦同。

訴衷情　用李易安體（卷 2 頁 51）

落紅啼鳥兩無情翁孟寅〈阮郎歸〉，日日喚愁生盧祖皋〈江城子〉。青樓夢好姜夔〈揚州慢〉，藍橋信阻蔡伸〈西地錦〉，舊約無憑陳允平〈解連環〉。　　銀燭暗洪瑹〈蓦山溪〉，玉琴橫顧敻〈臨江仙〉，怨遙更吳文英〈花上月令〉。半窗殘月柳永〈鎮西〉，一抹殘霞周邦彥〈雙頭蓮〉，幾點殘星周伯陽〈春從天上來〉。

蕭評：

起筆甚佳。結語亦見姿致。

許、林校勘（頁 69）：

〔半〕原句為「空有半窗殘月」。〈鎮西〉一作〈小鎮西〉。

生補正：

「舊約」句，「憑」《校勘》本作「凭」，《全宋詞》作「憑」（第五冊，頁 3124）。「幾點」句，「幾」《校勘》本作「几」，《全宋詞》作「幾」（第五冊，頁 3564）。

琴調相思引（卷 2 頁 52）

催促行人動去橈張先〈南鄉子〉，短長亭外短長橋譚宣子〈江城子〉。夕陽芳草周端臣〈春歸怨〉，未別已魂銷張鎡〈木蘭花慢〉。　　晴景融融烟漠漠杜郎中〈玉樓春〉，愁雲淡淡雨瀟瀟石孝友〈眼兒媚〉。問春何在姜夔〈淡黃柳〉，春在杏花梢陳允平〈小重山〉。

蕭評：

全詞流美，結語尤雋。

西地錦　新柳（卷 2 頁 52）

樓外柳絲黃濕朱敦儒〈好事近〉，倚秋千斜立趙聞禮〈好事近〉。半隄風緊翁元龍〈瑞龍吟〉，半篙波煖周邦彥〈蘭陵王〉，漸嫩黃成碧周密〈好事近〉。　忘卻舊遊端的蔣捷〈瑞鶴仙〉，試重尋消息李甲〈帝臺春〉。梅心未苦黃機〈乳燕飛〉，蕉心未展呂渭老〈念奴嬌〉，趁江南春色鄭意娘〈好事近〉。

蕭評：

純從「新」字著力。前半「嫩黃成碧」，後半用梅蕉作陪，以「趁江南春色」結之，無非寫一「新」字耳，用心殊細。

許、林校勘（頁 71）**：**

〔半〕「半堤風緊」一作「不如輕鬢」。

生補正：

「樓外」句，〈好事近〉，「近」《校勘》本作「處」，《全宋詞》作「近」（第二冊，頁 853）。「半篙」句，「煖」《校勘》本作「暖」，《全宋詞》作「暖」（第二冊，頁 611）。「忘卻」句，「遊」《校勘》本作「游」，《全宋詞》作「游」（第五冊，頁 3436）。

錦堂春（卷 2 頁 53）

香霧輕籠翠葆張逊〈水調歌頭〉，玉醅滿蘸瑤英楊子咸〈木蘭花慢〉。醉更衣處長相記賀鑄〈惜雙雙〉，妝晚託春酲陸游〈朝中措〉。　明月笙歌別院陳允平〈秋蕊香〉，綠陽芳草長亭顏奎〈清平樂〉。碧闌倚徧愁難說周密〈醉落魄〉，歡夢絮飃零李萊老〈小重山〉。

蕭評：

三四兩句，信手拈來，自然密合，即此可見手段。

生補正：

「綠楊」句，「楊」《校勘》本作「陰」，《全宋詞》作「陰」（第五冊，頁3255）。「碧闌」句，「徧」《校勘》本作「遍」，《全宋詞》作「徧」（第五冊，頁3289）。

錦堂春（卷2頁53）

素被獨眠清曉王沂孫〈西江月〉，青燈還憶今宵吳存〈木蘭花慢〉。別離滋味濃如酒張耒〈秋蕊香〉，不待宿酲銷賀鑄〈菩薩蠻〉。　　事與行雲漸遠晏幾道〈撲蝴蝶〉，心隨垂柳頻遙曾揆〈西江月〉。問花花又嬌無語真德秀〈蝶戀花〉，情緒好無聊石孝友〈眼兒媚〉。

蕭評：

前半淺處能深，後結少遜。

許、林校勘（頁72）**：**

〔別〕「濃如酒」一作「濃於酒」。

生補正：

「青燈」句，「燈」《校勘》本作「灯」。「事與」句，「幾」《校勘》本作「几」，《全宋詞》作「幾」（第一冊，頁258）。

撼庭秋（卷 2 頁 54）

離蹤悲事何限張榘〈摸魚子〉，望重城那見張先〈卜算子慢〉。閒雲散縞方千里〈倒犯〉，餘霞散綺晁補之〈迷神引〉，綠陽天遠吳文英〈倦尋芳〉。　　梨花院宇李祁〈減字木蘭花〉，桃花門巷周邦彥〈念奴嬌〉，荷花池館姜夔〈念奴嬌〉，起一聲羌笛柳永〈傾盃樂〉，數聲畫角謝懋〈瑞鶴仙〉，惹人腸斷張景脩〈選冠子〉。

蕭評：

此亦尋常恨別傷離之作。首具揭總全篇主旨，三、四、五，各句，皆以點染次句「望重城那見」。後半一氣呵成。姑不問其寫境抒情，是否真實；章法筆路，要自大佳。大抵集句之作，本同游戲，正亦不必以文學尺度嚴繩之也。

許、林校勘（頁 73）**：**

〔離〕張榘應作張矩。〔望〕「重城」一作「湖城」。〔桃〕「門巷」一作「永巷」。〔起〕〈傾杯樂〉一作〈傾杯〉。〔數〕〈瑞鶴仙〉應作〈解連環〉。

生補正：

「離蹤」句，「蹤」《校勘》本作「踪」，「子」《校勘》本作「兒」，《全宋詞》作「蹤」、「兒」（第五冊，頁 3086）。

三字令（卷 2 頁 54）

三月暮吳文英〈望江南〉，任春歸尹濟翁〈玉蝴蝶〉，酒醒時謝逸〈燕歸梁〉。簾半捲張翥〈摸魚兒〉，枕斜欹李珣〈望遠行〉。漏聲殘崔與之〈水調歌頭〉，燈暈冷劉過〈賀新郎〉，曉妝遲晏殊〈更漏子〉。　　芳草外方千里〈迎春樂〉，畫橋西張先〈江城子〉，恨分離朱敦儒〈柳枝〉。花豔豔韋莊〈定西番〉，柳依依寇準〈江南春〉。夢中雲周密〈江城子〉，心裏月陳允平〈明月引〉，沒人知陳逢辰〈烏夜啼〉。

蕭評：

此調集句殊為易辦，難在於句法板滯中，有疏宕開合之致。汪氏此作全篇均佳，然起筆三句，行氣究嫌不順。依文氣讀之，「任春歸」三字屬上，「酒醒時」三字起下。則首兩句，已傷窘促，與第三句脫節。況「三月暮」而緊接以「任春歸」，幾無意味。愚意以為不如用謝逸〈千秋歲〉中之「人散後」三字開筆，二三兩易位，作「人散後，酒醒時，任春歸」，庶全文便成一片矣。

許、林校勘（頁 73）**：**

〔曉〕現存晏殊詞有〈更漏子〉四闋，但無〈曉妝遲〉句。〔柳〕寇準〈江南春〉，乃詩而非詞，見《忠愍公詩集》卷上，原詩為：「波渺渺，柳依依，孤村芳草遠，斜日杏花飛。江南春盡離腸斷，蘋滿汀洲人未歸」。

三字令　附作（前調）　　程　淑繡橋

珠簾側方千里〈迎春樂〉，綉屏前張先〈慶金枝〉，小樓邊周紫芝〈江城子〉。天似水，夜如年于立〈水調歌樓〉。雨霏微溫庭筠〈訴衷情〉，雲淡薄王庭筠〈訴衷情〉，月嬋娟蘇軾〈江城子〉。　春去也劉禹錫〈望江南〉，景依然无名氏〈搗練子〉，重流連元好問〈江城子〉。花滴露歐陽炯〈春光好〉，柳垂煙張元幹〈春曉曲〉。歛愁眉牛嶠〈感恩多〉，凝泪眼延安夫人〈更漏子〉，悄无言趙雍〈江城子〉。

許、林校勘（頁74）：

〔春〕〈望江南〉一作〈憶江南〉。〔重〕〈江城子〉一作〈江神子〉。〔柳〕〈春曉曲〉一作〈西樓月〉。此詞又誤作張元祥詞，見《歷代詩餘》卷一。

生補正：

蕭先生評訂《麝塵蓮寸集》未見程淑此闋〈三字令〉詞。

城頭月（卷2頁55）

杏花窗底人中酒許棐〈虞美人〉，花與人俱瘦周密〈探芳信〉。玉管難留王沂孫〈一萼紅〉，翠尊易泣姜夔〈暗香〉，正是愁時候黃庭堅〈驀山溪〉。　海棠糝徑鋪香繡陳亮〈虞美人〉，不似長亭柳賀鑄〈鶴冲天〉。一抹荒烟張炎〈高陽臺〉，半規涼月周邦彥〈風流子〉，長被春僝僽楊炎正〈蝶戀花〉。

蕭評：

後半第七句，以「不似」二字，直貫到底與第六句結合。

生補正：

「海棠」句，「繡」字《校勘》本作「綉」，他處亦同。

西江月（卷 2 頁 56）

今日瓊川銀渚韓駒〈昭君怨〉，去年紫陌青門趙令畤〈清平樂〉。無因重見玉樓人李珣〈浣溪沙〉，芳草緜緜離恨無名氏〈鏡中人〉。　待得燕慵鶯嬾徐抱獨〈清平樂〉。豈期鰈散鶼分李漳〈多麗〉，與誰同度可憐春姜夔〈鷓鴣天〉，又是一番春盡許棐〈滿路花〉。

蕭評：

全詞平順。

許、林校勘（頁 76）**：**

〔今〕此詞為完顏亮詞，見《夷堅志．支景》卷五。《詞品》卷三誤作韓駒詞。〔去〕此詞一作劉弇詞，見《苕溪漁隱叢話》卷四十引《復齋漫錄》。〔豈〕此詞為李子申詞，《詞綜》卷十六誤引作李漳詞。〔又〕〈滿路花〉一作〈滿宮春〉。

生補正：

「今日」句，「瓊」《校勘》本作「琼」，《全宋詞》作「琼」（第二冊，頁 980）。「無因」句，「無」《校勘》本作「无」。「芳草」句，「無」《校勘》本作「无」，《全宋詞》作「無」（第五冊，頁

3838)。「待得」句,「嬾」《校勘》本作「懶」。「豈期」句,「豈」《校勘》本作「岂」,《全宋詞》作「豈」(第五冊,頁3598)。

西江月(卷2頁56)

紅杏香中簫鼓俞國寶〈風入松〉,綠楊樓外秋千康與之〈風入松〉。一番春事怨啼鵑韓淲〈浣溪沙〉,陌上飛花正滿晏幾道〈撲蝴蝶〉。　　重整釵鸞鈿鴈張翥〈陌上花〉,羞他金雀鈿蟬張雨〈東風第一枝〉。碧雲芳草恨年年賀鑄〈浣溪沙〉,欲寄短書雙燕韓元吉〈永遇樂〉。

蕭評:

兩結尚不彀精警。此等句法,求之詞中,殊易易也。

許、林校勘(頁76):

〔陌〕此詞或作舊詞,見《苕溪漁隱叢話後集》卷三十九。或竟以為唐人作,見明溫博《花間集補》卷下。

生補正:

「重整」句,「鴈」《校勘》本作「雁」。

西江月(卷2頁57)

冷艷奇芳堪惜和凝〈望梅花〉,破香籠粉初開無名氏〈十月桃〉。多情簾燕獨徘徊田為〈南柯子〉,惹得玉銷瓊碎彭泰翁〈拜星月慢〉。　　謾曳羅裙歸去孫光憲〈風流子〉,曾攜翠袖同來晏幾道〈清平樂〉。不煩人築避風臺劉景翔〈小重山〉，獨立萬紅塵外曹原〈山亭燕〉。

蕭評：

不曰白梅而曰梨花，以「多情簾燕」故耳！三、四故自精警，設想入妙。後結二句，高寒清逸，恐非梨花所敢當矣。

許、林校勘（頁 77）：

〔謾〕「漫曳」一作「慢曳」。

生補正：

「破香」句，「無」《校勘》本作「无」，《全宋詞》作「無」（第五冊，頁 3656）。「惹得」句，「瓊」《校勘》本作「琼」，《全宋詞》作「瓊」（第五冊，頁 3566）。「獨立」句，〈山亭燕〉《校勘》本作〈宴山亭〉。

西江月（卷 2 頁 57）

好夢才成又斷張先〈恨來遲〉，春寒似有還無趙彥端〈風入松〉。荼蘼斗帳冷熏爐張元幹〈臨江仙〉，簾捲花梢香霧李祁〈鵲橋仙〉。　好是風和日暖朱淑真〈謁金門〉，翻成雨恨雲愁柳永〈曲玉管〉。三分春色二分休司馬昂父〈最高樓〉，人與流鶯俱瘦吳文英〈如夢令〉。

蕭評：

全詞流美。

許、林校勘（頁78）：

〔春〕「似有」一作「乍有」。〔茶〕「冷熏鑪」一作「罷熏鑪」。〔簾〕「花梢」一作「花稍」。

生補正：

「春寒」句，「無」《校勘》本作「无」，《全宋詞》作「無」（第四冊，頁1455）。「荼蘼」句，「鑪」《校勘》本作「爐」，《全宋詞》作「爐」（第二冊，頁1082）。

浪淘沙（卷2頁58）

柳色鎖重樓薛子新〈南鄉子〉，新月橫鉤邵亨貞〈沁園春〉。夜寒誰伴玉香篝陳允平〈浣溪沙〉。獨倚闌干凝望遠謝逸〈蝶戀花〉。恨滿芳洲杜良臣〈三姝媚〉。　　雙槳去悠悠查荎〈透碧霄〉，一葉扁舟賀鑄〈眼兒媚〉。欲憑江水寄離愁范成大〈南柯子〉，細拾殘紅書怨泣程垓〈漁家傲〉，分付東流張耒〈風流子〉。

蕭評：

前後片各成單元，全詞亦完整。

許、林校勘（頁78）：

〔夜〕「玉香篝」一作「錦香篝」。〔一〕此詞為張孝祥詞，見《于湖居士長短句》卷上。《陽春白雪》卷三誤作賀鑄詞。《古今別腸詞選》卷二又誤作明鍾惺詞。

生補正：

「欲憑」句，「憑」《校勘》本作「凭」，《全宋詞》作「憑」（第三冊，頁1614）。

浪淘沙（卷2頁58）

金鴨嬾熏香程垓〈南浦〉，蝶夢悠揚吳激〈風流子〉。翠簾低護鬱金堂高似孫〈眼兒媚〉。謝了梨花寒食後陳允平〈蝶戀花〉，也只淒涼王沂孫〈聲聲慢〉。　　歌短舊情長尹煥〈唐多令〉，釵股敲涼蔣捷〈柳梢青〉。闌干曲曲是回腸胡翼龍〈西江月〉，欲喚海棠教睡醒姚鏞〈謁金門〉，月正西廊趙時奚〈漢宮春〉。

蕭評：

兩結少遜。前結不如用周邦彥〈四園竹〉之「腸斷蕭娘」；後結不如用周邦彥〈意難忘〉之「子細端相」。

生補正：

「金鴨」句，「嬾」《校勘》本作「懶」，《全宋詞》作「懶」（第三冊，頁1990）。「歌短」句，「情」《校勘》本作「恨」，《全宋詞》作「情」（第四冊，頁2708）。

戀繡衾（卷2頁59）

黃昏微雨人閉門劉將孫〈憶舊游〉，酒斟時、須滿十分蘇軾〈行香子〉。杯且舉張先〈漁家傲〉，送君去張元幹〈賀新郎〉，想東園桃李自春周邦彥〈鎖窗寒〉。　　脩娥畫了無人問黃昇〈月照梨花〉，問如今、山館水村王沂孫〈瑣窗寒〉。還又是吳潛〈青玉案〉，垂楊逕吳文英〈尉遲杯〉，翦東風、千縷碎雲周密〈聲聲慢〉。

蕭評：

此調殊不易辦，虧他拚集得來！其拗折處，自然，如自己出，妙甚！

許、林校勘（頁 80）**：**

〔黄〕「微雨」一作「細雨」。〔還〕整句為「還又是、匆匆去」。

生補正：

「問如」句，「王」《校勘》本作「楊」，《全宋詞》作「王」（第五冊，頁 3362）。

木蘭花（卷 2 頁 59）

憑高不見章台路馮延巳〈蝶戀花〉，小院重門深幾許程垓〈謁金門〉？酒醒香冷夢回時趙令時〈好事近〉，燕語鶯啼花落處元好問〈江城子〉。　　離歌一曲江南暮邵亨貞〈齊天樂〉，檀板未終人又去歐陽修〈夜行船〉。淡蛾羞斂不勝情毛熙震〈臨江仙〉，楊柳夜寒猶自舞姜夔〈浣溪沙〉。

蕭評：

全詞完整，三四對語尤妙。

許、林校勘（頁 80）**：**

〔凭〕「凭高」一作「樓高」。〈蝶戀花〉一作〈鵲踏枝〉。〔小〕「小院重門深幾許」一作「小院深深門幾許」。又馮延巳〈鵲踏枝〉有「庭院深深深幾許」句。〔燕〕〈江城子〉一作〈江神子〉。〔檀〕「人又去」一作「人去去」。

生補正：

「憑高」句，「憑」《校勘》本作「凭」。「小院」句，「幾」《校勘》本作「几」，《全宋詞》作「幾」（第三冊，頁 2006）。

木蘭花　餞春（卷 2 頁 60）

東風蕩漾輕雲縷陳亮〈虞美人〉，滿地落紅初過雨吳禮之〈蝶戀花〉。三分春色二分愁葉清臣〈賀聖朝〉，把酒送春春不語朱淑真〈蝶戀花〉。　　濛濛柳下飃香絮蘇庠〈菩薩蠻〉，燕子不來天欲暮程垓〈謁金門〉。十分春事九分休周密〈浪淘沙〉，把酒留春春不住尚希尹〈浪淘沙〉。

蕭評：

緊扣題面「餞春」二字。前後片寫來極有層次，自是佳作。

許、林校勘（頁 81）**：**

〔濛〕「飄香絮」一作「飛香絮」。

西江月　用趙元父體（卷 2 頁 60）

簾外行雲撩亂向子諲〈如夢令〉，雨餘淡月朦朧晏幾道〈清平樂〉。一樽今夜與誰同沈會宗〈小重山〉。記得年時謝逸〈江城子〉，相見却匆匆賀鑄〈江城子〉。　　離恨遠縈楊柳劉迎〈烏夜啼〉，歸期暗數芙蓉盧祖皐〈烏夜啼〉。斷腸腸斷舊情濃陳克〈鷓鴣天〉，可奈流鶯黃簡〈柳梢青〉、多事訴春風劉褒〈滿庭芳〉。

蕭評：

四、五及九，十諸句，一氣貫下，毫無斧鑿之痕，自是佳妙。

許、林校勘（頁 82）：

〔一〕此詞又誤作蔣元龍詞，見《類編草堂詩餘》卷一。〔記〕〈江城子〉又作〈江神子〉。〔相〕「相見却匆匆」一作「相見畫屏中」。〈江城子〉一作〈江神子〉。〔多〕「多事」一作「饒舌」。

踏莎行（卷 2 頁 61）

脆管排雲李萊老〈念奴嬌〉，涼樽試月王夢應〈錦堂春〉，隔烟催漏金虬咽范成大〈秦樓月〉。櫻脂茸唾聽吟詩吳文英〈燭影搖紅〉，為君滴盡相思血趙崇嶓〈歸朝歡〉。　寶扇輕搖曾原隆〈過秦樓〉，羅衫暗摺孫惟信〈夜合花〉，臨窗擁髻愁難說周密〈醉落魄〉。重來花畔倚闌干周良臣〈玉樓春〉，東風落盡荼蘼雪陳允平〈鷓鴣天〉。

蕭評：

前結設想入妙，後結悵觸無端。

許、林校勘（頁 83）：

〔脆〕〈念奴嬌〉一作〈壺中天〉。此詞為李彭老詞，見《彊村叢書》本《龜溪二隱詞》。汪氏誤記為李萊老詞。〔東〕〈鷓鴣天〉一作〈思佳客〉。

踏莎行（卷 2 頁 61）

殘雪樓台韓嘐〈高陽臺〉，冷烟庭院翁元龍〈燭影搖紅〉，黃昏簾幙無人卷蘇軾〈蝶戀花〉。最憐一曲鳳簫吟高觀國〈思佳客〉，玉纖慵整銀箏雁秦觀〈玉樓春〉。　酒薄愁濃張先〈漢宮春〉，香溫夢煖陳允平〈瑞鶴仙〉，舊家心性如今嬾侯寘〈漁家傲〉。一牀鴛被疊香紅杜安世〈浪淘沙〉，綠窗睡足鶯聲軟劉翰〈蝶戀花〉。

蕭評：

全篇完整，鉤連細密。後半尤流美，第八句一點，而以九、十染之，自饒姿致。

許、林校勘（頁 84）**：**

〔玉〕〈玉樓春〉一作〈木蘭花〉。〔酒〕「酒薄」一作「酒困」。此詞為無名氏詞，見《樂府雅詞拾遺》卷下。誤收入知不足齋本《張子野詞補遺》。

生補正：

「玉纖」句，「春」《校勘》本作「夢」。「舊家」句，「嬾」《校勘》本作「懶」，《全宋詞》作「懶」（第三冊，頁 1437）。

踏莎行（卷 2 頁 62）

嫩水挼藍張景修〈選冠子〉，暮山凝紫周密〈水龍吟〉，登山臨水年年是陳襲善〈漁家傲〉。送春春去幾時回張先〈天仙子〉，萋萋芳草愁千里趙孟頫〈蝶戀花〉。　象尺熏爐寇準〈點絳脣〉，魚箋錦字晏幾道〈撲蝴蝶〉，粉消香減紅蘭淚陳允平〈玉樓春〉。東窗一夜月華嬌史達祖〈一翦梅〉，素娥應笑人顦顇李彭老〈章臺月〉。

蕭評：

前半疏暢，後半失之堆砌矣。

生補正：

「東窗」句，「夜」《校勘》本作「夢」，《全宋詞》作「段（別作夢）」（第四冊，頁2346）。

踏莎行（卷2頁62）

桐影吹香劉天迪〈齊天樂〉，梅英弄粉沈會宗〈傾盃樂〉，東風破曉寒成陣樓采〈玉樓春〉。鳳韡頻誤踏青期袁易〈燭影搖紅〉，歸來玉醉花柔困許棐〈鷓鴣天〉。　嫩約無憑姜夔〈秋宵吟〉，新吟未穩儲泳〈齊天樂〉，絲絲楊柳鶯聲近樓扶〈菩薩蠻〉。寶絃愁按十三徽周密〈浣溪沙〉，淚痕紅透蘭襟潤陳允平〈點絳脣〉。

蕭評：

「玉醉花柔」，未嘗不是好句。然在此詞中，「歸來」二字究無生根處。惟六、七一聯，特工穩可喜也。

許、林校勘（頁85）**：**

〔梅〕〈傾杯樂〉一作〈傾杯〉。

生補正：

「淚痕」句，「淚」《校勘》本作「泪」，《全宋詞》作「淚」（第五冊，頁3131），「脣」《校勘》本作「唇」，作「唇」（脣）是。

唐多令（卷 2 頁 63）

鳳閣雨闌珊孫惟信〈風流子〉，笙聲生暮寒黃公度〈菩薩蠻〉。料今宵、夢到西園辛棄疾〈漢宮春〉。雙掩獸鐶人語寂譚宣子〈謁金門〉，梅粉褪曾原一〈謁金門〉，晚妝殘李煜〈阮郎歸〉。　樓上捲簾看周邦彥〈少年游〉，月斜窗外山黃庭堅〈阮郎歸〉。澹涓涓、玉宇清閒蘇軾〈行香子〉。香滅燈昏吟未穩黃昇〈南鄉子〉，愁脈脈俞克成〈謁金門〉，倚闌干陳允平〈江城子〉。

蕭評：

得後半數語，境界遂高，然第二句「笙聲」二字，不如依耿玉真〈菩薩蠻〉易作「芭蕉」，與首句「雨」字相承，更順。

許、林校勘（頁 86）**：**

〔笙〕「笙聲」一作「竹聲」。〔晚〕傳為李煜的〈搗練子〉「雲鬢亂」詞亦有「晚妝殘」句。〔香〕「香滅」一作「香斷」。〔愁〕此詞為陳克詞，見《樂府雅詞》卷下。《類編草堂詩餘》卷一誤作俞克成詞。

生補正：

「樓上」句，「捲」《校勘》本作「卷」，《全宋詞》作「捲」（第二冊，頁 599）。「香滅」句，「昇」《校勘》本作「升」，《全宋詞》作「昇」（第四冊，頁 2998）。

後庭宴（卷 2 頁 63）

素襪塵生吳文英〈燭影搖紅〉，紅衣香薄周密〈大酺〉，何須捲起重簾幙陳三聘〈虞美人〉。西風偏解送離愁舒亶〈散天花〉，東風不解吹愁却李子酉〈玉樓春〉。　鶯邊落絮催春杜良臣〈三姝媚〉，春在深深院落李昂英〈蘭陵王〉。更無人問趙鼎〈點絳脣〉，佯弄秋千索蕭允之〈點將脣〉。楊柳色依依溫庭筠〈菩薩蠻〉，水雲寒漠漠趙以夫〈角招〉。

蕭評：

第五句是主，四句只是追述。

生補正：

「何須」句，「捲」《校勘》本作「卷」，《全宋詞》作「捲」（第三冊，頁 2030）。「更無」句，「無」《校勘》本作「无」，《全宋詞》作「無」（第二冊，頁 942）。

破陣子（卷 2 頁 64）

門外馬嘶人起秦觀〈如夢令〉，座中斗轉參横張輯〈清平樂〉。腸斷驛亭離別處陳允平〈玉樓春〉，臏落瑤花襯月明毛滂〈武陵春〉，東風吹恨生劉翰〈菩薩蠻〉。　柳色翠迷山色周密〈清平樂〉，雨聲滴碎荷聲歐陽脩〈臨江仙〉。悶向綠紗窗下睡歐陽炯〈木蘭花〉，猶有餘香入夢清晁端禮〈鷓鴣天〉，西風吹酒醒譚宣子〈長相思〉。

蕭評：

起筆兩句寫曉別，破空而下，恰到好處。第三句一點，第四句寫驛亭似少遜。後結與前結作對，弄巧成拙，不如將九、十兩句，略加更換。第九句依蘇軾〈南鄉子〉作「一枕初寒夢不成」，第十句依林逋〈長相思〉作「誰知離別情」，似較佳。

許、林校勘（頁87）：

〔坐〕〈清平樂〉一作〈憶夢月〉。

生補正：

「座中」句，「座」《校勘》本作「坐」，《全宋詞》作「坐」（第四冊，頁2554）。「賸落」句，「賸」《校勘》本作「乘」，《全宋詞》作「賸」（第二冊，頁683）。

好女兒（卷2頁64）

麗日千門張先〈燕春臺〉，流水孤村張良臣〈采桑子〉。記當時短檝桃根渡吳文英〈鶯啼序〉，但清谿如鏡王特起〈喜遷鶯〉，翠峯如簇王安石〈桂枝香〉，芳草如熏方千里〈氐州第一〉。　愁鎖碧窗春曉尹鶚〈滿庭芳〉，凝望久劉克莊〈摸魚兒〉，正消魂奚㴒〈永遇樂〉。怕梨花落盡成秋色姜夔〈淡黃柳〉，對一軒涼月吳淑〈春從天上來〉，一庭香露周密〈霓裳中序第一〉，一片閒雲張翥〈高陽台〉。

蕭評：

首兩句屬對甚奇。兩結亦見技巧，然難集處仍在三、十兩句也。

許、林校勘（頁 88）：

〔麗〕〈燕春台〉一作〈燕春台慢〉。〔愁〕「春曉」一作「清曉」。

生補正：

「但清」句，「谿」《校勘》本作「溪」。「對一」句，「淑」《校勘》本作「激」。

醉春風（卷 2 頁 65）

花落東風急姚寬〈菩薩蠻〉，香襯蟬雲濕李萊老〈點絳唇〉。隔簾無處說春心賀鑄〈浣溪沙〉，憶憶憶曾覿〈釵頭鳳〉。樹色凝紅翁元龍〈齊天樂〉，柳絲曳綠張半湖〈掃花遊〉，梅陰弄碧劉天迪〈齊天樂〉。　　斜倚鞦韆立周密〈解語花〉，愁背銀釭泣黃昇〈清平樂〉。坐來殘月冷窗紗趙令時〈浣溪沙〉，得得得無名氏〈玉瓏璁〉。香泛金卮歐陽修〈采桑子〉，絃拋玉軫張翥〈摸魚兒〉，漏侵瓊瑟吳文英〈秋思秏〉。

蕭評：

傅粉調朱，自成畫本，正不必於駢偶中求之也。

許、林校勘（頁 89）：

〔憶〕〈釵頭鳳〉即〈清商怨〉。〔柳〕「銀釭」一作「銀缸」。

生補正：

「隔簾」句，「無」《校勘》本作「无」，《全宋詞》作「無」（第一冊，頁 536）。「斜倚」句，「鞦韆」《校勘》本作「秋千」，《全宋詞》作「秋千」（第五冊，頁 3270）。「愁背」句，「昇」《校勘》本作「升」，《全宋詞》作「昇」（第四冊，頁 2996）。「得得」句，

「無」《校勘》本作「无」，《全宋詞》作「無」(第五冊，頁3661)。「紘拋」句，「紘」《校勘》本作「弦」。「漏侵」句，「漏」《校勘》本作「露」，「瓊」《校勘》本作「琼」，《全宋詞》作「漏」、「瓊」(第四冊，頁2904)。

三莫子(卷2頁65)

傍池闌倚徧蔣捷〈木蘭花慢〉，花影重重潘元質〈玉胡蝶〉。情未已歐陽炯〈獻衷心〉，恨無窮何大圭〈小重山〉。掩烟籠細柳周邦彥〈瑞鶴仙〉，缺月挂疏桐蘇軾〈卜算子〉。人何處晁冲之〈感皇恩〉？香閣煖顧敻〈訴衷情〉，畫堂空賀鑄〈江城子〉。　　綺羅叢裏柳永〈鷓鴣天〉，絲管聲中晏幾道〈泛清波摘徧〉。眉翠薄溫庭筠〈更漏子〉，鬢酥融彭元遜〈滿江紅〉。醉歌浮大白周密〈臺城路〉，心事寄題紅陳允平〈唐多令〉。休相問毛文錫〈醉花間〉，芳思遠陳東甫〈望江南〉，夜寒濃曹組〈阮郎歸〉。

蕭評：

一氣呵成，自然流美。

許、林校勘(頁96)：

〔醉〕〈台城路〉一作〈齊天樂〉。

生補正：

「傍池」句，「徧」《校勘》本作「遍」，《全宋詞》作「徧」(第五冊，頁3437)。「恨無」句，「無」《校勘》本作「无」，《全宋詞》作「無」(第四冊，頁1242)。「掩烟」句，「掩」《校勘》本作「暖」，《全宋詞》作「暖」(第二冊，頁627)。「香閣」句，「煖」《校勘》

本作「掩」。「絲管」句，「幾」《校勘》本作「几」，《全宋詞》作「幾」（第一冊，頁234）。

行香子（卷2頁66）

花憔玉悴洪瑹〈齊天樂〉，柳怯雲鬆姜夔〈解連環〉。眉上恨、一點偏濃潘元質〈玉胡蝶〉。對暮山橫翠柳永〈臨江仙〉，帕水葉沈紅周密〈掃花遊〉。飛夢去張鎡〈夢遊仙〉，情未展呂本中〈漁家傲〉，信先通歐陽炯〈獻衷心〉。　寒生羅幙蔡伸〈飛雪滿羣山〉，淚溼瓊鍾吳文英〈高山流水〉。遊塵遠、目斷雲空張翥〈風入松〉。漸金篝香散陳允平〈拜星月慢〉，記寶帳歌慵盧祖皐〈倦尋芳〉。絃促鴈尹鶚〈江城子〉，釵墜鳳李珣〈酒泉子〉，去匆匆劉儗〈訴衷情〉。

蕭評：

前半流順，後半微嫌鬆弛，然兩結結構微異，正見開合之致。

許、林校勘（頁91）**：**

〔對〕〈臨江仙〉一作〈臨江仙引〉。〔信〕「信先通」一作「信曾通」。

生補正：

「柳怯」句，「鬆」《校勘》本作「松」，《全宋詞》作「鬆」（第三冊，頁2180）。「飛夢」句，「遊」《校勘》本作「游」，《全宋詞》作「遊」（第三冊，頁2127）。「淚濕」句，「淚」《校勘》本作「泪」，《全宋詞》作「淚」（第四冊，頁2901）。「遊塵」句，「遊」《校勘》本作「游」。「絃促」句，「絃」、「鴈」《校勘》本作「弦」、「雁」。

行香子　憶梅（卷 2 頁 67）

強臨鴛鏡陳允平〈風流子〉，倦出犀帷史達祖〈三姝媚〉。冷香夢、吹上南枝高觀國〈金人捧露盤〉。想蓴邊呼櫂王沂孫〈聲聲慢〉，記竹裏題詩韓元吉〈薄倖〉。凝望處曾原隆〈過秦樓〉，涼月細羅椅〈更漏子〉，宿烟微李後主〈喜遷鶯〉。　雪初晴後周密〈柳梢青〉，酒半醒時張雨〈柳梢青〉。孤山下、猨鶴須知陳偕〈滿庭芳〉。倩何人喚取辛棄疾〈水龍吟〉，恨今日分離顧敻〈獻衷心〉。天如洗万俟詠〈憶秦娥〉，心如醉張泌〈河傳〉，又相思張翥〈江城子〉。

蕭評：

全篇能顧住題面，於憶字尤三致意。

許、林校勘（頁 92）**：**

〔宿〕「宿烟微」一作「宿雲微」。

生補正：

「想蓴」句，「櫂」《校勘》本作「棹」，《全宋詞》作「櫂」（第五冊，頁 3363）。「孤山」句，「鶴」《校勘》本作「鳥」，《全宋詞》作「鳥」（第三冊，頁 221）。

意難忘（卷 2 頁 67）

幾度銷凝張炎〈水龍吟〉，恰桃霞已盡梁寅〈燕歸慢〉，穀雨初晴曹勳〈金盞倒垂蓮〉。問花花不語韋莊〈歸國遙〉，欲醉醉還醒陳允平〈唐多令〉。香旎旎張雨〈摸魚子〉，淚盈盈呂渭老〈燕歸梁〉，恨洛浦娉婷王易簡〈摸魚兒〉。對東風盡成銷瘦王雱〈倦尋芳〉，誰管飃零楊子咸〈木蘭花慢〉。　追思舊日心情程垓〈南浦〉，記魚箋緘啟邵亨貞〈沁園春〉，鳳渚橋成王沂孫〈錦堂春〉。錦屏春夢遠周密〈謁金門〉，翠鈿曉寒輕楊冠卿〈如夢令〉。搴素幌馮延巳〈更漏子〉，理銀箏曹良史〈江城子〉，弄幾曲新聲陳恕可〈齊天樂〉。怕催人、黃昏索寞趙聞禮〈瑞鶴仙〉，弦月初生李彭老〈浪淘沙〉。

蕭評：

全首平平，微傷繁碎；然對仗固自工緻。

生補正：

「淚盈」句，「淚」《校勘》本作「泪」，《全宋詞》作「淚」（第二冊，頁1119）。「對東」句，「銷」《校勘》本作「消」，《全宋詞》作「消」（第一冊，頁384）。「搴素」句，「素」《校勘》本作「繡」。「弄幾」句，「幾」《校勘》本作「几」，《全宋詞》作「幾」（第五冊，頁3530）。

掃花游　春情（卷2頁68）

日高睡起馬莊父〈二郎神〉，漫舉目銷凝李億〈徵招〉，殢陰庭宇王沂孫〈瑣窗寒〉。盡吹淚去高觀國〈永遇樂〉，正海棠半坼陳允平〈絳都春〉，惜春曾賦程珌〈歸帳春〉。為憶當時林正大〈滿江紅〉，幾度雲朝雨暮葉閶〈摸魚兒〉，歎離阻無名氏〈祝英臺〉，記窗眼遞香史達祖〈風流子〉，都是愁處張炎〈齊天樂〉。　春意知幾許李清照〈永遇樂〉，想回首東風謝懋〈解連環〉，落紅無數何夢桂〈喜遷鶯〉。倩鶯寄語周密〈一枝春〉，奈倦情如醉張榘〈梅子黃時雨〉，怎堪重訴吳潛〈二郎神〉！淚滿烏絲黃機〈采桑子〉，爭似相思寸縷薛夢桂〈三姝媚〉。黯凝佇周邦彥〈瑞龍吟〉，捲珠簾、草迷烟樹韓淲〈弄花雨〉。

蕭評：

此調如從嚴論律，所集容有未盡合者。然步趨至此，已不知費盡多少心機矣。

許、林校勘（頁 93）**：**

〔漫〕「漫舉目」一作「謾舉目」。〔惜〕〈錦帳春〉一作〈錦堂春〉。〔都〕〈齊天樂〉一作〈台城路〉。〔奈〕張桀為張矩之誤。《梅子黃時雨》為張矩詞，見《陽春白雪》卷八。〔泪〕〈采桑子〉一作〈醜奴兒〉。〔卷〕「烟樹」一作「芳樹」。〈弄花雨〉一作〈冉冉雲〉。

生補正：

「盡吹」句，「淚」《校勘》本作「泪」，《全宋詞》作「淚」（第四冊，頁 2360）。「幾度」句，「幾」《校勘》本作「几」，「雲朝雨暮」《校勘》本作「朝雲暮雨」，《全宋詞》作「幾」、「雲朝雨暮」（第五冊，頁 3162）。「歎離」句，「無」《校勘》本作「无」。「春意」句，「幾」《校勘》本作「几」，《全宋詞》作「幾」（第二冊，頁 931）。「落紅」句，「無」《校勘》本作「无」，《全宋詞》作「無」（第五冊，頁 3148）。「淚滿」句，「淚」《校勘》本作「泪」，《全宋詞》作「淚」（第四冊，頁 2543）。

水調歌頭（卷2頁69）

南陌少年事吳文英〈祝英臺近〉，駐馬翠樓歌史達祖〈臨江仙〉。娉婷人妙飛燕姜夔〈百宜嬌〉，眉黛斂秋波黃庭堅〈驀山溪〉。漸近賞花時節阮逸女〈花心動〉，還是禊花時候秦觀〈如夢令〉，愁共落花多黃公度〈卜算子〉。莫放酒杯淺張翥〈摸魚兒〉，人醉牡丹坡張炎〈風入松〉。　　墜瑤釵李肩吾〈鷓鴣天〉，攲珀枕楊纘〈被花惱〉，煖金荷張元幹〈怨王孫〉。倚樓誰弄長笛陳三聘〈念奴嬌〉，微語笑相和歐陽炯〈女冠子〉。二十四簾春靜周密〈西江月〉，三十六絃蟬鬧張先〈定西番〉，猶問夜如何譚宣子〈鳴梭〉。今夜照歸路柴望〈摸魚兒〉，楊柳月婆娑陳允平〈望江南〉。

蕭評：

暢所欲言，略無澀滯。然十五、十六兩句亦未免做作也。

許、林校勘（頁95）**：**

〔二〕「春靜」一作「春靚」。

生補正：

「煖金」句，「煖」《校勘》本作「暖」，《全宋詞》作「暖」（第二冊，頁1092）。

揚州慢（卷2頁69）

斜日明霞張樞〈慶宮春〉，淡雲閣雨陳亮〈水龍吟〉，一春能幾番晴李彭老〈清平樂〉？望秦樓何處柳永〈鵲橋仙〉，問燕燕鶯鶯李裕翁〈摸魚兒〉。記前度、湘皋怨別王沂孫〈慶宮春〉，碧波涵月趙以夫〈金盞子〉，銀漢飛星盧祖皋〈秋霽〉。又等閒都過石孝友〈點絳脣〉，小窗絃斷銀箏毛熙震〈何滿子〉。　繡簾半上陸游〈月照梨花〉，怕東風、吹散歌聲趙聞禮〈風入松〉。早柔綠迷津吳文英〈齊天樂〉，亂紅迷路周端臣〈清夜游〉，水遶孤城蔡伸〈點絳脣〉。回首舊游蹤跡譚宣子〈謁金門〉，有誰見、羅襪塵生高觀國〈金人捧露盤〉。算翠屏應是魯逸仲〈南浦〉，尋芳更約清明朱敦儒〈清平樂〉。

蕭評：

全詞精緻。起筆一聯，寫景如畫，不獨對偶工整而已。第三句小束，正綰合首兩句。「望」字以下，直貫前半。換頭四字，集來不易。「怕東風」句，鉤貼得妙。集者最擅此種手段，於諸作中往往見之。

生補正：

「一春」句，「幾」《校勘》本作「几」，《全宋詞》作「幾」（第四冊，頁2971）。「碧波」句，「涵」《校勘》本作「涌」，《全宋詞》作「涵」（第四冊，頁2661）。「小窗」句，「絃」《校勘》本作「弦」。「水遶」句，「遶」《校勘》本作「繞」，《全宋詞》作「繞」（第二冊，頁1020）。「回首」句，「蹤跡」《校勘》本作「踪迹」，《全宋詞》作「蹤跡」（第五冊，頁3167）。

月華清　病懷（卷2頁70）

鬢影吹寒劉一止〈夢橫塘〉，淚珠彈粉陸淞〈瑞鶴仙〉，妝成纔見眉嫵周邦彥〈垂絲釣〉。翩若驚鴻孫氏〈醉思仙〉，記得舊時行處趙師俠〈謁金門〉。自難忘曾覿〈春光好〉，柳困桃慵程垓〈水龍吟〉；渾不似盧祖皋〈江城子〉，蕙羞蘭妬王易簡〈天香〉。遲暮陸游〈真珠簾〉，更懨懨病酒毛滂〈散餘霞〉，病懷淒楚王沂孫〈掃花游〉。　　也只尋芳歸去秦觀〈金明池〉，奈事與心違蔡伸〈看花回〉，別來無據黃機〈水龍吟〉。寂寞春深孫光憲〈河傳〉，空鎖一庭紅雨晁端禮〈宴桃源〉。恨無憑張盧靖〈江城子〉，象筆鸞牋姜夔〈法曲獻仙音〉；愁未了張炎〈聲聲慢〉，蠟燈犀塵馮去非〈點絳唇〉。回顧賀鑄〈感皇恩〉，歎無情明月馮艾子〈春風嫋嫋〉，試窺簾戶衛元卿〈齊天樂〉。

蕭評：

一片渾成，對仗尤工整。

許、林校勘（頁 97）**：**

〔翻〕「翻」應為「翩」。〔柳〕「柳慵」一作「花慵」。〔也〕「也只」一作「也則」。〔空〕〈宴桃源〉一作〈醉桃源〉。〔愁〕「愁未了」一作「愁未減」。〔回〕「回顧」一作「迎顧」。〈感皇恩〉一作〈人南渡〉。

生補正：

「淚珠」句，「淚」《校勘》本作「泪」，《全宋詞》作「淚」（第二冊，頁 1516）。「妝成」句，「嫵」《校勘》本作「妩」，《全宋詞》作「嫵」（第二冊，頁 601）。「翩若」句，「翩」《校勘》本作「翻」，「驚」《校勘》本作「惊」，「思仙」《校勘》本作「鄉思」。「更懨」句，「病酒」《校勘》本作「酒病」，《全宋詞》作「酒病」（第二冊，頁 688）。「別來」句，「無」《校勘》本作「无」，《全宋詞》作「無」（第四冊，頁 2531）。「恨無」句，「憑」《校勘》本作「凭」。「歎無」句，「無」《校勘》本作「无」。

高陽臺（卷 2 頁 71）

畫扇題詩潘元質〈醜奴兒慢〉，錦箏彈怨張炎〈解連環〉，却憐香霧輕浮葉夢得〈滿庭芳〉。被惜餘熏賀鑄〈望湘人〉，十年一夢揚州周密〈聲聲慢〉。玉屏翠冷梨花瘦陳允平〈摸魚兒〉，燕辭歸、客尚淹留吳文英〈唐多令〉。恨依依韓元吉〈六州歌頭〉，雙杏盟寒奚㴊〈醉蓬萊〉，一半春休王雱〈眼兒媚〉。　沈吟不語晴窗畔李邴〈玉樓春〉，擬蠻牋象管無名氏〈杜韋娘〉，與賦閒愁王沂孫〈聲聲慢〉。江水泱泱林正大〈沁園春〉，待尋江上歸舟劉鎮〈木蘭花慢〉。如今風雨西樓夜周紫芝〈鷓鴣天〉，任珠簾、不上瓊鉤張樞〈風入松〉。病懨懨洪瑹〈永遇樂〉，人在天涯蔡伸〈點絳脣〉，綠黯芳洲陳坦之〈沁園春〉。

蕭評：

全詞流暢，惟第十四句「江水泱泱」四字，頗覺杈椏突出，宜改。故以姜夔〈長亭怨慢〉中之「遠浦縈廻」四字擬之，似較勝。

許、林校勘（頁 98）**：**

〔却〕現存葉夢得詞有〈滿庭芳〉三闋，但均無「却憐……」句。〔一〕此詞為無名氏詞，見《草堂詩餘前集》卷上。《類編草堂詩餘》卷二誤作王雱詞。〔沈〕〈玉樓春〉一作〈木蘭花〉。此詞誤入李呂《澹軒集》卷四。〔江〕原作〈括沁園春〉用「沁園春」調，概括范仲淹《嚴先生祠堂記》文意。〔待〕現存劉鎮詞無〈木蘭花慢〉調。

生補正：

「燕辭」句，〈唐多令〉《校勘》本作〈南樓令〉，《全宋詞》作

「〈唐多令〉」(第四冊，頁 2939)。「任珠」句，「瓊」《校勘》本作「琼」,《全宋詞》作「瓊」(第四冊，頁 3030)。「病懨」句，「懨懨」《校勘》本作「厭厭」,《全宋詞》作「厭厭」(第四冊，頁 2963)。

高陽臺　寄遠（卷 2 頁 72）

紅杏飃香賀鑄〈點絳脣〉，翠筠敲韻蔡伸〈飛雪滿羣山〉，曉寒猶透輕紗劉翰〈清平樂〉。散作東風滕賓〈洞仙歌〉，東風暗換年華秦觀〈望海潮〉。錦箋預約西湖上侯寘〈風入松〉，問斷鴻、知落誰家張炎〈渡江雲〉？料如今王沂孫〈八六子〉，密葉巢鶯盧祖皋〈倦尋芳〉，亂葉翻鴉周邦彥〈氐州第一〉。　春來無限傷情緒康與之〈玉樓春〉，正倚簾吹絮無名氏〈一萼紅〉，論檻移花利登〈齊天樂〉。誰與溫存黄孝邁〈湘春夜月〉，哀絃撥斷琵琶周紫芝〈朝中措〉。聲聲似把相思告柳永〈隔簾聽〉，算相思、一點愁賒奚㴑〈長相思慢〉。暗銷魂顧敻〈酒泉子〉，高柳垂陰姜夔〈念奴嬌〉，細草平沙俞灝〈點絳脣〉。

蕭評：

起筆三句，皆為「散作東風」四字作勢，無一字虛下。第五句頂針緊接「暗換年華」，的是佳妙。

許、林校勘（頁 99）**：**

〔紅〕此詞為蘇軾詞，見《東坡詞拾》卷一。《類編草堂詩餘》卷一誤作賀鑄詞。〔翠〕「敲韻」一作「敲竹」。〔春〕〈玉樓春〉一作〈玉樓春令〉。〔聲〕「相思」一作「芳心」。

生補正：

「料如」句，「王」《校勘》本作「楊」,《全宋詞》作「王」(第五冊，頁3362)。「哀絃」句，「絃」《校勘》本作「弦」，《全宋詞》作「絃」(第二冊，頁883)。

渡江雲(卷2頁72)

金壺催夜盡崔液〈踏歌辭〉，扶頭酒醒李清照〈念奴嬌〉，衣薄怯朝寒周邦彥〈少年游〉。畫樓簾捲翠得趣風氏〈瑞鶴仙〉，閒倚熏籠周密〈浪淘沙〉，生怕倚闌干潘牥〈踏莎行〉。啼妝有恨李浙〈踏莎行〉，恨香車不逐離鞍康與之〈風入松〉。謾記省、五更聞得張榘〈應天長〉，鶗鴃怨花殘韓元吉〈浪淘沙〉。　吟邊李彭老〈木蘭花慢〉，一番夜雨張炎〈南浦〉，幾度春風晏幾道〈浪淘沙〉，看垂楊連苑姜夔〈百宜嬌〉。也只是暮雲凝碧李甲〈帝臺春〉，愁滿關山彭芳遠〈滿江紅〉。關山有限情無限蘇軾〈一斛珠〉，抱哀箏、知為誰彈高觀國〈金人捧露盤〉？彈未了謝逸〈江城子〉，無言暗擁嬌鬟蔣捷〈絳都春〉。

蕭評：

全首鉤連緊密。惟五、六兩句，求巧得拙，美中不足。

許、林校勘(頁100)**：**

〔衣〕「怯朝寒」一作「耐朝寒」，又作「奈朝寒」。〔啼〕李浙為李淛之誤。〔謾〕張榘為張矩之誤。〔一〕現存張炎詞有〈南浦〉一闋，其中無「一番夜雨」句。〔也〕此詞或作无名氏詞，見《高麗史·樂志》。又誤作李璟詞，見《堯山堂外紀》卷四十一。〔彈〕〈江城子〉一作〈江神子〉。

生補正：

「吟邊」句，「〈木蘭花慢〉」《校勘》本作「〈木蘭花〉」，《全宋詞》作「〈木蘭花慢〉」(第四冊，頁2968)。「幾度」句，「幾」《校勘》本作「几」，《全宋詞》作「幾」(第一冊，頁244)。

憶舊游 今夕(卷2頁73)

對熏鑪象尺張炎〈綺羅香〉，翠帳犀簾朱敦儒〈醜奴兒〉，小院輕寒侯寘〈柳梢青〉。今夕為何夕毛文錫〈醉花間〉，正風暄雲澹李彭老〈一萼紅〉，霧擀烟漫張矩〈浪淘沙〉。流鶯怕與春別張榘〈應天長〉，別易見時難黎廷瑞〈浪淘沙〉。記題葉西樓程垓〈南浦〉，采香南浦史達祖〈秋霽〉，恨襲湘蘭陳允平〈絳都春〉。　更闌潘牥〈南鄉子〉，悄無寐柳永〈夢還京〉，歎塵滿絲簧洪瑹〈齊天樂〉，月冷欄杆吳文英〈高陽臺〉。惱得成顦顇柴望〈念奴嬌〉，聽湘絃奏徹周密〈水龍吟〉，畫角聲殘左譽〈眼兒媚〉。無言自倚修竹姜夔〈疏影〉，絹淚點斑斑蘇茂〈祝英臺近〉。甚千里芳心王沂孫〈望梅〉，夜長路遠山復山王麗真〈字字雙〉。

蕭評：

好個「夜長路遠山復山」！此不在其行文之順適；亦不在其音律之切合；妙在二者兼具，而其語乃出自「字字雙」調中，真意想不到者。

許、林校勘(頁102)**：**

〔翠〕〈醜奴兒〉一作〈采桑子〉。〔霧〕張矩為張榘之誤。〔流〕張榘為張矩之誤。〔記〕〈南〉應為〈南浦〉，遺「浦」字。〔畫〕此詞為阮閱詞。誤入趙長卿《惜香樂府》卷三；又誤作秦觀詞，見《類編草堂詩餘》卷一。《花草粹編》卷四又誤作左譽詞。〔甚〕

此詞為無名氏詞，見《梅苑》卷二。《花草粹編》卷十二誤作王沂孫詞。

生補正：

「對熏」句，「鑪」《校勘》本作「爐」，《全宋詞》作「鑪」（第五冊，頁3464）。「今夕」句，「間」《校勘》本作「陰」。「悄無」句，「無」《校勘》本作「无」，《全宋詞》作「無」（第一冊，頁17）。「聽湘」句，「絃」《校勘》本作「弦」，《全宋詞》作「絃」（第五冊，頁3287）。「無言」句，「無」《校勘》本作「无」，《全宋詞》作「無」（第三冊，頁2182）。

慶宮春（卷2頁74）

鶯燕長隄羅志仁〈風流子〉，鴛鴦別浦賀鑄〈芳心苦〉，一川花影凌亂吳文英〈瑞龍吟〉。宮額塗黃朱用之〈意難忘〉，香羅唾碧黃廷璹〈宴清都〉，人在霧綃鮫館王特起〈喜遷鶯〉。徘徊不語王安國〈減字花木蘭〉，晝寂寂、梳勻又孏呂渭老〈薄倖〉。玉徽塵積張埜〈奪錦標〉，玉鏡塵昏周密〈三姝媚〉，玉簫塵染黃孝邁〈水龍吟〉。　自憐懷抱誰同朱敦儒〈木蘭花慢〉，縞袂啼香滕賓〈點絳脣〉，素巾承汗彭元遜〈憶舊游〉。鳳枕雲孤張鎡〈宴山亭〉，雕觴霞灩張先〈燕台春〉，惹起舊愁無限柳永〈秋夜月〉。回文未就曾允元〈水龍吟〉，甚又寄、南來客鴈劉天游〈氐州第一〉。白蘋風浸孫浩然〈夜行船〉，紅葉波深張翥〈多麗〉，翠苔門掩周伯陽〈春從天上來〉。

蕭評：

汪氏於對仗最為擅場，其所集各偶語，往往視原作更工整。此固與文學無與，然亦見巧思也。此詞中十五、十六兩句，「鳳枕」、「雕觴」，煞費苦心，其一字不苟如此。

許、林校勘（頁103）：

〔雕〕〈燕台春〉一作〈宴春台慢〉。

生補正：

「宮額」句，「額」《校勘》本作「頸」，《全宋詞》作「額」（第四冊，頁2299）。「晝寂」句，「嬾」《校勘》本作「懶」，《全宋詞》作「懶」（第二冊，頁1112）。「惹起」句，「無」《校勘》本作「无」，《全宋詞》作「無」（第一冊，頁23）。「甚又」句，「鴈」《校勘》本作「雁」，《全宋詞》作「雁」（第四冊，頁3025）。

慶宮春（卷2頁75）

綵筆呵冰史深〈花心動〉，歌橈喚玉張炎〈齊天樂〉，一簾輕夢淒切謝懋〈念奴嬌〉。鳳管聲圓馮艾子〈春風嫋娜〉，鮫綃暈滿黃簡〈眼兒媚〉，又對西風離別姜夔〈八歸〉。別離何遽趙彥端〈點絳脣〉，任帳底、沈烟漸減周密〈霓裳中序第一〉。金籠鸚鵡史達祖〈玲瓏四犯〉，繡被鴛鴦朱埴〈點絳脣〉，頓成愁結阮逸女〈花心動〉。　　一冬忘了彈碁石瑤林〈清平樂〉，種石生雲翁元龍〈齊天樂〉，擧樽邀月陳允平〈桂枝香〉。揉翠盟孤劉天迪〈一萼紅〉，啼紅粉漬李甲〈慢卷紬〉，點點淚痕凝血王學文〈摸魚子〉。夜帷深處吳潛〈二郎神〉，漫料理、幾翻新闋胡翼龍〈霓裳中序第一〉。是嬌是妒劉辰翁〈大酺〉，宜醉宜醒吳存〈八聲甘州〉，不堪重說程垓〈摸魚兒〉。

蕭評：

前結四字，筆力千鈞，不獨全詞駢語之工也。

許、林校勘（頁 104）**：**

〔歌〕〈齊天樂〉一作〈台城路〉。〔金〕「金籠鸚鵡」原句為「料也和、前度金籠鸚鵡」。〔舉〕「舉樽」一作「舉尊」。

生補正：

「一冬」句，「碁」《校勘》本作「棋」。「點點」句，「淚」《校勘》本作「泪」，《全宋詞》作「淚」（第五冊，頁 3344）。「漫料」句，「幾翻新」《校勘》本作「新翻几」，《全宋詞》作「新翻幾」（第五冊，頁 3069）。

慶宮春（卷 2 頁 75）

半捻愁紅周密〈楚宮春〉，一壺幽綠張炎〈壺中天〉，不堪零落春晚歐陽修〈梁州令〉。飲散西池晁補之〈鬪百花〉，興餘東閣楊无咎〈柳梢青〉，困倚畫屏嬌軟趙師俠〈永遇樂〉，尋芳選勝蔡伸〈滿庭芳〉，且莫遣、歡游意懶吳億〈燭影搖紅〉。綠波亭上張孝祥〈念奴嬌〉，翠玉樓前黃孝邁〈湘春夜月〉，赤闌橋畔陳允平〈渡江雲〉。　酒醒簾幙低垂晏幾道〈臨江仙〉，數點沈螢李甲〈慢卷紬〉，兩行歸鴈左譽〈眼兒媚〉。拜月虛簷史達祖〈齊天樂〉，夢雲飛觀高觀國〈齊天樂〉，和淚盈盈嬌眼無名氏〈調笑令〉。無憀睡起周紫芝〈朝中措〉，但衾枕、餘芳尚煖賀鑄〈燭影搖紅〉。鏡鸞慵舞王嵎〈祝英臺近〉，釵鳳斜欹洪邁〈踏莎行〉，扇犀輕按張翥〈太常引〉。

蕭評：

全詞一氣呵成，已是難得。其間對仗尤為精整。前結三句，何等自然。後結三句，如出自為，便是刻意做作；此係集句，則第覺其工巧耳。

許、林校勘（頁105）**：**

〔數〕「沈螢」一作「流螢」。〔兩〕「歸雁」一作「征雁」。此詞為阮閱詞，見《苕溪漁隱叢話前集》卷十一。《花草粹編》據《玉照新志》誤作左譽詞。又誤作秦觀詞，見《類編草堂詩餘》卷一。別又誤入趙長卿《惜春樂府》卷三。〔倘〕「尚暖」一作「剩暖」。

生補正：

「酒醒」句，「幾」《校勘》本作「几」，《全宋詞》作「幾」（第一冊，頁222）。「兩行」句，「鴈」《校勘》本作「雁」，《全宋詞》作「雁」（第二冊，頁642）。「拜月」句，「簷」《校勘》本作「檐」，《全宋詞》作「簷」（第四冊，頁 2341）。「和淚」句，「淚」《校勘》本作「泪」。「無憀」句，「無」《校勘》本作「无」，《全宋詞》作「無」（第二冊，頁882）。

眉嫵（卷2頁76）

正緋桃如火李彭老〈探芳信〉，嫩草如烟歐陽炯〈南鄉子〉，歸夢趁風絮吳文英〈祝英臺近〉。獨立春寒夜趙彥端〈千秋歲〉，簾櫳靜王泳祖〈風流子〉，亂紅還又飛雨衛宗武〈摸魚兒〉。寸心萬緒柳永〈婆羅門令〉，想弓彎、眉黛慵嫵陳允平〈法曲獻仙音〉。甚端的呂渭老〈江城子慢〉，一枕屏山曉徐照〈清平樂〉，抱幽恨難語姜夔〈清波引〉。　　依舊月窗風戶毛滂〈調笑令〉，料量來時候李萊老〈惜紅衣〉，都是淒楚王易簡〈齊天樂〉。愁眼垂楊見胡翼龍〈南歌子〉，凭闌久陸游〈沁園春〉，有人和淚凝竚黃機〈念奴嬌〉。後期已誤邵亨真〈掃花游〉，對徽容、空在紈素周邦彥〈法曲獻仙音〉。算誰是同心翁孟寅〈齊天樂〉，歡意謝張翥〈摸魚子〉，久離阻吳淑姬〈祝英臺近〉。

蕭評：

得心應手，視拗折處若無物。

許、林校勘（頁 106）**：**

〔依〕〈調笑令〉一作〈調笑〉。〔都〕「都是」一作「却是」。〔凭〕「凭闌」一作「凭栏」。〔有〕〈念奴嬌〉一作〈酹江月〉。

生補正：

「想弓」句，「嫵」《校勘》本作「妩」，《全宋詞》作「嫵」（第五冊，頁 3119）。

「有人」句，「淚」、「竚」《校勘》本作「泪」、「伫」，《全宋詞》作「淚」、「竚」（第四冊，頁 2533）。

二郎神（卷 2 頁 77）

繡鞍綺陌杜龍沙〈雨霖鈴〉，路繚繞、潛通幽處万俟詠〈卓牌子慢〉。記掩扇傳歌趙聞禮〈玉漏遲〉，褪妝微醉方君遇〈風流子〉，苒苒細吹香霧史達祖〈東風第一枝〉。吹盡殘花無人見葉夢得〈金縷曲〉，又只恐、愁催春去謝懋〈蓦山溪〉。有新恨兩眉王泳祖〈風流子〉，芳心一點張耒〈風流子〉，却羞郎覷薛夢桂〈三姝媚〉。　　看取蘇軾〈定風波〉，珠簾寂寂黃昇〈清平樂〉，綠陰無數姜夔〈側犯〉。

奈錦字難憑周端臣〈清夜游〉，朱絃未改晏幾道〈解珮令〉，沒個因由分付黃機〈念奴嬌〉。秦鏡空圓陳允平〈選冠子〉，韓香頓減俞國寶〈瑞鶴仙〉，總是離人愁緒楊炎正〈鶴橋仙〉。當此際秦觀〈滿庭芳〉，閒凭繡床呵手譚宣子〈謁金門〉，斷腸凝佇康與之〈洞仙歌〉。

蕭評：

此集如嚴繩以律，或微有未盡處，然亦費盡苦心矣。試看前徧自第三句「傳歌」二字起，直至第五、六句兩「吹」字，第七句「恐」字轉，第十句「羞」字束，如僚轉丸，是何等手腕！餘事不足為病矣。

許、林校勘（頁 107）：

〔綉〕「綉鞍」一作「綉鞭」。〔秦〕〈選冠子〉一作〈過秦樓〉。

生補正：

「珠簾」句，「昇」《校勘》本作「升」，《全宋詞》作「昇」（第四冊，頁 2996）。「奈錦」句，「憑」《校勘》本作「凭」，《全宋詞》作「憑」（第四冊，頁 2649）。「朱絃」句，「絃」《校勘》本作「弦」，《全宋詞》作「絃」（第一冊，頁 256）；「珮」《校勘》本作「佩」，《全宋詞》作「佩」（第一冊，頁 256）。

二郎神　西樓（卷 2 頁 77）

翠窗繡戶万俟詠〈卓牌子慢〉，盡捲上、珠簾一半汪存〈步蟾宮〉。驟夜雨飄紅吳文英〈掃地游〉，暮烟凝碧柴望〈齊天樂〉，天氣嫩寒輕煖張翥〈齊天樂〉。芳草王孫知何處李玉〈金縷曲〉？試與問、杏梁雙燕黃昇〈鵲橋仙〉。甚嬾拂冰箋仇遠〈齊天樂〉，怕聽〈金縷〉史達祖〈風流子〉，倦尋歌扇呂渭老〈選冠子〉。　淒斷黃廷璹〈鎖窗寒〉，西樓別後晏幾道〈少年游〉，如何排遣史可望〈蓦山溪〉？向水院維舟周密〈探芳信〉，旗亭沽酒尹煥〈眼兒媚〉，難寫寸心幽怨蔡伸〈蘇武慢〉。橘後思書王沂孫〈聲聲慢〉，梅邊吹笛姜夔〈暗香〉，好夢又隨雲遠王月山〈齊天樂〉。空彈淚蔣捷〈探春令〉，目斷江南江北陳克〈謁金門〉，傷春成倦曾允元〈水龍吟〉。

蕭評：

結語「傷春成倦」四字落腔，不如改用左譽〈眼兒媚〉「兩行歸雁」。

許、林校勘（頁 108）：

〔盡〕此詞《草堂詩餘後集》卷上李邴〈小冲山〉詞注誤引作歐陽修詞。又元劉壎《隱居通議》卷十又誤引作唐人詞。〔芳〕〈俞縷曲〉為〈金縷曲〉之誤。〔試〕〈鵲横仙〉為〈鵲橋仙〉之誤。此詞又誤作潘牥詞，見《歷代詩餘》卷二十九。

生補正：

「盡捲」句，「捲」《校勘》本作「卷」，《全宋詞》作「捲」（第二冊，頁 643）。「驟夜」句，「地」《校勘》本作「花」，《全宋詞》作「花」（第四冊，頁 2886）。「天氣」句，「煖」《校勘》本作「暖」。「芳草」句，「金」《校勘》本作「俞」，《全宋詞》收於「〈賀新郎〉」（第二冊，頁 1040）。「試問」句，「昇」《校勘》本作「升」，《全宋詞》作「昇」（第四冊，頁 2999）。「甚嬾」句，「嬾」《校勘》本作「懶」，《全宋詞》作「懶」（第五冊，頁 3412）。「西樓」句，「幾」《校勘》本作「几」，《全宋詞》作「幾」（第一冊，頁 247）。

飛雪滿羣山（卷2頁78）

夢句堂西尹濟翁〈玉蝴蝶〉，沈香檻北吳文英〈漢宮春〉，一春無限思量李彭老〈清平樂〉。桃花零落柳永〈合歡帶〉，梨花淡泞趙師俠〈永遇樂〉，愁心欲訴垂楊周密〈四字令〉。曲屏朱箔晚康與之〈瑞鶴仙令〉，悄無處、安排夜香楊无咎〈柳梢青〉。輕衫如霧周紫芝〈永遇樂〉，輕紈弄月楊无咎〈曲江秋〉，獨自未忺妝高似孫〈眼兒媚〉。　　正酒醲吹波紅映頰黃子行〈西湖月〉，對愁雲矇瞈李億〈徵招〉，沙雨微茫徐寶之〈沁園春〉。翠樽頻倒晏幾道〈泛清波摘徧〉，翠階慵掃方千里〈倒犯〉，幾回望斷柔腸陳允平〈永遇樂〉。斷腸儂記得陳克〈謁金門〉，淚滴了、千行萬行杜仁傑〈太常引〉。傷心重見姜夔〈慶宮春〉，隨風斷角斜照黃黃廷璹〈憶舊游〉。

蕭評：

調中第八句取自〈柳梢青〉，第十九句取自〈太常引〉，原非甚難，難在上下文貫穿也。結語用〈憶舊游〉，亦妙，惟起筆兩句，失之坐實為小疵耳。

許、林校勘（頁109）**：**

〔一〕「李彭老」為「李萊老」之誤。〔悄〕「夜香」一作「暗香」。〔對〕「矇瞈」一作「曚瞈」。〔翠〕「翠樽」一作「翠尊」。

生補正：

「一春」句，「無」《校勘》本作「无」，《全宋詞》作「無」（第四冊，頁2974）。「悄無」句，「無」《校勘》本作「无」，《全宋詞》作「無」（第二冊，頁1196）。「翠樽」句，「幾」、「徧」《校勘》

本作「几」、「遍」，《全宋詞》作「幾」、「徧」（第一冊，頁234）。「淚滴」句，「淚」《校勘》本作「泪」。

摸魚兒　別怨（卷2頁79）

篆烟銷、寒生翠幄袁去華〈賀新郎〉，春酲一枕無緒程垓〈南浦〉。夜來還是東風惡毛幵〈滿江紅〉，滿目落花飛絮周邦彥〈如夢令〉。晴院宇向希尹〈祝英臺近〉，怎禁得無情龍紫蓬〈齊天樂〉，燕子雙來去張先〈蝶戀花〉？停鍼不語曾允元〈水龍吟〉。歎歌冷鶯簾張炎〈探芳信〉，香籠麝水吳文英〈選冠子〉，端的此心苦高觀國〈祝英臺近〉。　傷飃泊吳潛〈滿江紅〉，別後暗寬金縷嚴仁〈一絡索〉，玉簫聲在何處郭從範〈念奴嬌〉，燈前背立偷垂淚李石〈漁家傲〉，羅帕粉痕重護孫居敬〈喜遷鶯〉。江上路程過〈謁金門〉，漸迤邐黃昏周密〈齊天樂〉，陣陣芭蕉雨歐陽修〈生查子〉。魚沈尺素周紫芝〈朝中措〉，便角枕題詩呂渭老〈薄倖〉，瑤琴寫怨趙聞禮〈水龍吟〉，不敢寄愁與史達祖〈祝英臺近〉。

蕭評：

一氣流轉，深得〈摸魚子〉風度。第二十句微為落調，不足為病，六、七兩句，及十八、十九兩句，皆須一氣讀，天然鬭合。後結甚妙。「魚沉尺素」一頓，生出下文，以「以不敢寄愁與」作結。妙在第廿一、廿二兩句插入，使二十與廿三兩句相生，第廿一句「便」字極妙，有此一字，便筋脈活動，顧盼生姿矣。

許、林校勘（頁111）**：**

〔篆〕「篆烟消」一作「耿殘烟」。「翠幄」一作「翠幕」。〔春〕「春酲一枕无緒」原句為「向晚來春酲，一枕无緒」。〔滿〕此詞為秦觀詞，見《淮海居士長短句》卷中。《類編草堂詩餘》卷一誤作周邦彥詞。〔灯〕「垂泪」一作「彈泪」。〔江〕此詞為无名氏詞，見《樂府雅詞拾遺》卷上。《花草粹編》卷三誤作程過詞。

生補正：

「篆烟」句，「烟」、「銷」《校勘》本作「香」、「消」，《全宋詞》作「煙」、「消」（第三冊，頁 1500）。「怎禁」句，「無」《校勘》本作「无」，《全宋詞》作「無」（第五冊，頁 3559）。「停鍼」句，「鍼」《校勘》本作「針」，《全宋詞》作「針」（第五冊，頁 3567）。

摸魚兒（卷 2 頁 80）

晚晴天、東風力軟韓玉〈賀新郎〉，重尋繡戶朱箔李致遠〈碧牡丹慢〉。行行又入笙歌裏張孝祥〈鷓鴣天〉，腸斷寶箏零落陸游〈好事近〉。春寂寞康與之〈謁金門〉，對院落秋千曹原〈瑞鶴仙〉，鸚䴉言猶昨蔡松年〈念奴嬌〉，情懷正惡姜夔〈淒涼犯〉。便梅榭蘭銷翁元龍〈齊天樂〉，柳深竹嫩尹濟翁〈木蘭花慢〉，飛絮遶香閣晏幾道〈六么令〉。　雲衣薄陳三聘〈秦樓月〉，身學垂楊瘦削蔣捷〈白苧〉，傍人爭趁行樂續雪谷〈念奴嬌〉。玉鉤簾下香階畔歐陽脩〈木蘭花〉，觸地新愁黏著曹原隆〈過秦樓〉。烟漠漠無名氏〈法駕導引〉，謾重拂琴絲王沂孫〈齊天樂〉，閨怨添蕭索范仲胤妻〈伊州令〉，驚飆動幙周邦彥〈瑞鶴仙〉。趁胡蝶雙飛呂渭老〈夢玉人引〉，彩鸞齊跨潘元質〈倦尋芳〉，人共楚天約張榘〈應天長〉。

蕭評：

此詞如酌易數語，即可以「孤燕」命題矣。讀者細味之以為何如？

許、林校勘（頁112）**：**

〔重〕〈碧牡丹慢〉一作〈碧牡丹〉。〔春〕「春寂寞」為〈憶秦娥〉中句。〈謁金門〉中僅有「春又晚」句。〈謁金門〉應作〈憶秦娥〉。〔玉〕〈木蘭花〉一作〈玉樓春〉。此詞又見晏殊《珠玉詞》。劉攽《中山詩話》引「從頭歌韻」二句作晏殊詞。劉與歐同時，當可信。〔謾〕「謾」一作「漫」。〔人〕張渠應作張矩。

生補正：

「飛絮」句，「遶」、「幾」《校勘》本作「繞」、「几」，《全宋詞》作「繞」、「幾」（第一冊，頁241）。「烟漠」句，「〈法駕導引〉《校勘》本作「〈導法駕引〉」。「驚飆」句，「驚」《校勘》本作「惊」，《全宋詞》作「驚」（第二冊，頁598）。

多麗　春暮有懷（卷2頁81）

曉寒輕盧祖皋〈江城子〉，春雲暗宿空庭翁元龍〈西江月〉。又一番、闌風伏雨周端臣〈清夜游〉，那堪此夕新晴王沂孫〈錦堂春〉？漫回頭周邦彥〈早梅芳近〉，斜暉脈脈毛滂〈七娘子〉；空凝睇杜安世〈鶴冲天〉，流水泠泠朱翌〈點絳脣〉。蕉葉窗紗姜夔〈念奴嬌〉，柳綿池閣陸游〈解連環〉，涼波不動簟紋平歐陽修〈臨江仙〉。歎薄倖、拋人容易劉學箕〈賀新郎〉，尋盡短長亭晏幾道〈少年游〉。難重覓吳淵〈滿江紅〉，買花芳事李彭老〈一萼紅〉，載酒春情高觀國〈齊天樂〉。　記年時、荔支香裏王同祖〈摸魚兒〉，暗教愁損蘭成張炎〈清平樂〉。見無緣劉儗〈江城子〉，鸞箋象管柳永〈定風波〉；題欲徧謝懋〈蓦山溪〉，燕几螺屏王惲〈水龍吟〉。翠被籠香曾允元〈水龍吟〉，青綾牽夢方君遇〈風流子〉，更深猶喚玉韉笙李萊老〈西江月〉。悄不顧、斗斜三鼓呂渭老〈祝英臺近〉，殘月下簾旌皇甫松〈夢江南〉。相思極楊炎正〈秦樓月〉，幾多幽怨陳亮〈水龍吟〉，一枕餘酲元好問〈滿江紅〉。

蕭評：

如此長調，極不易安排。所集雖不出乎綺羅薌澤，亦難得有層次，有條理。

許、林校勘（頁 114）**：**

〔漫〕「漫回頭」一作「謾回頭」。〈早梅春近〉一作〈早梅芳〉。〔記〕「荔支」一作「荔枝」。〔鸞〕「鸞箋」一作「蠻箋」。原句為「只與蠻箋象管」。〔悄〕「悄不顧」一作「誚不顧」。

生補正：

「漫回」句，「〈早梅芳近〉」《校勘》本作「〈晚梅春近〉」，《全宋詞》作「〈早梅芳〉」（第二冊，頁 617）。「歎薄」句，「倖」《校勘》本作「幸」，《全宋詞》作「倖」（第四冊，頁 2433）。「尋盡」句，「幾」《校勘》本作「几」，《全宋詞》作「幾」（第一冊，頁 247）。「見無」句，「無」《校勘》本作「无」。「題欲」句，「徧」《校勘》本作「遍」，《全宋詞》作「徧」（第三冊，頁 1635）。

《麝塵蓮寸集》卷三

搗練子（卷3頁83）

鶯已老馮延巳〈喜遷鶯〉，燕空歸歐陽炯〈三字令〉，六曲闌干翠幙垂謝逸〈燕歸梁〉。欲寄相思無好句陳允平〈唐多令〉，合歡帶上舊題詩無名氏〈踏莎行〉。

蕭評：

因「無好句」，故用「舊題」之詩以寄相思，運用他人語，靈活如自己出。又末句趙聞禮〈踏莎行〉中有之，原註無名氏，恐誤。

生補正：

「欲寄」句，「無」《校勘》本作「无」，《全宋詞》作「無」（第五冊，頁3104）。「合歡」句，「無」《校勘》本作「无」。

搗練子（卷3頁83）

松露冷司馬光〈阮郎歸〉，竹風清無名氏〈解紅慢〉，樓外涼蟾一暈生万俟詠〈長相思〉。殘夢不成離玉枕歐陽炯〈木蘭花〉，倚闌聞喚小紅聲李石〈臨江仙〉。

蕭評：

全首平平，但使丹青手得之，正可作一幅仕女圖矣。

踏歌辭（卷 3 頁 84）

見晚情如舊黃庭堅〈喝火令〉，嬌多夢不成歐陽炯〈菩薩蠻〉。簾前雙語燕薛昭蘊〈謁金門〉，花外一聲鶯陸游〈烏夜啼〉。惆悵秦樓彈粉淚馮延巳〈南鄉子〉，泣瑤英劉壎〈湘靈瑟〉。

蕭評：

結尾兩語嫌弱。

生補正：

「簾前」句，「語燕」《校勘》本作「燕語」。

踏歌辭（卷 3 頁 84）

燭厭金力翦秦觀〈生查子〉，書勞玉指封周邦彥〈南柯子〉。嬌多情脈脈唐莊宗〈陽台夢〉，山遠水重重晏幾道〈浪淘沙〉。殢酒不成芳訊斷韓淲〈臨江仙〉，恨東風翁元龍〈江城子〉。

蕭評：

此調前四句紆徐而平板，結尾兩句嫌促，然集者為之，亦有五代人風味，可謂難得。

許、林校勘（頁 117）：

〔燭〕「厭」一作「怕」。此詞為張孝祥詞，見《于湖居士文集》卷三十四。《續選草堂詩餘》卷上誤作秦觀詞。

生補正：

「燭厭」句，「力」《校勘》本作「刀」。「山遠」句，「幾」《校勘》本作「几」，《全宋詞》作「幾」（第一冊，頁 244）。「殢酒」句，「訊」《校勘》本作「信」。

長相思（卷 3 頁 85）

繡簾垂歐陽炯〈三字令〉，繡帷垂溫庭筠〈更漏子〉。一桁香銷舊舞衣呂渭老〈減字木蘭花〉，幽歡難再期秦觀〈阮郎歸〉。　　怨春遲韓元吉〈六州歌頭〉，怨歸遲蔡柟〈鷓鴣天〉。薄倖知他知不知黃機〈醜奴兒〉，絮飛胡蝶飛蘇庠〈阮郎歸〉。

蕭評：

第七句連用三「知」字，何等鄭重！乃結句不過以「絮飛胡蝶飛」五字了之，似覺毫無緒理。然細味之，則「絮飛」二字，應第五句，謂春遲也；「胡蝶飛」三字，應第六句，謂歸遲也。此與溫助教之「音信不歸來，社前雙燕回」，晏小山之「落花人獨立，微雨燕雙飛」同其溫婉矣。

許、林校勘（頁 117）：

〔綉〕「綉簾垂」為溫庭筠〈更漏子〉中句，「綉帷垂」為歐陽炯〈三字令〉中句，兩句出處應互乙。〔幽〕〈阮郎歸〉一作〈醉桃源〉。

生補正：

「繡簾」句，「繡」《校勘》本作「綉」，「簾」《校勘》本作「窗」。「薄倖」句，「倖」校勘本作「幸」，《全宋詞》作「倖」（第四冊，頁2543）。

生查子（卷3頁85）

翠袖怯春寒楊冠卿〈菩薩蠻〉，畫閣明新曉張先〈謝池春慢〉。晚起倦梳頭李清照〈武陵春〉，試把菱花照程垓〈雨中花〉。　酒與夢俱醒周密〈唐多令〉，花與人俱好胡銓〈青玉案〉。坐月夜吹簫劉辰翁〈意難忘〉，也學相思調姜夔〈點絳脣〉。

蕭評：

五六兩句，婉達無可奈何之情，殊佳妙。至第八句，直率而寡味矣。

許、林校勘（頁118）**：**

〔畫〕「畫閣」一作「畫幕」。〔晚〕「晚起」一作「日晚」。〔酒〕〈唐多令〉一作〈南樓令〉。

生查子（卷3頁86）

鴉啼金井寒秦觀〈菩薩蠻〉，人靜花陰轉無名氏〈點絳脣〉。剗襪下香階無名氏〈醉公子〉，獨自疏簾卷翁孟寅〈燭影搖紅〉。　鶯語軟於緜鄭楷〈訴衷情〉，燕語明如翦盧祖皋

〈清平樂〉。流怨入瑤琴袁去華〈一叢花〉，誰試琴心怨楊冠卿〈蝶戀花〉。

蕭評：

五六兩句，雖不識字人，亦能賞其雋美。七、八兩句，不獨遣詞運句，如僚轉丸，亦道盡千古才人哀怨。又「流怨」之「流」字，係從五六兩句「語」字來，並非平空生出。

生補正：

「人靜」及下句，兩「無名氏」《校勘》本「無」皆作「无」。

酒泉子（卷 3 頁 86）

顰黛低鬟朱敦儒〈醜奴兒〉，還似去年惆悵溫庭筠〈更漏子〉。翠釵橫歐陽炯〈春光好〉，金釧響王安中〈洞仙歌〉，玉笙殘張翥〈定風波〉。　　夜闌猶翦燈花弄李清照〈蝶戀花〉，驚起半簾幽夢劉翰〈清平樂〉。月華收柳永〈采蓮令〉，霜華重高觀國〈金人捧露盤〉，露華寒薛昭蘊〈離別難〉。

蕭評：

此調音節錯落，凡三易韻：鬟、殘、寒、一也。悵、響、二也，弄、夢、重、三也。而集者於兩結六句，皆以對偶出之，何等自然。

許、林校勘（頁 119）**：**

〔顰〕〈醜奴兒〉一作〈采桑子〉。〔惊〕「半簾」一作「半屏」。

浣溪沙（卷 3 頁 87）

枉把吟箋寄寂寥無名氏〈長相思〉，雨餘庭院冷蕭蕭周紫芝〈朝中措〉，沈香火底坐吹簫倪瓚〈江城子〉。　酒入四肢波入鬢張先〈江城子〉，花如雙臉柳如腰顧敻〈荷葉盃〉，瑣窗虛度可憐宵李呂〈鷓鴣天〉。

蕭評：

四五對仗極工。其中有人，呼之欲出，一結更饒餘味。

生補正：

「枉把」句，「無」《校勘》本作「无」。

浣溪沙（卷 3 頁 87）

題得相思字數行無名氏〈鷓鴣天〉，一枝燈影耿昏黃黃鑄〈小重山〉，秋鉦二十五聲長史達祖〈燕歸梁〉。　繡幙銀屏人寂寂趙長卿〈侍香金童〉，雲窗霧閣事茫茫黃昇〈鵲橋仙〉，誰將消息問劉郎康與之〈玉樓春〉。

蕭評：

二、三兩句，氣格相近，交織成章，自然勻淨。可見集句亦復不易。

許、林校勘（頁120）：

〔雲〕此詞又誤作潘牥詞，見《歷代詩餘》卷二十九。〔誰〕〈玉樓春〉一作〈玉樓春令〉。

生補正：

「題得」句，「無」《校勘》本作「无」，《全宋詞》作「無」（第五冊，頁3679）。「雲窗」句，「昇」《校勘》本作「升」，《全宋詞》作「昇」（第四冊，頁2999）。

浣溪沙（卷3頁88）

滿院楊花不捲簾鄭文妻孫氏〈南鄉子〉，更堪孤館宿酲忺周邦彥〈晝錦堂〉，小圓珠串靜慵拈張先〈江城子〉。　晴日曉窗紅薄薄舒亶〈木蘭花〉，春風翦草碧纖纖高觀國〈玉樓春〉，年年三月病懨懨歐陽修〈定風波〉。

蕭評：

四、五兩句對偶大佳，然「曉」「翦」二字，尚差一間。後半八疊字亦妙。

許、林校勘（頁121）：

〔滿〕此詞為無名氏詞，見《樂府雅詞拾遺》卷下。《彤管遺編後集》卷二十誤作孫氏詞。孫氏詞可信者現僅存〈憶秦娥〉一闋。〔更〕此詞為無名氏詞，見《草堂詩餘後集》卷下。《類編草堂詩餘》卷四誤作周邦彥詞。〔年〕「病懨懨」一作「病厭厭」。

生補正：

「滿院」句，「捲」《校勘》本作「卷」。

浣溪沙（卷3頁88）

薄雪初銷銀月單曾原一〈小重山〉，月明人去杏花殘無名氏〈擣練子〉，羅衾不耐五更寒李煜〈浪淘沙〉。　香滿屏山春滿几董嗣杲〈湘月〉，歌停鶯語舞停鸞張先〈醉桃源〉，海棠紅近綠闌干蔣捷〈虞美人〉。

蕭評：

月明人散，舞歇歌停，可謂百無聊賴，而集者以「海棠紅近綠闌干」作結，益見悽馨之致。

許、林校勘（頁122）**：**

〔羅〕「不耐」一作「不暖」。〔歌〕此詞又見歐陽修《近體樂府》卷一。

生補正：

「薄雪」句，「銷」《校勘》本作「消」，《全宋詞》作「消」（第四冊，頁2776）。「月明」句，「無」《校勘》本作「无」。

浣溪沙（卷3頁88）

珠箔香飃水麝風陳允平〈思佳客〉，曉來庭院半殘紅葉夢得〈虞美人〉，一春心事雨聲中周密〈浪淘沙〉。　綺席象牀寒玉枕汪元量〈望江南〉，茶甌香篆小熏籠辛棄疾〈定風波〉，燕魂鶯夢漸惺忪翁元龍〈江城子〉。

蕭評：

四、五對偶，「寒」、「小」二字尚差半黍。

許、林校勘（頁 122）：

〔茶〕「熏籠」一作「簾櫳」。

浣溪沙（卷 3 頁 89）

行盡長亭與短亭徐霖〈長相思〉，試花霏雨濕春晴韓疁〈浪淘沙〉，杏鎔暗淚結紅冰李演〈醉桃源〉。　池上樓台隄上路劉學箕〈惜分飛〉，風中柳絮水中萍王從叔〈阮郎歸〉，也須聞得子規聲胡翼龍〈鷓鴣天〉。

蕭評：

後半三句，看似勉強拼湊；實則集者頗費苦心。「池上樓臺」，謂居人之所處；「隄上路」則行人之所經。「風中柳絮」，謂居人之身世；「水中萍」則行人之蹤跡。故以「行盡長亭與短亭」起，而以「也須聞得子規聲」作結也。

許、林校勘（頁 123）：

〔行〕「與短亭」一作「又短亭」。

生補正：

「杏鎔」句，「淚」《校勘》本作「泪」，《全宋詞》作「淚」（第四冊，頁 2980）。「池上」句，「箕」《校勘》本作「基」，《全宋詞》作「箕」（第四冊，頁 2434）。

浣溪沙　竹西春望（卷 3 頁 89）

無限江山無限愁周紫芝〈一翦梅〉，歌塵蕭散夢雲收賀鑄〈浪淘沙〉，游人都上十三樓蘇軾〈南鄉子〉。　小雨纖纖風細細朱服〈漁家傲〉，斜暉脈脈水悠悠溫庭筠〈望江南〉，傷春傷別幾時休石延年〈燕歸梁〉。

蕭評：

前半憑高弔遠，感慨無端。四、五對仗工巧，結語少弱。

許、林校勘（頁 123）**：**

〔小〕「纖纖」一作「廉纖」。〔斜〕〈望江南〉一作〈夢江南〉。

生補正：

「無限」句，二「無」《校勘》本作「无」，《全宋詞》皆作「無」（第二冊，頁 892）。「傷春」句，「幾」《校勘》本作「几」，《全宋詞》作「幾」（第一冊，頁 112）。

巫山一段雲（卷 3 頁 90）

為戀鴛鴦被歐陽炯〈菩薩蠻〉，休縫翡翠裙溫庭筠〈南歌子〉。小樓歸燕又黃昏杜安世〈少年游〉，眉黛恁長顰張翥〈太常引〉。　夢醒方知夢張炎〈甘州〉，春來各自春利登〈菩薩蠻〉。楚天何處覓行雲張先〈南柯子〉，相見更無因韋莊〈荷葉盃〉。

蕭評：

夢醒之後，方知是夢，情境極是不堪。春來而各自為春，又極言乖隔之甚，故七、八兩句，結得恰到好處。惟首兩句文氣殊不順，蓋二語實無呼應之致也。不如將「為戀」二字依韓偓〈生查子〉易為「羞入」，較佳。

生補正：

「楚天」句，「柯」《校勘》本作「歌」，《全宋詞》作「歌」（第一冊，頁66）。

好事近（卷3頁90）

獨自上層樓程垓〈卜算子〉，**樓上酒融歌煖**韓元吉〈謁金門〉。**好箇瘦人天氣**趙汝茪〈如夢令〉，**放曉晴池苑**李元膺〈洞仙歌〉。　　**窺人佯整玉搔頭**宋豐之〈小重山〉，**蛾眉畫來淺**陳允平〈瑞鶴仙〉，**還是懨懨病也**方君遇〈風流子〉，**算柳嬌桃嬾**吳文英〈瑞龍吟〉。

蕭評：

蛾眉句依鄭獬「紅靴踏殘雪」音節，故自起調。

許、林校勘（頁125）**：**

〔窺〕〈小重山〉一作〈小冲山〉。〔算〕「算柳嬌桃懶」一作「簪柳門歸懶」，又作「簪柳嬌桃嫩」。

生補正：

「樓上」句，「煖」《校勘》本作「暖」，《全宋詞》作「暖」（第

二冊，頁 1392）。「算柳」句，「嬾」《校勘》本作「懶」，《全宋詞》作「懶」（第四冊，頁 2892）。

好事近（卷 3 頁 91）

獨自下層樓程垓〈卜算子〉，**樓下水平烟遠**韓元吉〈謁金門〉。**人與綠楊俱瘦**秦觀〈如夢令〉，**倚東風嬌嬾**周邦彥〈粉蝶兒慢〉。　**牡丹開盡正春寒**張桂〈浣溪沙〉，**�掩雙扇**周密〈祝英臺近〉。**多少碎人腸處**高觀國〈永遇樂〉，**想籠鸚停喚**蔣捷〈金盞子〉。

蕭評：

起筆與前首呼應，又妙。

許、林校勘（頁 125）**：**

〔人〕此詞為無名氏詞，見《草堂詩餘前集》卷上。《類編草堂詩餘》卷一誤作秦觀詞。又誤作黃庭堅詞，見楊金本《草堂詩餘前集》卷下。

生補正：

「倚東」句，「嬾」《校勘》本作「懶」，《全宋詞》作「懶」（第二冊，頁 618）。「�」句，「�」《校勘》本作「篔」，《全宋詞》作「�」（第五冊，頁 3289）。

更漏子（卷 3 頁 91）

草連空謝逸〈江城子〉，花滿院陳克〈謁金門〉，的的嬌波流盼鄭僅〈調笑令〉。紅簌簌向子諲〈三字令〉，綠蔥蔥趙彥端〈豆葉黃〉，春來愁殺儂康與之〈長相思〉。　　寶箏閒陳允平〈江城子〉，香篆裊周邦彥〈蘇幕遮〉，贏得如今懷抱張炎〈齊天樂〉。摹繭字李萊老〈木蘭花慢〉，把鸞箋張遜〈水調歌頭〉，憑伊寄小蓮晏幾道〈破陣子〉。

蕭評：

信手拈來，自然流暢，後結三句，尤無斧鑿之痕。

許、林校勘（頁 126）：

〔草〕〈江城子〉一作〈江神子〉。〔的〕〈調笑令〉一作〈調笑轉踏〉。〔香〕「香篆裊」一作「燎沈香」。此詞為無名氏詞，見《草堂詩餘後集》卷下。《類編草堂詩餘》卷二誤作周邦彥詞。「伊」一作「誰」。

生補正：

「寶箏」句，「閒」《校勘》本作「閑」，《全宋詞》作「閒」（第五冊，頁 3104）。「憑伊」句，「憑」《校勘》本作「凭」，《全宋詞》作「憑」（第一冊，頁 246）。

更漏子（卷 3 頁 92）

宿酲蘇楊恢〈祝英臺近〉，春夢怯張樞〈謁金門〉，惆悵曉鶯殘月韋莊〈荷葉盃〉。羅帳薄陳克〈謁金門〉，繡衣單趙君舉〈楊柳枝〉，屏山雲雨闌李億〈菩薩蠻〉。　按瑤箏周密〈江城子〉，調寶瑟周紫芝〈鷓鴣天〉，簾捲金泥紅濕楊冠卿〈好事近〉。桃葉恨史達祖〈祝英臺近〉，杏花愁顧敻〈酒泉子〉，笙寒燕子樓續雪谷〈長相思〉。

蕭評：

頗有《花間》風調。

許、林校勘（頁 127）**：**

〔宿〕楊恢應為湯恢。

畫堂春（卷 3 頁 92）

黃昏樓閣帶棲鴉周紫芝〈朝中措〉，歸來晚駐香車歐陽修〈越溪春〉。過雲時送雨些些賀鑄〈浣溪沙〉，倚扇佯遮張炎〈意難忘〉。　簾外曉鶯殘月溫庭筠〈更漏子〉，座中翔鳳飛霞石民瞻〈清平樂〉。屏風曲曲鬥紅牙張先〈浣溪沙〉，人唱窗紗王鼎翁〈沁園春〉。

蕭評：

五六對仗工。三四六亦見巧思，然佯字究嫌費解。妄欲以晏殊〈踏莎行〉之「春風不解禁楊花」，及張炎〈渡江雲〉之「知落誰家」擬之。事本無益，性好求全，不覺出此也。

許、林校勘（頁 128）：

〔黃〕「帶棲鴉」一作「亂棲鴉」。〔屏〕此詞為秦觀詞，見《淮海居士長短句》卷中。《類編草堂詩餘》卷一誤作張先詞。

生補正：

「座中」句，「座」《校勘》本作「坐」。

人月圓（卷 3 頁 93）

梨花滿地春狼藉曹原〈蘭陵王〉，天氣度清明陳克〈菩薩蠻〉。綺窗人去韓元吉〈永遇樂〉，綠陽深院無名氏〈踏莎行〉，芳草長亭尹濟翁〈木蘭花慢〉。　　喬枝翻鵲李彭老〈念奴嬌〉，香泥壘燕盧祖皋〈倦尋芳〉，翠葉藏鶯晏殊〈踏莎行〉。難忘最是黃簡〈眼兒媚〉，怨紅悽調吳文英〈三姝媚〉，翦綠深盟陸游〈朝中措〉。

蕭評：

章法甚好，結語亦工。

許、林校勘（頁 129）：

〔喬〕〈念奴嬌〉一作〈壺中天〉。〔翠〕此詞又誤作寇準詞，見《類編草堂詩餘》卷一。又誤作晏幾道詞，見《詞的》卷三。

生補正：

「綠陽」句，「無」《校勘》本作「无」。

人月圓（卷3頁93）

玉簫台榭春多少趙汝茪〈戀繡衾〉，鶯語燕飛忙袁去華〈滿庭芳〉。惱人風味胡仔〈水龍吟〉，花邊載酒韓元吉〈薄倖〉，燭底縈香史達祖〈夜合花〉。　冷雲迷浦姜夔〈清波引〉，殘霞照水許楨〈太常引〉，小雨分江周密〈高陽臺〉。正無聊賴許棐〈琴調相思引〉，一襟銷黯莫崙〈水龍吟〉，一枕思量沈公述〈望南雲慢〉。

蕭評：

後起三句，對偶甚工。若以後概用對句，必成板滯，幸第九句以「正無聊賴」四字引起下文，章法便活。

許、林校勘（頁128）**：**

〔一〕沈公述名唐。

生補正：

「正無」句，「無」《校勘》本作「无」，《全宋詞》作「無」（第四冊，頁2865）。「一枕」句，「〈望南雲慢〉《校勘》本作「〈望南雲引慢〉」，《全宋詞》作「〈望南雲慢〉」（第一冊，頁171）。

眼兒媚（卷3頁94）

綠窗空鎖舊時春江開〈浣溪沙〉，寂寞隔巫雲程武〈小重山〉。寶釵無據黃昇〈鵲橋仙〉，錦箋尚溼趙以夫〈鵲橋仙〉，粉淚空存張良臣〈采桑子〉。　冷烟寒食梨花院趙野雲〈點絳脣〉，都付與黃昏黃孝邁〈湘春夜月〉。一簾風絮潘元質〈醜奴兒慢〉，一尊露醑趙善扛〈宴清都〉，一鏡香塵吳文英〈柳梢青〉。

蕭評：

前結三句，用「無據」、「尚溼」、「空存」字，都為首句「舊時春」作註腳，極見分寸。

生補正：

「寶釵」句，「昇」《校勘》本作「升」，《全宋詞》作「昇」（第四冊，頁 2999）。「粉淚」句，「淚」《校勘》本作「泪」，《全宋詞》作「淚」（第二冊，頁 1826）。

眼兒媚（卷 3 頁 94）

損人情絲斷人腸歐陽炯〈赤棗子〉，無語只淒涼陸游〈朝中措〉。淒涼況味陳允平〈訴衷情〉，采花南圃周邦彥〈紅羅襖〉，看月西窗徐寶之〈沁園春〉。　年年花月年年病陳璧〈小重山〉，心事易成傷黃鑄〈小重山〉。傷心最苦柳永〈洞仙歌〉，黃壚貰酒朱敦儒〈桂枝香〉，紫曲迷香李彭老〈踏莎行〉。

蕭評：

第三、八兩句，上承二、七，下起兩結，殊妙。第六句於過徧處，綜承「采花」「看月」二句，而以「病」字起下文，尤佳。

許、林校勘（頁 130）**：**

〔年〕現存陳璧詞僅〈踏莎行〉一闋，無此調。

生補正：

「無語」句，「無」《校勘》本作「无」，《全宋詞》作「無」（第三冊，頁1584)。「看月」句，「窗」《校勘》本作「廂」，《全宋詞》作「窗」(第四冊，頁2851)。

少年游（卷3頁95）

垂楊嬌鬢趙彥端〈青玉案〉，香檀素手韓玉〈減字木蘭花〉，低按小秦箏秦觀〈滿庭芳〉。清淚如鉛范晞文〈意難忘〉，明眸似水呂渭老〈選冠子〉，休要醒時聽詹玉〈渡江雲〉。　蘭燈初上史達祖〈青玉案〉，蕙熏微度廖瑩中〈箇儂〉，脈脈復盈盈無名氏〈生查子〉。霧閣雲牕向子諲〈七娘子〉，風台月榭元好問〈鵲橋仙〉，枕簟不勝情舒頔〈風入松〉。

蕭評：

前半以「秦箏」為主，後半以「枕簟」為主，後半氣韻猶佳。

生補正：

「清淚」句，「淚」《校勘》本作「泪」，《全宋詞》作「淚」(第五冊，頁3374)。「脈脈」句，「無」《校勘》本作「无」。

少年游（卷3頁95）

芳心一縷王茂孫〈點絳脣〉，柔情一寸黃孝邁〈水龍吟〉，悄立對西窗舒亶〈菩薩蠻〉。霽月三更周密〈水龍吟〉，碧雲千里張翥〈真珠簾〉，蘋末轉清商尹煥〈唐多令〉。　半欄花雨胡翼龍〈洞仙歌〉，半簾花影韓元吉〈水龍吟〉，人已候虛廊王安中〈小重山〉。玉釧輕敲周邦彥〈一翦梅〉，瓊釵暗擘廖瑩中〈箇儂〉，此景也難忘柳永〈如魚水〉。

蕭評：

全詞絕佳，後半猶妙。惜結語「也」字敗味耳。按柳永詞云：「便歸去、徧歷鸞坡鳳沼，此景也難忘」。此進一層說也。若無「便」字，便成不足挂懷之事矣。愚意不如用張樞〈木蘭花慢〉中之「夜悄怯更長」，或歐陽修〈望江南〉中之「天賦與輕狂」，或用周邦彥〈意難忘〉中之「私語口脂香」，或其他佳句，要較此句為勝。

許、林校勘（頁132）**：**

〔柔〕「柔情」一作「柔腸」。〔玉〕「玉釧輕敲」原句為「袖裡時聞玉釧輕敲」，一作「袖裡時聞玉釧敲」。

生補正：

「悄立」句，「立」《校勘》本作「悄」，《全宋詞》作「悄」（第一冊，頁363）。

少年游（卷3頁96）

絳綃樓上丁仙現〈絳都春〉，碧羅窗底周紫芝〈永遇樂〉，夜悄怯更長張樞〈木蘭花慢〉。簾密收香万俟詠〈念奴嬌〉，鏡圓窺粉張炎〈法曲獻仙音〉，多夢睡時妝史達祖〈壽樓春〉。　羽觴蟻鬥毛滂〈剔銀燈〉，箏絃鴈絕李獻能〈春草碧〉，襟袖淚淋浪楊冠卿〈水調歌頭〉。月約星期趙聞禮〈玉漏遲〉，雲情雨意趙長卿〈簇水〉，前事忍思量曹組〈小重山〉。

蕭評：

集者於對偶處特為留意，亦最擅場；然亦不害其行也。

許、林校勘（頁 133）**：**

〔絳〕此詞誤入吳文英《夢窗詞》，又為曹元忠誤補入柳永《樂章集》。〔簾〕此詞為田為詞，程氏誤註為万俟詠詞。〔羽〕「羽觴」一作「鬧觴」。

生補正：

「箏絃」句，「絃」、「鴈」《校勘》本作「弦」、「雁」。「襟袖」句，「淚」《校勘》本作「泪」，《全宋詞》作「淚」（第三冊，頁1865）。

少年游（卷 3 頁 97）

杏花過雨沈公述〈念奴嬌〉，梨花先雪王雱〈眼兒媚〉，花落滿蒼苔陳成之〈小重山〉。愁損香肌玉英〈浪淘沙〉，困酣嬌眼蘇軾〈水龍吟〉，應是把人猜黎廷瑞〈眼兒媚〉。　釵分燕股陳允平〈憶舊游〉，書開蠆尾史達祖〈齊天樂〉，薄倖不歸來黃機〈生查子〉。覆水難收晁冲之〈漢宮秋〉，驚雲易散利登〈過秦樓〉，那忍首重回蔡伸〈水調歌頭〉。

蕭評：

秋風紈扇之悲，輕輕以「那忍首重回」結之，分量似不彀。

許、林校勘（頁 133）**：**

〔梨〕〈眼兒媚〉一作〈秋波媚〉。此詞為無名氏詞，見《草堂詩餘前集》卷上。《類編草堂詩餘》卷二誤作王雱詞。〔愁〕「香肌」一作「仙肌」。〔薄〕現存黃機詞無此闋。

生補正：

「薄倖」句，「倖」《校勘》本作「幸」。「驚雲」句，「驚」《校勘》本作「惊」，《全宋詞》作「驚」（第四冊，頁2986）。

少年游（卷3頁97）

半泓寒碧黃玉泉〈孤鸞〉，半篙澄綠葉夢得〈應天長〉，也擬汎輕舟李清照〈武陵春〉。挑菜東城史達祖〈慶清朝〉，看花南陌晁冲之〈玉蝴蝶〉，曾是恣狂游晁端禮〈滿庭芳〉。　一簾香縷馮去非〈點絳脣〉，一篝香絮陳允平〈瑞龍吟〉，歸夢遶秦樓王雱〈眼兒媚〉。滿滿金杯洪瑹〈踏莎行〉，溫溫羅帊呂渭老〈念奴嬌〉，消遣酒醒愁張樞〈風入松〉。

蕭評：

「半泓寒碧」，亦即「半篙澄綠」，此即求工取巧之病。以外無可議矣。

許、林校勘（頁134）**：**

〔歸〕見前首「梨花先雪」句校。

生補正：

「歸夢」句，「遶」《校勘》本作「繞」，《全宋詞》作「遶」（第五冊，頁3737）。「溫溫」句，「帊」《校勘》本作「帕」，《全宋詞》作「帊」（第二冊，頁1113）。

少年游 草色（卷3頁98）

落花時節尹煥〈眼兒媚〉，惜花時候陳允平〈永遇樂〉，微雨浥芳塵石孝友〈好事近〉。西子湖邊張翥〈水龍吟〉，泰娘橋畔陳以莊〈水龍吟〉，綠徧去年痕洪咨夔〈眼兒媚〉。　馬嘶南陌范成大〈秦樓月〉，鴈橫南浦張耒〈風流子〉，何處夢王孫劉頡〈滿庭芳〉？滿地殘陽梅堯臣〈蘇幕遮〉，漫天飛絮向子諲〈七娘子〉，莫道不銷魂李清照〈醉花陰〉。

蕭評：

緊扣題面，自是佳作。

許、林校勘（頁135）**：**

〔微〕「浥芳塵」一作「洒芳塵」。

生補正：

「綠徧」句，「徧」《校勘》本作「遍」，《全宋詞》作「遍」（第四冊，頁2468）。

南鄉子（卷3頁98）

烟雨晚山稠趙旭〈曲入冥〉，雲水迢遙天盡頭陳允平〈長相思〉。料想玉樓人倚處汪晫〈蝶戀花〉，凝眸柳永〈木蘭花慢〉，過盡飛鴻字字愁秦觀〈減字木蘭花〉。　謾道草忘憂李甲〈過秦樓〉，早是霜華兩鬢秋周紫芝〈一翦梅〉。紅葉不來音信斷侯寘

〈漁家傲〉，嗟休李芸子〈木蘭花慢〉，何處瑤臺輕駐留陳坦之〈沁園春〉。

蕭評：

字字銜接，全文流美，讀之不知其為集句也。前半尤妙。

許、林校勘（頁 136）：

〔烟〕〈曲入冥〉一作〈浪淘沙〉。〔料〕「倚處」一作「念處」。〔凝〕「凝眸」一作「凝旒」。

南鄉子（卷 3 頁 99）

人在小紅樓施樞〈摸魚兒〉，小板齊聲唱〈石州〉呂渭老〈豆葉黃〉。錦瑟年華誰與度賀鑄〈青玉案〉，悠悠万俟詠〈木蘭花慢〉，雲斷長空落葉秋舒亶〈散天花〉。　紅蓼水邊頭張耒〈風流子〉，誤記歸帆天際舟陳坦之〈沁園春〉。欲寄此情無雁去毛滂〈玉樓春〉，休休李清照〈鳳凰臺上憶吹簫〉，誰翦青山兩點愁續雪谷〈長相思〉。

蕭評：

起筆兩句，何遽不若晏小山之「綠水帶春潮」耶？

許、林校勘（頁 136）：

〔錦〕「年華」一作「華年」。〈青玉案〉一作〈橫塘路〉。〔雲〕「落葉」一作「葉落」。〔休〕「休休」一作「明朝」。

南鄉子　即事（卷3頁99）

碧瓦小紅樓朱敦儒〈卜算子〉，手卷真珠上玉鉤李璟〈浣溪沙〉。又向海棠花下飲歐陽炯〈玉樓春〉，風流陳坦之〈沁園春〉，酒滿玻璃花滿頭呂渭老〈豆葉黃〉。　低按〈小梁州〉陳允平〈少年游〉，頭上花枝顫未休張先〈減字木蘭花〉。香滅羞回羅帳裏潘元質〈倦尋芳〉，溫柔劉鎮〈木蘭花慢〉，笑挽羅衫須小留馮艾子〈春風嫋嫋〉。

蕭評：

運斤成風，神乎其技。似此佳作，豈可以集句視之？不意集句竟有此也。嘗見作者為一小令，亦拘攣補衲，囁嚅不能盡意，讀此當為之瞿然矣。

許、林校勘（頁137）**：**

〔手〕「手卷真珠上玉鉤」一作「手卷珠簾上玉鉤」。〔頭〕「花枝」一作「宮花」。〔溫〕現存劉鎮詞無此闋。

踏莎行（卷3頁100）

翠袖籠寒彭泰翁〈憶舊游〉，紫綃襯粉劉學翔〈念奴嬌〉，繡裙斜立腰支困陳克〈虞美人〉。兩竿紅日上花梢柳永〈西江月〉，碧砂窗外鶯聲嫩陳允平〈少年游〉。　春色三分蘇軾〈水龍吟〉，芳心一寸史達祖〈瑞鶴仙〉，晝長病酒添新恨翁元龍〈瑞龍吟〉。玉簫吹罷紫蘭秋袁去華〈浣溪沙〉，東風又送荼蘼信鍾過〈步蟾宮〉。

蕭評：

香閨春困，絕代風華。

許、林校勘（頁138）：

〔紫〕劉學翔為劉景翔之誤。〔綉〕「腰支」一作「腰肢」。〔春〕此詞又誤作周邦彥詞，見《詩學筌蹄》卷一。

生補正：

「碧紗」句，「遊」《校勘》本作「游」，《全宋詞》作「游」（第五冊，頁3123）。

踏莎行（卷3頁100）

妙語如紘呂渭老〈選冠子〉，閒情似線王月山〈齊天樂〉，畫堂深窈親曾見黃時龍〈虞美人〉。問伊何事放珠簾胡翼龍〈南歌子〉，背人佯笑移金釧趙君舉〈采桑子〉。　繡轂華茵莫崙〈水龍吟〉，瑤琴錦薦蔡伸〈點絳脣〉，驚回香夢蘭情倦無名氏〈紅窗睡〉。小樓銀燭又黃昏薛夢桂〈浣溪沙〉，梨花落盡成秋苑譚宣子〈漁家傲〉。

蕭評：

前半寫景如畫——此中有人，呼之欲出。

許、林校勘（頁139）：

〔閒〕「閒情」一作「閒愁」。〔問〕胡氏現存〈南歌子〉一闋，无此句。〔綉〕「華茵」一作「華絪」。〔小〕「小樓」一作「小窗」。

生補正：

「妙語」句，「絃」《校勘》本作「弦」，《全宋詞》作「弦」(第二冊，頁1113)。「繡轂」句，「崙」《校勘》本作「侖」，《全宋詞》作「崙」(第五冊，頁3376)。「驚回」句，「無」《校勘》本作「无」。

踏莎行（卷3頁101）

伴鶴幽期丁默〈齊天樂〉，吟鶯歡事張炎〈一萼紅〉，清宵欲寐還無寐吳元可〈采桑子〉。和嬌和淚泥人時孫光憲〈浣溪沙〉，素妝褪出眉山翠翁元龍〈水龍吟〉。　　笛外尊前周密〈三姝媚〉，花邊柳際謝逸〈清平樂〉，寶香熏透薔薇水朱埴〈點絳脣〉。倚闌無緒更兜鞋秦觀〈浣溪沙〉，綠雲斜彈金釵墜晏幾道〈探春令〉。

蕭評：

四五尚饒情致。

許、林校勘（頁140）**：**

〔倚〕此詞又誤作歐陽修詞，見《草堂詩餘續集》卷上。〔綠〕此詞為無名氏詞，見《草堂詩餘前集》卷下。《類編草堂詩餘》卷一誤作晏幾道詞。又誤作晏殊詞，見《古今圖書集成·藝術典》卷八百二十三娼妓部藝文二。

生補正：

「清宵」句，「無」《校勘》本作「无」，《全宋詞》作「無」(第五冊，頁3556)。「和嬌」句，「淚」《校勘》本作「泪」。「素妝」句，「眉山」《校勘》本作「山眉」，《全宋詞》作「山眉」(第四冊，頁2945)。「倚闌」句，「無」《校勘》本作「无」，《全宋詞》作「無」(第一冊，頁461)。

踏莎行（卷 3 頁 101）

倚擔評花詹玉〈齊天樂〉，倚壚呼酒彭履道〈蘭陵王〉，背人倦倚晴窗繡劉天迪〈鳳棲梧〉。繡牀終日罷拈鍼賀鑄〈浣溪沙〉，沈烟一縷騰金獸趙聞禮〈千秋歲〉。　彈淚花前陸游〈采桑子〉，籠香酒後史深〈木蘭花慢〉，粉香染淚鮫綃透張端義〈倦尋芳〉。可憐人似月中孀吳文英〈浣溪沙〉，羅衣還怯東風瘦張可久〈人月圓〉。

蕭評：

起筆兩「倚」字，第三句仍以「倚」字承之。三用「倚」字，舊日美人病態可想。然倦繡則可，若評花呼酒，恐不甚宜。如謂指非其人，則速用三「倚」字，便無意義。第三句「繡」字，第四句仍以「繡」字緊接，甚好。前結亦饒情味。後起「淚」「香」兩句，以第八句一語承之，運思殊細。

生補正：

「彈淚」句及「粉香」句，兩「淚」《校勘》本皆作「泪」字，《全宋詞》皆作「淚」（第三冊，頁 1586、第四冊，頁 2486）。

臨江仙　中酒（卷 3 頁 102）

茗盌淺浮瓊乳謝逸〈謁金門〉，香泉細瀉銀瓶無名氏〈臨江仙〉。病花中酒過清明李肩吾〈拋毬樂〉。金閨春思怯張翥〈意難忘〉，翠被曉寒輕秦觀〈海棠春〉。　相見爭如不見司馬光〈西江月〉，多情又似無情王沂孫〈錦堂春〉。枕鴛醉倚玉釵橫楊冠卿〈浣溪沙〉。鑪烟銷篆碧曹原〈瑞鶴仙〉，瑤草入簾青周密〈少年游〉。

蕭評：

「枕鴛」句著題，惜結尾兩句不足以狀「中酒」之情態耳！

許、林校勘（頁142）**：**

〔翠〕此詞為無名氏詞，見《草堂詩餘前集》卷上。《類編草堂詩餘》卷一誤作秦觀詞。

生補正：

「茗盌」句，「瓊」《校勘》本作「琼」，《全宋詞》作「瓊」（第二冊，頁646）。「香泉」句，「無」《校勘》本作「无」，《全宋詞》作「無」（第五冊，頁3658）。「鑪烟」句，「鑪」《校勘》本作「爐」。「瑤草」句，「遊」《校勘》本作「游」，《全宋詞》作「遊」（第五冊，頁3281）。

臨江仙　中酒（卷3頁102）

繡被嫩寒清曉高觀國〈風入松〉，鉤簾淺醉閒眠陸游〈烏夜啼〉。落花中酒寂寥天賀鑄〈浣溪沙〉。壚邊人似月韋莊〈菩薩蠻〉，江上柳如烟溫庭筠〈菩薩蠻〉。　新恨欲題紅葉康與之〈風入松〉，閑情分付魚箋劉鎮〈漢宮春〉。年年春色暗香牽邵亨貞〈浣溪沙〉，問春何處去謝明遠〈菩薩蠻〉？春去幾時還黃庭堅〈繡帶兒〉？

蕭評：

前半著題，半後稍泛。

許、林校勘（頁 141）：

〔閑〕現存劉鎮詞無此調。〔春〕〈綉帶兒〉一作〈好女兒〉。

生補正：

「鈎簾」句，「閒」《校勘》本作「閑」，《全宋詞》作「閒」（第三冊，頁 1589）。

臨江仙　謝娘（卷 3 頁 103）

春盡燕嬌鶯姹潘元質〈倦尋芳〉，日斜柳暗花蔫馮延巳〈三臺令〉。謝娘懸淚立風前史達祖〈玉胡蝶〉，熏爐蒙翠被牛嶠〈菩薩蠻〉，翦燭寫香牋俞國寶〈卜算子〉。　愁損一番寒食趙汝茪〈清平樂〉，能消幾度〈陽關〉張炎〈聲聲慢〉。此時情緒此時天周邦彥〈鶴冲天〉。綠楊深似雨趙文〈瑞鶴仙〉，細草碧如烟趙崇嶓〈菩薩蠻〉。

蕭評：

後半一氣呵成，尤以第八句承轉得妙。

許、林校勘（頁 142）：

〔日〕「花蔫」一作「花嫣」。

生補正：

「謝娘」句，「淚」《校勘》本作「泪」，《全宋詞》作「淚」（第四冊，頁 2341）。「剪燭」句，「牋」《校勘》本作「箋」，《全宋詞》作「牋」（第四冊，頁 2282）。「能消」句，「幾」《校勘》本作「几」，《全宋詞》作「幾」（第五冊，頁 3518）。

臨江仙　謝娘（卷 3 頁 103）

輕靄低籠芳樹柳永〈鬥百花〉，暗塵重拂雕櫳吳文英〈江南好〉。秋千人散月溶溶曹組〈阮郎歸〉。寶釵搖翡翠魏承班〈菩薩蠻〉，繡戶掩芙蓉周密〈浪淘沙〉。　脈脈悲烟泣露李宏模〈慶清朝〉，翩翩怨蝶愁蜂張掄〈春光好〉。謝娘也擬殢春風舒亶〈虞美人〉。酒傾金盞滿歐陽炯〈菩薩蠻〉，柳困玉堂空周紫芝〈生查子〉。

蕭評：

對仗甚工，然亦不免飣餖之病。又第二句夢窗詞題〈江南好〉，實誤；集者仍之，蓋所註出處，調名悉依原本，否則不易查證也。

生補正：

「秋千」句，「人」《校勘》本作「个」，《全宋詞》作「人」（第二冊，頁 803）。「脈脈」句，「脈脈」《校勘》本作「脉脉」，《全宋詞》作「脈脈」（第四冊，頁 2959）。「柳困」句，「困」《校勘》本作「国」，《全宋詞》作「困」（第二冊，頁 880）。

蝶戀花（卷 3 頁 104）

悵望玉溪溪上路康與之〈玉樓春〉，人不歸來僧晦〈高陽臺〉，冉冉蘭皋暮蔡伸〈點絳脣〉。燕子占巢花脫樹張先〈漁家傲〉，春光已到消魂處張翥〈踏莎行〉。　試問閒愁都幾許賀鑄〈青玉案〉，酒入愁腸范仲淹〈蘇幕遮〉，依舊留愁住陸游妾〈生查子〉。

今夜倩風吹夢去袁去華〈玉樓春〉，黃昏更下瀟瀟雨無名氏〈調笑令〉。

蕭評：

前半極精警，後結稍懈。「酒入愁腸，依舊留愁住」。自是好句，然後起作「試問閒愁都幾許？」語氣終覺不順。且「依舊」二字，宜有一層轉折方妙。按陸游妾〈生查子〉後半云：「曉起理殘妝，整頓教愁去；不合畫春山，依舊留愁住！」因有「整頓教愁去」一語，「依舊」二字方能生根也。

許、林校勘（頁 144）：

〔冉〕「冉冉」一作「苒苒」，是。〔試〕「試問」一作「若問」。〈青玉案〉一作〈橫塘路〉。〔依〕「留愁住」一作「留連住」。

生補正：

「試問」句，「閒」《校勘》本作「閑」。「幾」《校勘》本作「几」。「依舊」句，「陸游妾」《校勘》本作「陸游」，《全宋詞》作「陸游妾某氏」（第三冊，頁 1602）。

酷相思（卷 3 頁 105）

畫扇青山吳苑路吳文英〈夜行船〉，綠染遍、江頭樹史達祖〈青玉案〉。更烟暝長亭啼杜宇周密〈大聖樂〉，料想是、分攜處周邦彥〈一絡索〉。為怕見、分攜處嚴仁〈一絡索〉。　巫峽雨深留不住周端臣〈玉樓春〉，只愁被、嬋娟誤陳恕可〈水龍吟〉。有誰在簫臺猶醉舞張炎〈大聖樂〉？且莫恁、匆匆去王安石〈傷春怨〉。還又是、匆匆去吳潛〈青玉案〉。

蕭評：

三、八兩句，極不易得，饒他於〈大聖樂〉中得來。兩結句更難，蓋語句相似，韻腳全同，而命意須有層次轉折。集者信手拈來，自然拍合，與全文語意又恰相貫穿，極妙。

許、林校勘（頁 145）**：**

〔且〕〈傷春怨〉一作〈生查子〉。

生補正：

「畫扇」句，「畫」《校勘》本作「畫」，《全宋詞》作「畫」（第四冊，頁 2936）。「巫峽」句，「雨」《校勘》本作「雲」，《全宋詞》作「雲」（第四冊，頁 2650）。

青玉案　思遠（卷 3 頁 105）

山屏霧帳玲瓏碧毛滂〈七娘子〉，人正在史達祖〈賀新郎〉，高樓北方千里〈迎春樂〉。樓上捲簾雙燕入盧炳〈謁金門〉，素絃聲斷秦觀〈八六子〉，素箋恨切張輯〈疏簾淡月〉，何計憑鱗翼柳永〈傾盃樂〉？　畫闌倚遍無消息王詵〈憾庭竹〉，拚作樽前未歸客晏幾道〈六么令〉。歸夢不知江水隔方岳〈蝶戀花〉。寸眉兩葉張耒〈風流子〉，寸心千里無名氏〈魚遊春水〉，風雨愁通夕無名氏〈眉峯碧〉。

蕭評：

首四句一氣呵成，五、六有意弄巧，轉成鯁塞。後半極佳，然第十一句如不勉強取一「寸」字，則音律更諧，語氣更順。集句家偶作此病，便損風神；作手如此，尤非所宜矣。

許、林校勘（頁 145）：

〔何〕〈傾杯樂〉一作〈傾杯〉。〔畫〕「畫闌」一作「畫欄」。〔拼〕此詞又誤作晏殊詞，見《梅苑》卷二。

生補正：

「樓上」句，「捲」《校勘》本作「卷」，《全宋詞》作「捲」（第三冊，頁 2160）。「何計」句，「憑」《校勘》本作「凭」，《全宋詞》作「憑」（第一冊，頁 51）。「畫闌」句，「闌」《校勘》本作「樓」，「無」《校勘》本作「无」，《全宋詞》作「欄」、「無」（第一冊，頁 275）。「拚作」句，「幾」《校勘》本作「几」，《全宋詞》作「幾」（第一冊，頁 241）。「寸心」句，「無」《校勘》本作「无」，「遊」校勘本作「游」。

江城子（卷 3 頁 106）

落紅深處亂鶯啼陳允平〈浣溪沙〉，日遲遲歐陽炯〈三字令〉，漏遲遲韋莊〈定西番〉。坐久花寒、香露溼人衣洪皓〈江城梅花引〉。有意迎春無意送李肩吾〈清平樂〉，傾綠醑許有壬〈摸魚子〉，玉東西王澡〈祝英臺近〉。　琵琶絃上說相思晏幾道〈臨江仙〉，恨依依韓元吉〈六州歌頭〉，夢依依姜夔〈小重山〉。記得那人、模樣舊家時趙君舉〈虞美人〉。病起心情終是怯陳克〈浣溪沙〉，愁滿眼謝逸〈鷓鴣天〉，髻雲低張先〈定西番〉。

蕭評：

前半平平，後起漸次精警，結句微嫌少力。

許、林校勘（頁 146）：

〔落〕「乳鶯」一作「亂鶯」。

生補正：

「有意」句，「無」《校勘》本作「无」。「傾緣」句，「子」《校勘》本作「兒」。「琵琶」句，「絃」《校勘》本作「弦」，「幾」《校勘》本作「几」，《全宋詞》作「絃」、「幾」（第一冊，頁222）。

何滿子（卷3頁107）

鬥草踏青天氣陳允平〈朝中措〉，戴花折柳心情吳琚〈柳梢青〉。最憶來時門半掩譚宣子〈漁家傲〉，玉鉤垂下簾旌歐陽修〈臨江仙〉。〈金縷〉聲停象板袁華〈水調歌頭〉，畫堂煖瀉銀瓶舒頔〈風入松〉。　　明日遠如今日趙彥端〈謁金門〉，此生未卜他生趙可〈望海潮〉。惆悵采香人不見賀鑄〈浣溪沙〉，寶箏彈與誰聽李彭老〈清平樂〉。燕子春愁未醒史達祖〈萬年歡〉，深舊閨夢還成陸輔之〈清平樂〉。

蕭評：

明暢如話，後結稍遜。

許、林校勘（頁147）**：**

〔惆〕「采香」一作「窃香」。〔寶〕「彈與」一作「彈向」。

何滿子（卷3頁107）

門前一樹桃花趙汝茪〈清平樂〉，簾外數聲啼鳥石孝友〈如夢令〉。試凭危闌凝遠目趙師使〈武陵春〉，長是錦書來少劉翰〈清平樂〉。蕭蕭暮雨孤篷盧祖皐〈烏夜啼〉，漠漠淡烟衰草劉之才〈玲瓏四犯〉。　　夜深簧煖笙清周邦彥〈慶宮春〉，人去月斜雲杳張翥〈玉露遲〉。小別殷勤留不住孫惟信〈清平樂〉，惆悵睡殘清曉魯逸仲〈惜餘春慢〉。心游萬壑千巖蘇庠〈清平樂〉，夢到十洲三島韓淲〈桃源憶故人〉。

蕭評：

對仗極工。然後結兩句，近於湊矣。

許、林校勘（頁 148）：

〔門〕現存趙汝茪〈清平樂〉一闋，無此句。〔夜〕此詞又誤作柳永詞，見《草堂詩餘前集》卷下。又誤入吳文英《夢窗詞》集。

生補正：

「夜深」句，「煖」《校勘》本作「暖」，《全宋詞》作「暖」（第二冊，頁 606）。

最高樓（卷 3 頁 108）

凝睇盼方千里〈迎春樂〉，柳色淡如秋周密〈浪淘沙〉，消減舊風流袁華〈水調歌頭〉。綠陰青子空相惱毛滂〈調笑令〉，碧桐翠竹記曾遊吳儆〈浣溪沙〉。更思量尹鶚〈江城子〉，花蔽膝毛文錫〈甘州徧〉，玉搔頭尹濟翁〈一萼紅〉。　　話未了周邦彥〈早梅芳近〉，畫樓簾半捲史深〈木蘭花慢〉；吟未了姜夔〈鬲山溪〉，蘭釭花半綻王沂孫〈三姝媚〉；歡易斷劉瀾〈瑞鶴仙〉，淚難收秦觀〈江城子〉。去年芳草今年恨康與之〈風入松〉，今年芳草去年愁陳璧〈踏莎行〉。雨騷騷陳允平〈長相思〉，風淅淅馮延巳〈憶秦娥〉，水悠悠黃昇〈長相思〉。

蕭評：

此調後起換韻，句法亦稍異，殊不易集。集者雖分為四句，已屬難能。至十五、十六，妙語天然，殊可遇而不可求者矣。

許、林校勘（頁 149）：

〔凝〕「凝睇盼」一作「凝睇認」。〔碧〕「碧桐」一作「碧梧」。〔蘭〕「蘭釭」一作「蘭缸」。

生補正：

「畫樓」句，「捲」《校勘》本作「卷」，《全宋詞》作「捲」（第五冊，頁 3170）。「淚難」句，「淚」《校勘》本作「泪」，《全宋詞》作「淚」（第一冊，頁 458）。「水悠」句，「昇」《校勘》本作「升」，《全宋詞》作「昇」（第四冊，頁 2995）。

洞仙歌（卷 3 頁 108）

幽齋岑寂周邦彥〈念奴嬌〉，但憑闌無語鄭覺齋〈揚州慢〉。環碧斜陽舊時樹李萊老〈青玉案〉。又梨花雨暗程垓〈洞庭春色〉，柳絮風輕謝逸〈踏莎行〉，疏簾外吳禮之〈霜天曉角〉，淚滿軟綃紅聚周密〈一枝春〉。　料應眉黛斂方千里〈齊天樂〉，恨隔天涯陳允平〈垂楊〉，空有鱗鴻寄紈素康與之〈應天長〉。不奈晚來寒謝懋〈蓦山溪〉，翠被難留秦觀〈望海潮〉，共攜手、瑤台歸去李甲〈八寶妝〉。漸鳷鵲樓西玉蟾低蘇軾〈哨徧〉，謾一點琴心利登〈齊天樂〉，頓成淒楚王沂孫〈齊天樂〉。

蕭評：

調中三、十兩句，一自〈青玉案〉，一自〈應天長〉，得來不易。

而第十四句，尤為此調中難集之句，竟於〈哨徧〉中得之，其經營慘澹可想也。

許、林校勘（頁 150）：

〔疏〕「疏簾外」一作「疏簾卷」。〔共〕此詞為劉燾詞，見《樂府雅詞拾遺》卷上。《詞綜》卷十誤作李甲詞。又誤入李耳《澹軒集》卷四。

生補正：

「但憑」句，「憑」《校勘》本作「凭」，《全宋詞》作「憑」（第四冊，頁 2676）。「淚滿」句，《校勘》本作「泪滴」，《全宋詞》作「淚滴」（第五冊，頁 3273）。

洞仙歌（卷 3 頁 109）

塗妝綰髻無名氏〈一萼紅〉，早翠池波妬徐□□〈真珠簾〉。倚徧闌干弄花雨韓淲〈弄花雨〉，記開簾送酒張炎〈憶舊游〉，隔座藏鉤呂渭老〈傾盃令〉。誰知道王鼎翁〈沁園春〉，又是去年心緒周密〈一枝春〉。　畫樓音信斷溫庭筠〈菩薩蠻〉，怎得銀箋王沂孫〈高陽臺〉，付與愁人砌愁句吳潛〈青玉案〉。睡起玉屏風宋祁〈好事近〉，淺醉扶頭翁元龍〈燭影搖紅〉，最難忘、遮燈私語史達祖〈解佩令〉。忽一綫爐香惹游絲蘇軾〈哨徧〉，待寄與深情儲泳〈齊天樂〉，斷魂何許陳恕可〈水龍吟〉。

蕭評：

後起三句，既鉤連緊密，又跌宕有致。十一至十四，感舊懷人，淒迷醉夢。十五句一鉤，仍與後起相接，從容以「斷魂何許」四字作結，猶餘永歎。

許、林校勘（頁151）：

〔倚〕〈弄花雨〉一作〈冉冉雲〉。〔記〕「送酒」一作「過酒」。

生補正：

「塗妝」句，「無」《校勘》本作「无」。「早翠」句，「妬」《校勘》本作「妒」，《全宋詞》作「妬」（第五冊，頁3183）。「倚徧」句，「徧」《校勘》本作「遍」，《全宋詞》作「徧」（第四冊，頁2244）。「忽一」句，「徧」《校勘》本作「遍」，《全宋詞》作「徧」（第一冊，頁307）。

滿江紅　望遠（卷3頁110）

重上南樓趙以夫〈龍山會〉，算猶有、憑高望眼盧祖皋〈宴清都〉。那堪更、困人時候袁去華〈卓牌子近〉，繡簾懶卷翁元龍〈倦尋芳〉。豆蔻梢頭春色淺謝逸〈蝶戀花〉，杜鵑枝上東風晚王學文〈摸魚子〉。便無情、到此也消魂秦觀〈木蘭花慢〉，閒庭院舒亶〈點絳脣〉。　　休相憶趙彥端〈謁金門〉，簫聲短史達祖〈釵頭鳳〉。空相憶無名氏〈玉瓏璁〉，鶯聲亂呂渭老〈惜分釵〉。任花陰寂寂王沂孫〈高陽臺〉，翠羞紅怨許棐〈後庭花〉。宿粉殘香隨夢冷楊恢〈倦尋芳〉，淡烟芳草連雲遠張先〈蝶戀花〉。但依依、同是可憐人張炎〈八聲甘州〉，人腸斷晁端禮〈水龍吟〉。

蕭評：

起筆極好，「豆蔻」「宿粉」二聯亦佳。惟兩結三字句皆嫌力量不足。後起四句，則求巧而拙，轉成疵纇。

許、林校勘（頁 152）：

〔豆〕〈蝶戀花〉應為〈摸魚兒〉。〔便〕「消魂」一作「銷魂」。〔宿〕楊恢應為湯恢。〔但〕〈八聲甘州〉一作〈甘州〉。

生補正：

「算猶」句，「憑」《校勘》本作「凭」，《全宋詞》作「憑」（第四冊，頁 2404）。「便無」句，「無」《校勘》本作「无」，《全宋詞》作「無」（第一冊，頁 470）。「閒庭」句，「閒」《校勘》本作「閑」，《全宋詞》作「閒」（第一冊，頁 360）。

鳳凰臺上憶吹簫（卷 3 頁 110）

翠箔涼多蕭東父〈齊天樂〉，銀屏夢覺陳允平〈垂楊〉，謝娘庭院秋宵孫惟信〈夜合花〉。掩重門悄悄蔡伸〈西地錦〉，暗柳蕭蕭姜夔〈湘月〉。誰見宿妝凝睇徐寶之〈桂枝香〉，青鸞遠、斷信難招張翥〈風入松〉。傷心事陳經國〈沁園春〉，綠房迎曉周密〈水龍吟〉，紫曲藏嬌詹玉〈三姝媚〉。　迢迢周邦彥〈憶舊游〉，那人何處德祐太學生〈祝英臺近〉，但聽雨挑燈史達祖〈壽樓春〉，踏月吹簫張炎〈瑤臺聚八仙〉。任粉融脂涴王沂孫〈高陽臺〉，玉減香銷張先〈漢宮春〉。枉了錦箋囑咐趙以夫〈永遇樂〉，烟波阻、後約方遙柳永〈臨江仙〉。人空瘦陸游〈釵頭鳳〉，怨題紅葉無名氏〈祝英臺近〉，望極藍橋吳文英〈法曲獻仙音〉。

蕭評：

詞中對句，如三、四，如十三、十四，如十五、十六，看似容易，集時卻不甚易。又第二十句「紅葉」二字，與李清照詞「又添」二字適相反，然亦不可譏為背律，蓋依常理當如是也。

許、林校勘（頁 153）：

〔踏〕「踏月吹簫」一作「濯足吹簫」。〔玉〕此詞為无名氏詞，見《樂府雅詞拾遺》卷下。知不足齋本《張子野詞補遺》下誤作張先詞。

生補正：

「翠箔」句，「涼」《校勘》本作「凉」，《全宋詞》作「涼」（第五冊，頁 3554）。

天香　用景覃體（卷 3 頁 111）

雨葉敲寒張翥〈水龍吟〉，露花倒影柳永〈破陣樂〉，年華誰信曾換楊无咎〈瑞雲濃〉。愁登高閣方千里〈丹鳳吟〉，困倚妝台晁補之〈下水船〉，何處最堪腸斷鄭意娘〈好事近〉。懨懨睡起謝懋〈蓦山溪〉，聽細語、琵琶幽怨吳文英〈倦尋芳〉。鱗脯杯行劉過〈四犯翦梅花〉，蜎肌粟聚張雨〈山亭宴〉，蝦鬚簾捲無名氏〈夏日宴黌堂〉。　淒涼數聲絃管晏幾道〈撲胡蝶〉，可連宵、畫堂春半賀鑄〈厭金杯〉。誰念鳳城人遠張景修〈選冠子〉，鳳台人散李甲〈望雲涯引〉，應對流紅自歎利登〈過秦樓〉。歎事往魂銷陳恕可〈齊天樂〉，畫眉嬾趙聞禮〈隔浦蓮近拍〉，玉筋還垂周邦彥〈風流子〉，金鋪鎮掩呂渭老〈百宜嬌〉。

蕭評：

通體甚暢，惟前結三句，為對仗所累，行氣不順，不如不用此體為佳也。

許、林校勘（頁 154）：

〔何〕「何處最堪腸斷」一作「何處最堪憐腸斷」。〔可〕〈厭金杯〉一作〈獻金杯〉。〔誰〕「誰念」一作「追念」。〔歎〕「事往」一作「往事」。

生補正：

「困倚」句，「倚」《校勘》本作「依」，《全宋詞》作「倚」（第一冊，頁583）。「蝟肌」句，「蝟」《校勘》本作「猬」，「山亭宴」《校勘》本作「宴山亭」。「蝦鬚」句，「捲」《校勘》本作「卷」，「無」《校勘》本作「无」。「淒涼」句，「淒」《校勘》本作「凄」。「絃」《校勘》本作「弦」。「幾」《校勘》本作「几」，《全宋詞》作「凄」、「弦」、「幾」（第一冊，頁258）。「歎事」句，「銷」《校勘》本作「消」，《全宋詞》作「消」（第五冊，頁3530）。「畫眉」句，「嬾」《校勘》本作「懶」，《全宋詞》作「懶」（第五冊，頁3161）。「玉筯」句，「筯」《校勘》本作「著」，《全宋詞》作「筯」（第二冊，頁604）。

慶清朝　（卷3頁112）

嬌綠迷雲周密〈大聖樂〉，飛紅欲雪趙功可〈氐州第一〉，望殘烟草低迷李後主〈臨江仙〉。玉窗閒掩危復之〈永遇樂〉，應把花卜歸期辛棄疾〈祝英臺近〉。歸也怎生歸得李太古〈永遇樂〉，新愁成陣恨成圍尹濟翁〈玉胡蝶〉。關情處陳偕〈滿庭芳〉，帳棲青鳳翁元龍〈風流子〉，香冷金猊李清照〈鳳凰臺上憶吹簫〉。　猶記吹蘭低語蕭東父〈齊天樂〉，向藏春池館白樸〈秋色橫空〉，臨水簾帷呂渭老〈木蘭花慢〉。著意溫存周邦彥〈柳梢青〉，何事便有輕離石孝友〈聲聲慢〉？不道離情正苦溫庭筠〈更漏子〉，吳綾題滿斷腸詞袁易〈燭影搖紅〉。空惆悵洪瑹〈瑞鶴仙〉，綠鬟輕翦吳文英〈倦尋芳〉，素手曾攜王泳祖〈風流子〉。

蕭評：

起筆三句，何等風光。後起漸入佳境，貫穿之中，尚饒跌宕。

許、林校勘（頁155）：

〔望〕「烟草」一作「烟柳」。〔應〕「應把」一作「試把」。〔猶〕「猶記吹蘭低語」一作「猶記噴蘭低語」。〔著〕此詞為無名氏詞，見《草堂詩餘後集》卷下。《類編草堂詩餘》卷一誤作周邦彥詞。〔何〕〈聲聲慢〉一作〈勝勝慢〉。

生補正：

「玉窗」句，「閒」《校勘》本作「閑」，《全宋詞》作「閒」（第五冊，頁3429）。「帳棲」句，「棲」《校勘》本作「栖」，《全宋詞》作「棲」（第四冊，頁2944）。

瑣窗寒　春宵（卷3頁111）

第一番花無名氏〈十月桃〉，初三夜月羅椅〈柳梢青〉，有人岑寂葛長庚〈瑤臺月〉。愁腸斷也趙聞禮〈魚游春水〉，多病却無氣力姜夔〈霓裳中序第一〉。聽殘鶯、啼過柳陰張炎〈聲聲慢〉，夢雲斷處吳山碧胡翼龍〈踏莎行〉。但碧桃影下利登〈過秦樓〉，砌紅慵掃續雪谷〈念奴嬌〉，倍添悽惻蔡伸〈侍香金童〉。　追惜李甲〈弔嚴陵〉，歡難覓吳潛〈滿江紅〉，奈水遠天長權無染〈孤館深沈〉。燕樓雲閣曹原〈蘭陵王〉，塵侵燈戶翁元龍〈水龍吟〉，猶阻仙源消息施岳〈蘭陵王〉。正酒醒、香盡漏移陳允平〈戀繡衾〉，紛紛珠淚和粉滴蟾英〈花心動〉。待不眠、還怕寒侵韓淲〈高陽臺〉，忍聽東風笛史達祖〈喜遷鶯〉。

蕭評：

起筆兩句，吐屬大佳，至「愁腸斷也」四字，殊為敗味。以後紆徐宛轉，他無可議；惟就音律言，此調當以不用入聲韻為佳。「斷也」二字，持律無訛，而第十五句「燈戶」之燈字，則不能謂非小誤。至於大處，如第十八句集自〈花心動〉，來處不易。第六句用張炎〈聲聲慢〉，句中「過」字本作仄聲，此處讀平，亦見手法之巧。至第十七句用陳允平〈戀繡衾〉，句中「盡」字適為上聲，則不知刻意為之？抑偶合也？要不可謂非妙手矣。

許、林校勘（頁156）**：**

〔歡〕「歡難覓」原句作「烏衣事，今難覓」。

生補正：

「多病」句，「無」《校勘》本作「无」，《全宋詞》作「無」（第三冊，頁2175）。「倍添」句，「悽」《校勘》本作「凄」，《全宋詞》作「悽」（第二冊，頁1029）。「奈水」句，「無」《校勘》本作「无」，《全宋詞》作「無」（第二冊，頁991）。「紛紛」句，「珠淚」《校勘》本作「朱泪」。「待不」句，「滮」《校勘》本作「嘐」。

金菊對芙蓉（卷3頁114）

鬥草園林李甲〈擊梧桐〉，弄花庭榭程垓〈洞庭春色〉，急檀催卷金荷黃庭堅〈清平樂〉。正單衣試酒周邦彥〈六醜〉，小舫攜歌姜夔〈淒涼犯〉。今春不減前春恨趙令時〈蝶戀花〉，問堤邊、春事如何張炎〈南樓令〉。流鶯喚起楊樵雲〈水龍吟〉，杜鵑喚去周密〈木蘭花慢〉，轉更多愁周紫芝〈沙塞子〉。　愁損翠黛雙蛾史達祖〈雙雙燕〉，待夜深月上趙汝鈉〈水龍吟〉，聊寄吟哦曹冠

〈夏初臨〉。漸烟收極浦張樞〈壺中天〉，星耿斜河譚宣子〈鳴梭〉。西窗翦燭紛如夢袁去華〈一叢花〉，稱瀟湘、一枕南柯晁端禮〈瀟湘逢故人慢〉。閒情未斷趙以夫〈雙瑞蓮〉，離情正亂秦觀〈夢揚州〉，淚濕春羅趙雍〈人月圓〉。

蕭評：

脈絡分明，對仗工整，兩結皆以四字句收束，極為不易，所集恰到好處。

許、林校勘（頁157）：

〔弄〕「庭榭」一作「庭前」。〔今〕此詞又見晏幾道《小山詞》。又誤作晏殊詞，見楊金本《草堂詩餘後集》卷下。〔愁〕「愁損翠黛雙蛾」一作「愁損玉人」，六字句作四字句。〔待〕「待夜深月上」原句作「待夜深，月上闌干」。〔稱〕現存晁端禮詞未見此調。〔閑〕「未斷」一作「不斷」。

生補正：

「閒情」句，「閒」《校勘》本作「閑」，《全宋詞》作「閒」（第四冊，頁2673）。「淚濕」句，「淚」《校勘》本作「泪」。

三姝媚（卷3頁114）

峭寒生碧樹盧祖皋〈謁金門〉，徧東園西城劉子寰〈花發沁園春〉，雕鞍難駐黃機〈水龍吟〉。小院深深岳珂〈滿江紅〉，怕柳花輕薄黃孝邁〈湘春夜月〉，繡簾低護葉閶〈摸魚子〉。嬾上秋千陸游〈采桑子〉，暗惱損、憑闌情緒周邦彥〈芳草渡〉。兩袖梅風史達祖〈萬年歡〉，半榻梨雲王沂孫〈高陽臺〉，一簑松雨姜夔〈慶宮春〉。　家接浣沙溪路無名氏〈五綵結同心〉，又幾度流連張炎〈齊天樂〉，幾番回顧柳永〈鵲橋仙〉。夢到銀屏樓采〈法曲獻仙音〉，記彩鸞別後劉鎮〈水龍吟〉，杜鵑催去馬莊父〈二郎神〉。巧囀歌鶯趙以夫〈燭影搖紅〉，悄難替愁人分訴林表民〈玉漏遲〉，應是寶釵慵理吳文英〈夜行船〉，芳心謾語周密〈齊天樂〉。

蕭評：

首句如依律嚴繩，不無小疵。次句最是難得，而文氣一貫，毫無斧鑿之痕，真不易為。後結四句，音節良是，而文少遜。至前結三句，對仗之工，一望即知，固不煩辭費矣。

許、林校勘（頁 158）：

〔雕〕黃機詞現存〈水龍吟〉一闋，无此句。〔又〕〈齊天樂〉一作〈台成路〉。〔幾〕「幾番回顧」原句為「和泪眼、片時幾番回顧」。

生補正：

「徧東」句，「徧」《校勘》本作「遍」，《全宋詞》作「遍」（第四冊，頁 2705）。「雕鞍」句，「機」《校勘》本作「机」。「嬾上」句，「嬾」《校勘》本作「懶」，《全宋詞》作「懶」（第三冊，頁 1586）。「暗惱」句，「憑」《校勘》本作「凭」，《全宋詞》作「凭」（第二冊，頁 618）。「一簑」句，「簑」《校勘》本作「蓑」，《全宋詞》作「蓑」（第三冊，頁 2175）。「家接」句，「無」《校勘》本作「无」，《全宋詞》作「無」（第五冊，頁 3652）。「又幾」句，「幾」《校勘》本作「几」。「應是」句，「釵」《校勘》本作「筝」，《全宋詞》作「筝」（第四冊，頁 2938）。

琵琶仙　寒食（卷3頁115）

芳信難尋魏夫人〈減字木蘭花〉，忍重見李彭老〈祝英臺近〉，幾度梨花寒食蔡松年〈念奴嬌〉。人去花也飃零無名氏〈祝英臺近〉，飃零歎萍跡葉士則〈蘭陵王〉。春又到斷腸時節楊恢〈祝英臺近〉，早麈暗、華堂簾隙應法孫〈賀新郎〉，恨水迢迢吳文英〈惜黃花慢〉，夢雲漠漠曾原隆〈過秦樓〉，絲雨愁織曹原〈蘭陵王〉。　　舊游處、都是淒凉侯寘〈風入松〉，尚識得妝樓張炎〈齊天樂〉，畫橋側高觀國〈霜天曉角〉。樓上晚來風惡袁去華〈謁金門〉，倚闌干無力廖世美〈好事近〉。誰共說、厭厭情味劉學箕〈賀新郎〉？但杏梁、雙燕如客姜夔〈霓裳中序第一〉。孤負多少心期王沂孫〈一蕚紅〉，海棠烟幕施岳〈曲游春〉。

蕭評：

摹聲揣響，煞費心機。然至後起第二句八字終不免截為兩句，殆亦不勝補屋牽蘿之苦歟？

許、林校勘（頁160）**：**

〔春〕楊恢應為湯恢。〔舊〕「舊游處、都是淒凉」一作「記舊游、凝佇淒涼」。〔尚〕〈齊天樂〉一作〈台城路〉。〔倚〕「倚闌干」一作「靠闌干」。〔但〕「但杏梁」一作「嘆杏梁」。

生補正：

「幾度」句，「幾」《校勘》本作「几」。「飃零」句，「飃」《校勘》本作「飄」。「早麈」句，「堂」《校勘》本作「灯（燈）」，《全宋詞》作「堂」（第五冊，頁3261）。

瑞鶴仙　有悼（卷 3 頁 116）

薔薇花謝去薛夢桂〈三姝媚〉，漸暗竹敲涼周邦彥〈憶舊游〉，亂雲遮樹張元幹〈點絳脣〉。輕陰便成雨吳文英〈祝英臺近〉，聽一聲杜宇陳以莊〈水龍吟〉，一聲鶯語徐□□〈真珠簾〉。思歸未賦周端臣〈清夜游〉，且同賦、秋孃詞句史可堂〈蓦山溪〉。怕斷霞、難返吟魂李彭老〈高陽臺〉，欲寄相思愁苦陳允平〈一絡索〉。　凝佇吳濳〈二郎神〉。約花闌檻張樞句，燒筍園林程垓〈小桃紅〉，是春歸處周密〈水龍吟〉。塵緣自誤趙與洽〈摸魚兒〉，尋蝶夢王同祖〈醉桃源〉，恨無據無名氏〈祝英臺近〉。記綠窗睡醒陸游〈風流子〉，紅綃暗泣姚寬〈踏莎行〉，無復繡簾吹絮高觀國〈永遇樂〉。步閑階、待卜心期張磐〈綺羅香〉，舊游在否姜夔〈淒涼犯〉？

蕭評：

此集係以史達祖「杏烟嬌濕鬢」一首為圭臬，首句「薔」字以仄聲為是。二、三、四句，一氣呵成，恰到好處。前結點題甚好，後結四句，銖兩悉稱，其細心可知也。

許、林校勘（頁 161）**：**

〔欲〕「愁苦」一作「情苦」。〔尋〕〈醉桃源〉一作〈阮郎歸〉。〔記〕「睡醒」一作「睡起」。〔无〕現存高觀國詞有〈永遇樂〉一闋，但無此句。

生補正：

「燒筍」句，「筍」《校勘》本作「笋」，《全宋詞》作「筍」（第三冊，頁 1995）。

氐州第一（卷 3 頁 117）

前事重尋無名氏〈一萼紅〉，幽夢又杳姜夔〈秋宵吟〉，倚闌終日凝竚張埜〈念奴嬌〉。臨水搴花李萊老〈高陽臺〉，認旗沽酒詹玉〈齊天樂〉，半被晴慳寒阻徐□□〈真珠簾〉。池館春歸韓元吉〈永遇樂〉，更一夜、聽風聽雨張炎〈清波引〉。子野聞歌羅綺〈柳梢青〉，江淹賦別李彭老〈踏莎行〉，為誰情苦辛棄疾〈金縷曲〉？　眉上月殘人欲去晏幾道〈玉樓春〉，莫忘了、錦箋分付黃機〈鵲橋仙〉。翠竹簷前金絅〈踏莎行〉，綠陽隄外趙長卿〈夜行船〉，絮濛濛遮住蔣捷〈探春令〉。許多愁李清照〈武陵春〉，些箇事周邦彥〈意難忘〉，被雙燕、替人言語史達祖〈花心動〉。追悔當初柳永〈夢還京〉，賦行雲、空題短句周密〈水龍吟〉。

蕭評：

兩結下字極有分寸。第二句四字，銖兩悉稱，極不易得。

許、林校勘（頁 162）**：**

〔為〕〈金縷曲〉一作〈賀新郎〉。〔眉〕此詞為王子武詞，見《花草粹編》卷六。茅映《詞的》卷二誤作晏幾道詞。〔被〕「替人」一作「會人」。

生補正：

「倚闌」句，「闌」《校勘》本作「欄」，「埜」《校勘》本作「野」。「眉上」句，「幾」《校勘》本作「几」，《全宋詞》作「幾」（第一冊，頁 236）。「翠竹」句，「簷」《校勘》本作「檐」。

探春　病訊（卷3頁117）

紅雨西園張埜〈石州慢〉，碧波南浦賀鑄〈好女兒〉，斷腸一晌凝睇柳永〈內家嬌〉。薄袖禁寒孫惟信〈晝錦堂〉，晴紗印粉黃廷璹〈宴清都〉，瘦約楚裙尺二周密〈過秦樓〉。數日寬金釧無名氏〈南歌子〉，又生怕、人驚憔悴袁去華〈摸魚兒〉。依稀暗背銀屏尹鶚〈臨江仙〉，月痕猶照無寐朱雪崖〈摸魚兒〉。　已解傷春情意晁補之〈鬬百花〉，但望極江南李彭老〈摸魚子〉，芳豔流水吳文英〈齊天樂〉。花惱難禁王沂孫〈慶春宮〉，柳愁未醒周端臣〈木蘭花慢〉，判却寸心雙淚趙汝迕〈清平樂〉。半被殘香冷向子諲〈點絳脣〉，漫贏得、一襟詩思姜夔〈徵招〉。病起懨懨韓琦〈點絳脣〉，不忺鸞鏡梳洗柴望〈念奴嬌〉。

蕭評：

題雖寬泛，以長調寫之，極為不易；而集者得心應手，對仗尤工緻。

許、林校勘（頁163）：

〔斷〕「斷腸」一作「斷魂」。〔又〕〈摸魚兒〉為〈賀新郎〉之誤。〔但〕「望極」一作「望里」。〔半〕現存向子諲詞有〈點將脣〉十八闋，均無此句。

生補正：

「又生」句，「驚」《校勘》本作「惊」，《全宋詞》作「驚」（第三冊，頁1500）。「月痕」句，「無」《校勘》本作「无」。「判却」句，「淚」《校勘》本作「泪」，《全宋詞》作「淚」（第四冊，頁2695）。

花發沁園春（卷 3 頁 118）

綠酒春濃汪莘〈行香子〉，紅鉛淚洗洪瑹〈齊天樂〉，醉魂愁夢相半賀鑄〈望湘人〉。十年瘦削奚㴐〈永遇樂〉，兩處淒涼沈公述〈望南雲慢〉，懶把新詩題怨趙浦夫〈謁金門〉。輕攜分短張榘〈摸魚兒〉，問相見、何如不見辛棄疾〈錦帳春〉？到如今、重見無期袁去華〈長相思慢〉，月痕依舊庭院晏幾道〈碧牡丹〉。　回首蕪城舊苑沈會宗〈如夢令〉，見梅花清姿史深〈花心動〉，放鶴人遠羅志仁〈霓裳中序第一〉。南樓信杳樓采〈瑞鶴仙〉，東閣吟殘張肯〈暗香疏影〉，猶憶玉嬌香輭高觀國〈齊天樂〉。離腸宛轉元好問〈清平樂〉，那堪聽、遠村羌管柳永〈彩雲歸〉。更為儂、三弄斜陽賀鑄〈金人捧露盤〉，此懷何處消遣周邦彥〈荔枝香近〉？

蕭評：

前段七至十共四句，後段十七至二十亦四句，大筆淋漓，灝氣流轉。直是好作手，豈期集句中有此耶？又第十二句，與〈三姝媚〉中第二句相似。前見其所集〈三姝媚〉，正從此調中來，方謂此句亦必集自〈三姝媚〉，詎意却自〈花心動〉中得之，真不可控捉也。

許、林校勘（頁 164）**：**

〔輕〕張榘為張矩之誤。〔到〕〈長相思慢〉一作〈長相思〉。〔回〕〈如夢令〉一作〈不見〉。〔更〕〈金人捧玉露〉一作〈淩歊〉。

生補正：

「紅鉛」句，「淚」《校勘》本作「泪」，《全宋詞》作「淚」（第四冊，頁2962）。「十年」句，「淺」《校勘》本作「汉」。「回首」句，「蕪」《校勘》本作「芜」。

解連環（卷3頁119）

翦梅烟驛史達祖〈秋霽〉，正消魂又是陳亮〈水龍吟〉，倚闌橫笛黃子行〈西湖月〉。向清曉、步入東風徐寶之〈鶯啼序〉，怕一點舊香王沂孫〈掃花游〉，一番狼藉辛棄疾〈滿江紅〉。掩上重門李漳〈多麗〉，但燕子、歸來幽寂毛幵〈賀新郎〉。問歡情幾許張埜〈奪錦標〉？忍記那回潘元質〈醜奴兒慢〉，柳下芳陌姜夔〈霓裳中序第一〉。　　悄窗怎禁滴瀝柴望〈齊天樂〉，又鶯啼晚雨余桂英〈小桃紅〉，幽夢難覓施樞〈疏影〉。強攜酒、來覓吳娃杜龍沙〈雨霖鈴〉，奈情逐事遷孫惟信〈風流子〉，暮雲空碧蔡伸〈侍香金童〉。念遠愁腸陸游〈沁園春〉，待情寫、素縑千尺張榘〈應天長〉。聽樓頭、哀笳怨角汪元量〈鶯啼序〉，欲眠未得施岳〈曲游春〉。

蕭評：

此調如按律嚴繩，勢難盡合。然前結兩句，後結四字，謹守繩墨，不差累黍，亦可見其用心矣。

許、林校勘（頁165）**：**

〔掩〕此詞為李子申詞，見《花草粹編》卷十二。《詞綜》卷十六誤引作李漳詞。〔柳〕「芳陌」一作「坊陌」。〔待〕張榘應為張矩。

望湘人（卷 3 頁 120）

正絮翻蝶舞秦觀〈望海潮〉，柳軟鶯嬌黃昇〈浪淘沙〉，春殘花落門掩吳文英〈垂絲釣〉。南浦歌長錢應庚〈臺城路〉，西湖夢淺陶宗儀〈月下笛〉，多病全疏酒盞元好問〈鵲橋仙〉。暗點鴛鞋張翥〈沁園春〉，輕籠蟬鬢孫氏〈燭影搖紅〉，慵拈象管儲冰〈齊天樂〉。傍闌干、猶怯餘寒得趣周氏〈鵲鶴仙〉，雲幕低垂不卷趙以夫〈燭影搖紅〉。　誰念閒情消減袁易〈臺城路〉，對鏡霞乍斂曹勛〈金盞倒垂蓮〉，緒風乍煖万俟詠〈安平樂慢〉。向薄晚窺簾王沂孫〈瑣窗寒〉，寂寞水沈烟斷危復之〈永遇樂〉。露華如畫陳允平〈月上海棠〉，月華如練范仲淹〈御街行〉，惹起新愁無限呂渭老〈薄倖〉，恁時候、不道歸來張榘〈應天長〉，暗裏淚花偷濺奚㴋〈永遇樂〉。

蕭評：

起筆三句，連下「絮翻」等十四字，以一「正」貫之，極見筆力。

許、林校勘（頁 166）：

〔柳〕〈浪淘沙〉一作〈賣花聲〉。〔輕〕〈獨影搖紅〉應為〈燭影搖紅〉。「獨」為「燭」之誤。〔雲〕「不卷」一作「不展」。〔對〕「鏡霞」一作「曉霞」。〔向〕「薄晚」一作「薄曉」。〔恁〕張榘應為張矩。

生補正：

「柳軟」句，「昇」《校勘》本作「升」，《全宋詞》作「昇」（第四冊，頁 2994）。「輕籠」句，「〈燭影搖紅〉」四字無誤。「誰念」句，「閒」《校勘》本作「閑」。「暗裏」句，「淚」《校勘》本作「泪」，《全宋詞》作「淚」（第五冊，頁 3158）。

惜餘春慢　傳春（卷3頁120）

斜日籠明朱藻〈采桑子〉，輕烟縷晝王茂孫〈高陽臺〉，江上征杉寒淺李珏〈擊桐梧〉。草薰南陌柳永〈笛家〉，笛送西泠李萊老〈惜紅衣〉，觸目此情無限朱淑真〈謁金門〉，數叠蠻箋怨歌無名氏〈一萼紅〉，都是相思劉學箕〈眼兒媚〉。又成浩歎謝邁〈醉蓬萊〉，歎紫簫易斷胡翼龍〈夜飛鵲〉，玉琴難託黃昇〈鵲橋仙〉，金鋪長掩呂渭老〈選冠子〉。　　能幾度盧祖皋〈江城子〉，月枕雙欹王特起〈喜遷鶯〉，雲鬟斜墜馮延巳〈賀聖朝〉，已是春宵苦短吳億〈燭影搖紅〉。紅綃盛淚吳文英〈夜行船〉，翠被欺寒向希尹〈祝英臺近〉，十二繡簾空捲陳允平〈清平樂〉。待得歸鞍到時姜夔〈一萼紅〉，撲蝶花陰王沂孫〈瑣窗寒〉，聽鶯柳畔蔣捷〈白苧〉。看穠華又老張翥〈水龍吟〉，物華如故陳以莊〈水龍吟〉，年華將晚蔡伸〈蘇武慢〉。

蕭評：

調中七及十九兩句，較難下筆，「怨」「到」二字，以去聲為妙，都於〈一萼紅〉中得之，頗費苦心。

許、林校勘（頁168）**：**

〔聽〕現存蔣捷此詞缺「聽鶯柳畔」四字。《全宋詞》作「憶昨。□□□□，引蝶花邊」。《宋六十名家詞》、《詞綜》均作「憶昨。引蝶花邊」。

生補正：

小題「傳春」，蕭先生「自存」本「傳」改作「傷」。《校勘》本亦作「傷」。「又成」句，「邁」《校勘》本作「薖」，《全宋詞》

作「藹」(第二冊，頁704)。「玉琴」句，「昇」《校勘》本作「升」，《全宋詞》作「昇」(第四冊，頁2999)。

金縷曲（卷3頁121）

獨倚闌干偏朱敦儒〈卜算子〉。抱淒涼、盼嬌無語王易簡〈水龍吟〉，酒容消散趙汝鈉〈水龍吟〉。樓外垂楊如此碧張輯〈謁金門〉，誤了乍來雙燕史達祖〈東風第一枝〉。試屈指、早春將半晁補之〈金鳳鉤〉。寂寞相思知幾許馮延巳〈南鄉子〉，記簫聲、淡月梨花院周密〈拜星月慢〉。香霧薄溫庭筠〈更漏子〉，紫雲煖蔡松年〈尉遲盃〉。　看看滴盡銅壺箭無名氏〈踏莎行〉。夢無憑、難成易覺俞國寶〈瑞鶴仙〉，起來猶懶寇寺丞〈點絳脣〉。問取高唐台畔路王安中〈玉樓春〉，人與楚天俱遠秦觀〈如夢令〉。但鎮日、繡簾高捲盧祖皋〈倦尋芳〉。烟樹重重芳訊隔陳克〈謁金門〉，恨私書、又竹東風斷張先〈卜算子慢〉。消瘦損韓元吉〈六州歌頭〉，最堪歎蔣捷〈祝英臺近〉。

蕭評：

一片嬰嬰宛宛之聲，與此調風格不類，然四、五及十七、十八等句，固自佳也。

許、林校勘（頁169）：

〔酒〕「消散」一作「易消」。〔樓〕〈謁金門〉原題為〈垂楊碧寓謁金門〉。〔起〕「猶懶」一作「慵懶」。〔問〕「問取高唐台畔路」一作「問取陽關西去路」。〔人〕此詞別誤作晏幾道詞，見《草堂詩餘》卷一。又誤作晏殊詞，見陳鍾秀本《草堂詩餘》

卷上。又誤作呂直夫詞，見楊金本《草堂詩餘前集》卷下。〔最〕〈祝英台近〉一作〈祝英台〉。

生補正：

「獨倚」句，「徧」《校勘》本作「遍」，《全宋詞》作「徧」（第二冊，頁861）。「寂寞」句，「幾」《校勘》本作「几」。「紫雲」句，「煖」《校勘》本作「暖」。「看看」句，「無」《校勘》本作「无」。「夢無」句，「無憑」《校勘》本作「无凭」，《全宋詞》作「無憑」（第四冊，頁2282）。

六州歌頭　夜憶（卷3頁122）

夜涼如水曹組〈點絳脣〉，寶簟酒醒時向鎬〈如夢令〉。何況是王沂孫〈摸魚兒〉，人悄悄尹鶚〈滿宮花〉，漏依依韋莊〈思帝鄉〉，正思惟溫庭筠〈荷葉盃〉。綠潤紅香處張元幹〈點絳脣〉，梅雨霽唐莊宗〈歌頭〉，蘋風起謝逸〈千秋歲〉，蘭露重張先〈更漏子〉，荷月靜利登〈洞仙歌〉，草烟低歐陽脩〈阮郎歸〉。對景難排李後主〈浪淘沙〉，空負朝雲約周密〈大酺〉，一旦分飛康與之〈金菊對芙蓉〉。掩重門夜永詹玉〈渡江雲〉，燈暗錦屏欹魏承班〈生查子〉。欲訴心期張艾〈夜飛鵲〉，不勝悲閻選〈河傳〉。　　寄樓中燕張翥〈水龍吟〉，花上蝶李獻能〈春草碧〉，春又去晁補之〈歸田樂〉，幾時歸朱敦儒〈柳枝〉。歌宛轉馮延巳〈金錯刀〉，情繾綣劉菊房〈蓦山溪〉，覽芳菲胡翼龍〈洞仙歌〉，只君知盧祖皋〈木蘭花慢〉。往事何堪省袁去華〈傾盃近〉，金縷枕晁冲之〈玉胡蝶〉，碧羅衣陳允平〈鷓鴣天〉。翻惹得陸叡〈瑞鶴仙〉，腸易斷吳潛〈賀新郎〉，淚偷垂魏夫人〈繫裙腰〉。獨立閒階楊无咎〈惜黃花慢〉，不見塵生步徐俯〈卜算子〉，

推戶潛窺方君遇〈風流子〉。**念紗窗深靜**黃廷璹〈憶舊游〉，**凭檻斂雙眉**顧夐〈荷葉盃〉，**無限相思**尹煥〈眼兒媚〉。

蕭評：

調中三字句特多，要非隨意拼湊得來，須看其有層次。

許、林校勘（頁170）**：**

〔正〕「思惟」一作「思維」。〔蘭〕此詞為溫庭筠詞，見《花間集》卷一。誤入張先《張子野詞》卷一。〔草〕馮延巳詞，見《陽春集》。《近體樂府》卷一誤作歐陽修詞。〔往〕「往事」一作「舊事」。〔碧〕〈鷓鴣天〉一作〈思佳客〉。

生補正：

「掩重」、「燈暗」兩句，《校勘》本作「掩重門，夜永灯暗」，《全宋詞》作「掩重門夜永」（第五冊，頁3349）。「欲訴」句，「期」《校勘》本作「事」，《全宋詞》作「期」（第五冊，頁3182）。「淚偷」句，「淚」《校勘》本作「泪」，《全宋詞》作「淚」（第一冊，頁270）。「獨立」句，「閒」《校勘》本作「閑」，《全宋詞》作「閒」（第二冊，頁1192）。「不見」句，「塵生」《校勘》本作「生塵」，《全宋詞》作「生塵」（第二冊，頁743）。

《麝塵蓮寸集》卷四

夢江南（卷 4 頁 125）

天色晚趙浦夫〈謁金門〉，誰倚碧闌低李振祖〈浪淘沙〉？烟柳疏疏人悄悄李石〈臨江仙〉，燈花耿耿漏遲遲魏夫人〈繫裙腰〉，心事夢雲知黎廷瑞〈訴衷情〉。

蕭評：

此調大不易作，集句如此，已是難得矣。

生補正：

「誰倚」句，「闌」《校勘》本作「欄」，《全宋詞》作「闌」（第二冊，頁 2978）。

夢江南（卷 4 頁 125）

金屋靜陳允平〈鷓鴣天〉，長憶箇人人柳永〈少年游〉。香在衣裳妝在臂蘇軾〈浣溪沙〉，眼如秋水鬢如雲韋莊〈天仙子〉，微笑自含春牛希濟〈臨江仙〉。

蕭評：

全首以一「憶」字貫之，尚能完整。

許、林校勘（頁 173）：

〔金〕〈鷓鴣天〉一作〈思佳客〉。

夢江南（卷 4 頁 126）

人別後魏夫人〈繫裙腰〉，佳約誤當年呂渭老〈滿路花〉。小院閒門春寂寂向子諲〈雨中花〉，綠陽芳草恨綿綿蔡伸〈小重山〉，中酒落花天趙長卿〈臨江仙〉。

蕭評：

皆批風抹月語耳，故自平平。

許、林校勘（頁 173）：

〔小〕現存向子諲詞未見此調。

生補正：

「小院」句，「閒」《校勘》本作「閑」。

夢江南（卷 4 頁 126）

山枕上顧敻〈獻衷心〉，宿酒尚扶頭趙長卿〈小重山〉。殘月有情圓小夢向子諲〈雨中花〉，杏花無處避春愁蔡伸〈小重山〉，心緒兩悠悠趙長卿〈臨江仙〉。

蕭評：

三四對仗頗工，全文亦通貫。

生補正：

「殘月」句，「向子諲〈雨中花〉」《校勘》本作「陳允平〈浣溪沙〉」，《全宋詞》作「陳允平〈浣溪沙〉」（第五冊，頁3107）。「杏花」句，「無」《校勘》本作「无」，「蔡伸〈小重山〉」《校勘》本作「韓元吉〈好事近〉」，《全宋詞》作「無」、「韓元吉〈好事近〉」（第二冊，頁1402）。「心緒」句，「趙長卿〈臨江仙〉」《校勘》本作「歐陽澈〈小重山〉」，《全宋詞》作「歐陽澈〈小重山〉」（第二冊，頁1173）。

相見歡（卷4頁126）

背窗愁枕孤眠呂渭老〈滿路花〉，恨緜緜李清照〈怨王孫〉。冷落吹笙庭院晏幾道〈更漏子〉，負年年鄭楷〈訴衷情〉。　梅花月滕賓〈最高樓〉，梨花雪易祓〈蓦山溪〉，杏花烟史達祖〈陽春〉。又是一年春事劉儗〈訴衷情〉，斷腸天周紫芝〈訴衷情〉。

蕭評：

後起三句，「月」「雪」為韻，更以「杏花烟」三字承之，殊見技巧。後結「又是一年」四字，與前結「負年年」三字正相照應。而「梅月」、「梨雪」、「杏烟」，實有次第，並未信手拼湊。由物華而見時序，正所謂「一年春事」也。

許、林校勘（頁174）：

〔斷〕現存周紫芝詞未見此闋。

生補正：

「恨緜」句，「緜緜」《校勘》本作「綿綿」，《全宋詞》作「緜緜」（第二冊，頁931）。「冷落」句，「幾」《校勘》本作「几」，《全宋詞》作「幾」(第一冊，頁242)。「負年」句，《校勘》本作「負華」，《全宋詞》作「負華」(第五冊，頁3257)。

昭君怨 梅花（卷4頁127）

喚起縞衣仙子張翥〈摸魚兒〉，雲淡碧天如水無名氏〈御街行〉。倚竹不勝愁王之道〈如夢令〉，忍凝眸柳永〈曲玉管〉。 攪碎一簾香月周密〈疏影〉，空對一庭香雪張炎〈疏影〉。結子欲黃時曹組〈驀山溪〉，雨霏霏溫庭筠〈遐方怨〉。

蕭評：

句句著題，亦是難得。

拋毬樂（卷4頁127）

燕外青樓已禁烟舒亶〈浣溪沙〉，別離滋味又今年姜夔〈浣溪沙〉。蝶飛芳草花飛路歐陽修〈玉樓春〉，月暗長堤柳暗船呂本中〈采桑子〉。滿眼相思淚牛希濟〈生查子〉，暮雨情知更可憐向子諲〈鷓鴣天〉。

蕭評：

寫暮春光景，三四故自雋語。

許、林校勘（頁175）：

〔月〕〈采桑子〉應為〈減字木蘭花〉。〔暮〕此詞誤入趙長卿《惜香樂府》卷八。

生補正：

「滿眼」句，「淚」《校勘》本作「泪」。

春光好（卷 4 頁 128）

歌窈窕胡翼龍〈洞仙歌〉，舞婆娑柳永〈拋毬樂〉，見橫波賀鑄〈太平時〉。淺笑輕顰不在多曹組〈鷓鴣天〉，奈情何康仲伯〈憶真妃〉。　　銀葉初消薄暈唐藝孫〈天香〉，銖衣早試輕羅張炎〈風入松〉，夢斷錦幃空悄悄和凝〈薄命女〉，斂羞蛾孫光憲〈思帝鄉〉。

蕭評：

首三句光景，當可於今日舞場中見之。惟四、五兩句，意態嫻雅，殆又不可多覯矣。

許、林校勘（頁 176）：

〔見〕「見橫波」一作「是橫波」。〔銀〕「初消」一作「初生」。

減蘭（卷 4 頁 128）

恨裁蘭燭樓采〈法曲獻仙音〉，月鏤虛櫺煙透竹趙君舉〈楊柳枝〉。候館梅殘歐陽修〈踏莎行〉，滿地清香夜不寒陳允平〈鷓鴣天〉。　　酒醒人遠王沂孫〈三姝媚〉，人道山長又斷李清照〈蝶戀花〉。獨倚危樓無名氏〈青門怨〉，南北東西處處愁朱敦儒〈卜算子〉。

蕭評：

後半四句，一氣呵成，即非集句，亦佳詞也。

許、林校勘（頁 177）：

〔滿〕「滿地」一作「滿院」。〈鷓鴣天〉一作〈思佳客〉。

生補正：

「月鏤」句，「煙」《校勘》本作「烟」。「獨倚」句，「無」《校勘》本作「无」，《全宋詞》作「無」（第五冊，頁 3680）。

減蘭　用石孝友體（卷 4 頁 129）

黃昏庭院王詵〈憶故人〉，誰品新腔拈翠管劉翰〈玉樓春〉。庭院黃昏吳文英〈高陽臺〉，枕上流鶯和淚聞秦觀〈鷓鴣天〉。　千山萬水張先〈八寶妝〉，不寄蕭娘書一紙趙聞禮〈魚游春水〉。萬水千山黎廷瑞〈浪淘沙〉，暮雨朝雲去不還潘牥〈南鄉子〉。

蕭評：

匠心別具，詞意相屬，無一毫勉強處，亦無一毫重複處。

許、林校勘（頁 178）：

〔誰〕〈玉樓春〉一作〈蝶戀花〉。〔庭〕「庭院」一作「上院」。〔枕〕此詞為无名氏詞，見《草堂詩餘前集》卷上。《類編草堂詩餘》卷一誤作秦觀詞。又誤作李清照詞，見四印齋本《漱玉詞》引汲古閣未刻本《漱玉詞》。

生補正：

「枕上」句，「淚」《校勘》本作「泪」。「千山」句，「妝」《校勘》本作「裝」，《全宋詞》作「裝」（第一冊，頁61）。

減蘭　用石孝友體（卷4頁129）

黄昏院落程垓〈南浦〉，長到恁時添瘦削杜郎〈玉樓春〉。院落黄昏樓采〈法曲獻仙音〉，雨打梨花深閉門秦觀〈憶王孫〉。　輕寒輕煖陳亮〈水龍吟〉，斗帳寶香凝不散侯寘〈漁家傲〉。輕煖清寒阮逸女〈花心動〉，獨倚西樓第幾闌周密〈鷓鴣天〉。

蕭評：

第五句重在「煖」字，故承以「斗帳香凝」；第七句重在「寒」字，故結以「倚樓憑檻」，初非率意亦趁韻者可比。此等處可見集者細心，亦是人以不苟也。

許、林校勘（頁178）：

〔長〕「凭時」應作「恁時」。杜郎為杜郎中，失中字。〔雨〕此詞為李重元詞，見《唐宋諸賢絕妙詞選》卷七。《類編草堂詩餘》卷一誤作秦觀詞。又誤作李煜詞，見《清綺軒詞選》卷一。又誤作李甲詞，見《歷代詩餘》卷二。

生補正：

「長到」句，「恁」《校勘》本作「凭」。「輕寒」、「輕煖」句，「煖」《校勘》本作「暖」，《全宋詞》皆作「暖」（第一冊，頁203、第三冊，頁2109）。「獨倚」句，「幾」《校勘》本作「几」，《全宋詞》作「幾」（第五冊，頁3279）。

清平樂（卷 4 頁 130）

青樓春晚呂渭老〈薄倖〉，流水天涯遠蔡伸〈點絳脣〉。小字銀鉤題欲徧李邴〈玉樓春〉，一看一回腸斷張翥〈陌上花〉。　月邊滿樹梨花周紫芝〈朝中措〉，花邊蝴蝶為家毛滂〈西江月〉。彈到〈琴心三疊〉馬莊父〈朝中措〉，底須拍碎紅牙張炎〈意難忘〉

蕭評：

後起兩句，極有風致。而七、八兩句，與五、六全然脫節，結語尤乖剌。愚意以為不如以吳文英〈朝中措〉之「天外幽香清漏」，及史達祖〈西江月〉之「東風暗落簷牙」作結。

許、林校勘（頁 179）**：**

〔小〕〈玉樓春〉一作〈木蘭花〉。

生補正：

「小字」句，「徧」《校勘》本作「遍」，《全宋詞》作「遍」（第二冊，頁 950）。

清平樂（卷 4 頁 130）

年時去處曹組〈憶少年〉，依約江南路李祁〈點絳唇〉。長記夢雲樓上住石孝友〈臨江仙〉，樓上有人凝竚雷北湖〈好事近〉。　小憐重見灣頭周密〈聲聲慢〉，匆匆粉澀紅羞蔣捷〈高陽臺〉。幾曲闌干徧倚無名氏〈魚游春水〉，猶聞凭袖香留吳文英〈聲聲慢〉。

蕭評：

後結兩句與前節兩句，恰相聯貫，後結尤雋。

許、林校勘（頁 180）：

〔長〕「長記」一作「常記」。

生補正：

「幾曲」句，「幾曲」《校勘》本作「几回」，「徧」、「無」《校勘》本作「遍」、「无」。

清平樂（卷 4 頁 131）

粉愁香凍高觀國〈賀新郎〉，枕損釵頭鳳李清照〈蝶戀花〉。草草不容成楚夢謝絳〈夜行船〉，和淚出門相送唐莊宗〈憶仙姿〉。　　臨風惱斷回腸無名氏〈柳梢青〉，惜歸羅帊分香侯寘〈風入松〉。中半傷春病酒周密〈西江月〉，梨花院落昏黃胡翼龍〈西江月〉。

蕭評：

前半妙，後段遠遜。

許、林校勘（頁 180）：

〔和〕〈如夢令〉一作〈憶仙姿〉。

生補正：

「和淚」句，「淚」《校勘》本作「泪」，「〈憶仙姿〉」《校勘》本作「〈如夢令〉」。

清平樂（卷 4 頁 131）

幾番春暮宋徽宗〈燕山亭〉，幾點疏疏雨葛立方〈卜算子〉。幾日行雲何處去馮延巳〈蝶戀花〉，幾度悲歡休訴林表民〈玉漏遲〉。　不須鷗鷺驚猜張雨〈朝中措〉，醉看鸞鳳徘徊王灼〈恨來遲〉。翠袖半沾飛粉陳三聘〈西江月〉，羅衣暗裛香煤張先〈燕春臺〉。

蕭評：

前半何等流暢！後段則拼湊成文，毫無意味矣。

許、林校勘（頁 181）：

〔几〕（馮延巳）〈蝶戀花〉一作〈鵲踏詞〉。〔几〕（林表民〈玉漏遲〉）「休訴」一作「休數」。

生補正：

前四句「幾」字，《校勘》本皆作「几」，第二、四句《全宋詞》皆作「幾」（第二冊，頁 1346、頁 2324）。「不須」句，「驚」《校勘》本作「惊」。

憶少年　梅（卷 4 頁 131）

半窗暝雨王庭相〈桂枝香〉，半窗殘照袁去華〈側犯〉，半窗斜月曹組〈青玉案〉。幽香半憔悴無名氏〈祝英臺近〉，奈香多愁絕趙以夫〈金盞子〉。　萬想千愁無處說許琨〈木蘭花〉，有誰識、芳心高潔周密〈瑤花〉？芳心尚如舊張炎〈探芳信〉，怕翻成消歇施岳〈步月〉。

蕭評：

集則榘矱森嚴，文則鉤連緊密。寫題亦極得風神，信非妙手不辦。

許、林校勘（頁 182）：

〔半〕（曹組〈青玉案〉）「斜月」一作「殘月」。〔奈〕現存趙以夫詞有〈金盞子〉一闋，僅有「頓成愁絕」句。〔有〕「有誰識」一作「問誰識」。〈瑤花〉一作〈瑤華慢〉。

生補正：

「幽香」句，「無」《校勘》本作「无」。「萬想」句，「想」《校勘》本作「恨」，「無」《校勘》本作「无」。

憶少年　柳（卷 4 頁 132）

綠楊巷陌姜夔〈淒涼犯〉，綠楊台榭趙雍〈人月圓〉，綠楊庭院曾隶〈瑣窗寒〉。柔條暗縈繫史達祖〈祝英臺近〉，繫春愁不斷周密〈拜星月慢〉。　幾葉小眉寒未展張先〈蝶戀花〉，被東風、賺開一半沈會宗〈柳搖金〉。東風曉來惡俞國寶〈瑞鶴仙〉，怪金衣頻囀無名氏〈紅窗睡〉。

蕭評：

如僚弄丸，巧不可階。六、七兩句尤奇。不獨可以詠柳，且可以詠新柳也。

許、林校勘（頁 183）：

〔繫〕「繫春愁」一作「剪春愁」。〔几〕「几葉」一作「几度」。

生補正：

「幾葉」句，「幾」《校勘》本作「几」，《全宋詞》作「幾」（第一冊，頁 67）。

憶少年（卷 4 頁 132）

數聲橫笛王千秋〈憶秦娥〉，數聲殘角黃機〈憶秦娥〉，數聲過雁趙師使〈永遇樂〉。砧聲帶愁去姜夔〈法曲獻仙音〉，一聲聲是怨王月山〈齊天樂〉。　　有箇離人凝淚眼張先〈蝶戀花〉，黯銷魂、雨收雲散陸游〈水龍吟〉。重尋舊蹤跡周邦彥〈蘭陵王〉，奈可憐庭院方千里〈憶舊游〉。

蕭評：

文心狡獪，一片渾成，前半連用六「聲」字，微嫌賣弄，然亦無大礙也。

許、林校勘（頁 183）：

〔重〕「重尋」一作「閑尋」。

生補正：

「有箇」句，「淚」《校勘》本作「泪」，《全宋詞》作「淚」（第一冊，頁 67）。「重尋」句，「蹤跡」《校勘》本作「踪迹」，《全宋詞》作「蹤跡」（第二冊，頁 611）。

阮郎歸（卷 4 頁 133）

一春幽事有誰知姜夔〈小重山〉，低頭雙淚垂歐陽修〈長相思〉。子規啼恨小樓西康與之〈瑞鶴仙令〉，曉鶯還又啼聞人武子〈菩薩蠻〉。　　鈎翠箔毛熙震〈木蘭花〉，倚朱扉韓元吉〈六州歌頭〉，花飛人未歸續雪谷〈長相思〉。相思無處說相思徐照南〈南歌子〉，恰如中酒時范成大〈菩薩蠻〉。

蕭評：

兩結皆以巧勝，後結尤妙。

生補正：

「低頭」句，「淚」《校勘》本作「泪」，《全宋詞》作「淚」（第一冊，頁 123）。「相思」句，「無」《校勘》本作「无」

茅山逢故人　愁訴（卷 4 頁 133）

昨日翠娥金縷盧祖皋〈清平樂〉，明日落花飛絮蘇軾〈昭君怨〉。夜汐東還周密〈高陽臺〉，夕陽西下康與之〈寶鼎現〉，塞雲北渡施岳〈水龍吟〉。　　不教好夢分明李彭老〈清平樂〉，重把離愁深訴王沂孫〈齊天樂〉。一卷新詩張炎〈一萼紅〉，一巵芳酒元好問〈青玉案〉，一聲杜宇劉燕哥〈天常引〉。

蕭評：

行文尚可，多此一題，便成小家氣。

許、林校勘（頁 185）：

〔昨〕〈清平樂〉應為〈謁金門〉。〔夕〕此詞為范周詞，見《中吳紀聞》卷五。《樂府雅詞拾遺》卷下誤題康伯可（與之字）作。

生補正：

「昨日」句，「娥」《校勘》本作「蛾」，《全宋詞》作「蛾」（第四冊，頁 2407）。「一聲」句，「天」《校勘》本作「太」。

朝中措（卷 4 頁 134）

緗桃無數棘花開吳元可〈浪淘沙〉，花上月徘徊康與之〈憶少年令〉。酒暈不溫芳臉陳三聘〈西江月〉，睡痕猶占香腮晏幾道〈于飛樂〉。　　金槃舞罷張翥〈水龍吟〉，銀燈挑盡無名氏〈杜韋娘〉，幽夢初回張鎡〈宴山亭〉。十二屏山徧倚劉鎮〈水龍吟〉，一雙蝴蝶飛來盧祖皋〈清平樂〉。

蕭評：

三、四對仗工。

許、林校勘（頁 186）：

〔酒〕「芳臉」一作「香臉」。

生補正：

「睡痕」句，「幾」《校勘》本作「几」，《全宋詞》作「幾」（第一冊，頁 243）。「銀燈」句，「燈」、「無」《校勘》本作「灯」、「无」，《全宋詞》作「燈」、「無」（第五冊，頁 3655）。「十二」句，「徧」《校勘》本作「遍」，《全宋詞》作「遍」（第四冊，頁 2473）。

朝中措（卷 4 頁 134）

惜花天氣惱餘酲楊冠卿〈浣溪沙〉，睡起玉釵橫謝逸〈菩薩蠻〉。斜日滿簾飛燕李之儀〈如夢令〉，東風一路聞鶯周密〈清平樂〉。　　綃衣乍著王易簡〈齊天樂〉，錦茵纔展蔡伸〈飛雪滿羣山〉，羅襪初停王沂孫〈水龍吟〉。幽夢匆匆破後秦觀〈如夢令〉，鉛華淡淡妝成司馬光〈西江月〉。

蕭評：

三、四對仗工，第八句幸能與一、二照應，故後結不覺其贅。

許、林校勘（頁 187）**：**

〔錦〕「錦茵」一作「錦絪」。

生補正：

「錦茵」句，「纔」《校勘》本作「才」，《全宋詞》作「纔」（第二冊，頁 1006）。

朝中措（卷 4 頁 135）

夜來風雨曉來收史達祖〈浪淘沙〉，香霧濕簾鈎張鎡〈夢游仙〉。翠簟一池秋水王沂孫〈霜天曉角〉，烟花三月春愁鄭覺齋〈揚州慢〉。　　聯鑣南陌曾允元〈月下笛〉，吹笙北嶺蘇軾〈雨中花慢〉，倚櫂西州張炎〈甘州〉。正是柳夭桃媚毛文錫〈贊浦子〉，偶然蓬轉萍浮毛幵〈滿庭芳〉。

蕭評：

後起三語，對仗頗工，它無可取。

許、林校勘（頁 186）：

〔夜〕現存史達祖詞不見此調。〔翠〕此詞現僅存三句。〔聯〕「南陌」一作「西陌」。〔正〕「柳夭桃媚」一作「桃夭柳媚」。

朝中措　春望（卷 4 頁 135）

淡烟流水畫屏幽秦觀〈浣溪沙〉，不忍上西樓周紫芝〈生查子〉。簾捲日長人靜蔣子雲〈好事近〉，夢回雨散雲收無名氏〈祝英臺近〉。　梨花墻外姜夔〈少年游〉，海棠院左利登〈綠頭鴨〉，楊柳灣頭張炎〈甘州〉。愁與去帆俱遠高觀國〈齊天樂〉，怨隨宮葉同流張孝祥〈木蘭花慢〉。

蕭評：

此種題面，終屬多餘。

許、林校勘（頁 188）：

〔簾〕蔣子雲名元龍。

生補正：

「簾捲」句，「捲」《校勘》本作「卷」。「愁與」句，「俱」《校勘》本作「具」，《全宋詞》作「俱」（第四冊，頁 2347）。

添字采桑子（卷 4 頁 136）

鞦韆院落清明後趙聞禮〈千秋歲〉，樓上黃昏蔡伸〈蘇武慢〉。樓上黃昏劉儗〈一翦梅〉，試訊東風、能有幾分春周密〈江城子〉？　　紗窗一夜瀟瀟雨張震〈蝶戀花〉，無限消魂洪咨夔〈眼兒媚〉。無限消魂倪瓚〈人月圓〉，唯有牀前、銀燭照啼痕康與之〈江城梅花引〉。

蕭評：

二、三及五、六皆重句，而所引出處不同，亦見苦心。

許、林校勘（頁 188）：

〔唯〕〈江城梅花引〉一作〈攤破江城子〉。此詞為程垓詞，見〈書舟詞〉。《類編草堂詩餘》卷二誤作康與之詞。

生補正：

「鞦韆」句，「鞦韆」《校勘》本作「秋千」，《全宋詞》作「鞦韆」（第五冊，頁 3161）。「樓上」句，「儗」《校勘》本作「擬」。二「無限」句，「無」《校勘》本作「无」，前一句《全宋詞》作「無」（第四冊，頁 2468）。「唯有」句，「牀」《校勘》本作「床」，《全宋詞》作「牀」（第三冊，頁 1991）。

極相思（卷 4 頁 136）

一簾香月娟娟劉鎮〈漢宮春〉，賦就鏤金箋舒亶〈菩薩蠻〉。寶釵樓上蔣捷〈女冠子〉，銅壺閣畔京鏜〈雨中花慢〉，玉鏡臺前張雨〈踏莎行〉。　落盡櫻桃春去後陳允平〈蝶戀花〉，掩重門、淺醉閒眠張炎〈高陽臺〉。芙蕖帶雨晁端禮〈滿庭芳〉，梧桐泫露丁宥〈水龍吟〉，楊柳堆烟歐陽修〈蝶戀花〉。

蕭評：

集者工為儷偶，好語時一見之。

許、林校勘（頁189）**：**

〔賦〕「鏤金」一作「縷金」。〔楊〕此詞為馮延巳詞，即〈鵲踏詞．庭院深深深幾許〉闋，見《陽春集》。《近體樂府》卷二誤作歐陽修詞。

生補正：

「掩重」句，「閒」《校勘》本作「閑」，《全宋詞》作「閒」（第五冊，頁3463）。

太常引（卷4頁137）

淡烟疏柳一簾春樓采〈玉樓春〉，春雨細如塵朱敦儒〈好事近〉。無處不銷魂周格非〈多麗〉，更說甚、巫山楚雲周邦彥〈柳梢青〉。　日長人靜王同祖〈摸魚兒〉，夜闌人悄陳恕可〈齊天樂〉，金鴨水沈溫洪咨夔〈眼兒媚〉。翻憶翠羅裙高觀國〈少年游〉，愴猶有、殘妝淚痕蔡伸〈飛雪滿羣山〉。

蕭評：

三、四兩句，鬪合甚妙，真可謂驅遣百家，宛如兒戲。

許、林校勘（頁 190）：

〔无〕〈多麗〉一作〈綠頭鴨〉。〔更〕此詞為無名氏詞，見《草堂詩餘後集》卷下。《類編草堂詩餘》卷一誤作周邦彥詞。

生補正：

「愴猶」句，「淚」《校勘》本作「啼」，《全宋詞》作「淚」（第二冊，頁 1006）。

東坡引（卷 4 頁 137）

烟光搖縹瓦史達祖〈三姝媚〉，暮色分平野周邦彥〈塞垣春〉。歸時記約燒燈夜蔣捷〈絳都春〉，綠窗攜手乍蔡伸〈洞仙歌〉。　　一番幽會沈會宗〈驀山溪〉，淚珠如灑葛長庚〈賀新涼〉。漫凝竚賀鑄〈下水船〉，重簾下姜夔〈百宜嬌〉，粉痕猶在香羅帊陸游〈安公子〉。海棠花謝也溫庭筠〈遐方怨〉，海棠花謝也晁冲之〈感皇恩〉。

蕭評：

用韻遣詞，無一不妙，集中之風格別具者也。後結五字疊句，求之不同出處，又須音響全合，真如沙裏揀金，萬不得一，殆可遇而不可求矣。

許、林校勘（頁 191）：

〔重〕〈百宜嬌〉一作〈眉嫵〉。

生補正：

「歸時」句，「燈」《校勘》本作「灯」，《全宋詞》作「燈」（第五冊，頁 3439）。「淚珠」句，「淚」、「灑」《校勘》本作「泪」、「洒」，

《全宋詞》作「淚」、「洒」（第四冊，頁2577）。「粉痕」句，「帊」《校勘》本作「帕」，《全宋詞》作「帕」（第三冊，頁1590）。

望江南　夜怨（卷4頁138）

春欲暮溫庭筠〈更漏子〉，猶記粉牆東周密〈浪淘沙〉。雨悄風輕寒漠漠王沂孫〈淡黃柳〉，天長烟遠恨重重張先〈酒泉子〉，愁在落紅中陳允平〈月中行〉。　人散後謝逸〈千秋歲〉，清夜與誰同袁去華〈八聲甘州〉？羅襪況兼金菡萏韓偓〈浣溪沙〉，麝熏微度繡芙蓉賀鑄〈江城子〉，悶不見蟲蟲杜安世〈浪淘沙〉。

蕭評：

羅襪一聯，銖兩悉稱，結句亦手辣。

許、林校勘（頁191）**：**

〔猶〕「粉牆東」一作「粉闌東」。〔愁〕「落紅」一作「落花」。

生補正：

「猶記」句，「牆」《校勘》本作「墻」，《全宋詞》作「闌」（第五冊，頁3277）。

江月晃重山（卷4頁138）

烟雨半藏楊柳毛滂〈西江月〉，夢魂長遶梨花劉迎〈烏夜啼〉。畫橋朱戶玉人家謝逸〈南柯子〉，凝眸處李清照〈鳳凰臺上憶吹簫〉，寶押繡簾斜李萊老〈浪淘沙〉。　古道淒風瘦馬馬致遠〈天淨沙〉，小窗淡月啼鴉劉翰〈清平樂〉。此時相望抵天涯賀鑄〈浣溪沙〉，難相見杜安世〈鶴冲天〉，和淚燃琵琶汪元量〈望江南〉。

蕭評：

第六句係曲語，雖昔人亦以元人小令列入詞中，以求體備，究以不用為宜；否則漫無限制矣。姑以陳克〈謁金門〉之「細草孤雲斜日」，或吳文英〈西江月〉之「門外曉寒嘶馬」擬之，未盡工也。

許、林校勘（頁 192）：

〔古〕「凄風」一作「西風」。〔小〕此詞又誤作潘牥詞，見《歷代詩餘》卷十三。

生補正：

「夢魂」句，「遶」《校勘》本作「繞」。「畫橋」句，「柯」《校勘》本作「歌」，《全宋詞》作「歌」（第二冊，頁 645）。「和淚」句，「淚」《校勘》本作「泪」，《全宋詞》作「淚」（第五冊，頁 3340）。

鷓鴣天（卷 4 頁 139）

青粉牆頭道蘊家無名氏〈小秦王〉，曲屏深幌小窗紗石孝友〈臨江仙〉。絲絲楊柳絲絲雨蔣捷〈虞美人〉，歲歲東風歲歲花王鼎翁〈沁園春〉。　層霧斂岳柯〈祝英臺近〉，暮雲遮万俟詠〈昭君怨〉，覺來紅日又西斜張先〈浣溪沙〉。樓高莫近危闌倚歐陽修〈踏莎行〉，雙鳳簫聲隔彩霞賀鑄〈攤破浣溪沙〉。

蕭評：

行文流貫，遣詞輕雋，惟第七句微嫌浮泛耳，詞中七字句極多，此等處，宜稍稍著力。

許、林校勘（頁 193）：

〔歲〕王鼎翁名炎午。〔覺〕此詞為秦觀詞，見《淮海居士長短句》。《類編草堂詩餘》卷一誤作張先詞。

鷓鴣天　秋閨（卷 4 頁 140）

漠漠輕寒上小樓秦觀〈浣溪沙〉，樓兒忒小不藏愁蔣捷〈虞美人〉。碧梧聲到紗窗曉盧祖皋〈烏夜啼〉，紅藕香殘玉簟秋李清照〈一翦梅〉。　　情黯黯周邦彥〈醉桃源〉，恨悠悠續雪谷〈長相思〉，憶曾和淚送行舟趙長卿〈阮郎歸〉。歸雲一去無蹤跡柳永〈少年游〉，只作尋常薄倖休舒亶〈減字木蘭花〉。

蕭評：

一二起得何等輕巧，已點出「閨」字。三四對仗絕工，再點出「秋」字。以下一氣呵成，道出原始，與尋常說話無異。集句如此，不可謂不工矣。

生補正：

「歸雲」句，「蹤跡」《校勘》本作「踪迹」，《全宋詞》作「蹤迹」（第一冊，頁 32）。「只作」句，「倖」《校勘》本作「幸」，《全宋詞》作「倖」（第一冊，頁 365）。

鷓鴣天（卷 4 頁 140）

一片春愁帶酒澆蔣捷〈一翦梅〉，酒香紅被夜迢迢史達祖〈臨江仙〉。舞衫斜捲金條脫牛嶠〈應天長〉，攏鬢新收玉步搖韓偓〈浣溪沙〉。　　燈燄短葛長庚〈水調歌頭〉，漏聲遙王大簡〈更漏子〉，鴛幃羅幌麝烟銷顧敻〈楊柳枝〉。曲闌干外天如水晏幾道〈虞美人〉，都坐池頭合鳳簫無名氏〈樓心月〉。

蕭評：

全詞接合對偶均工，後結兩句，寫景如畫。惟末句〈樓心月〉即〈鷓鴣天〉，小疵。

許、林校勘（頁 194）：

〔一〕「帶酒澆」一作「待酒澆」。

生補正：

「舞衫」句，「捲」《校勘》本作「卷」。「都坐」句，「無」《校勘》本作「无」，《全宋詞》作「無」（第五冊，頁 3679）。

鷓鴣天　元夜（卷 4 頁 141）

簾拂疏香斷碧絲孫光憲〈定風波〉，酒生微暈沁瑤肌蘇軾〈定風波〉。玉為樓觀銀為地張鎡〈折丹桂〉，水滿池塘花滿枝趙令時〈浣溪沙〉。　　烟澹澹張掄〈春光好〉，月依依李清照〈訴衷情〉，一年無似此佳時晁端禮〈綠頭鴨〉。賞心樂事能多少鄭僅〈調笑令〉，處處笙歌處處隨歐陽修〈采桑子〉。

蕭評：

全詞以第七句為主，寫元夜光景。前四句全用對偶，疏密相映，故不板滯。

許、林校勘（頁 195）：

〔賞〕〈調笑令〉一作〈調笑轉踏〉。

生補正：

「處處」句，「處處笙歌」《校勘》本作「隱隱歌聲」，《全宋詞》作「隱隱笙歌」（第一冊，頁 121）。

夜行船（卷 4 頁 141）

烟浦花橋如夢裏趙汝迕〈清平樂〉，怕輕負、年芳流水趙崇霄〈東風第一枝〉。紅藥闌干李祁〈減字木蘭花〉，黃葵庭院趙長卿〈滿庭芳〉，換取玉簫同醉趙聞禮〈法曲獻仙音〉。　醉別西樓醒不記晏幾道〈蝶戀花〉，一枕乍殘春睡無名氏〈祝英臺近〉。鳳羽寒深史達祖〈醉公子〉，龍涎香斷劉過〈沁園春〉，消遣離愁無計柳永〈望遠行〉。

蕭評：

平平。

許、林校勘（頁 196）：

〔喚〕此辭誤入祠堂本姜夔《白石詞》。又上闋《絕妙好詞》卷四引作樓采詞。

生補正：

「醉別」句，「幾」《校勘》本作「几」，《全宋詞》作「幾」（第一冊，頁 224)。「一枕」句，「一枕乍殘」《校勘》本作「一枕惊(驚)殘」，「無」《校勘》本作「无」，《全宋詞》作「一枕驚殘」、「無」(第五冊，頁 3660)。

梅花引（卷 4 頁 142）

桃葉渡辛棄疾〈祝英臺近〉，桃源路張先〈酒泉子〉，夢魂長在分襟處晏幾道〈蝶戀花〉。思難任韋莊〈酒泉子〉，恨難禁毛幵〈江城子〉。惜別傷離趙鼎〈點絳脣〉，回文孤舊吟韓嘐〈長相思〉。　角聲吹落梅花月蘇軾〈蝶戀花〉，空餘滿地梨花雪周邦彥〈浪淘沙〉。雪垂垂曹祖〈驀山溪〉，月低低姜夔〈鷓鴣天〉。雪月光中洪浩〈江城梅花引〉，怨春春怎知秦觀〈阮郎歸〉？

蕭評：

此調兩結九字句，殊不易得，分上四下五兩句集之，亦是一法。首兩句，各不相干，以第三句束之，便有著落。次三句，稍嫌空泛。後半一氣呵成，正是集者最得意處。

許、林校勘（頁 196）**：**

〔桃〕此詞（張先〈酒泉子〉）為馮延巳詞，見《陽春集》。又誤入張先《張子野詞》。〔回〕「回文」一作「回紋」。〔空〕〈浪淘沙慢〉一作〈浪淘沙．商調〉。〔雪〕〈江城梅花引〉一作〈梅花引〉。

生補正：

「夢魂」句，「幾」《校勘》本作「几」，《全宋詞》作「幾」(第一冊，頁 225)。「回文」句，「孤」《校勘》本作「辜」，《全宋詞》作「辜」(第四冊，頁 2480)。

惜分釵（卷4頁142）

嬉游困利登〈綠頭鴨〉，情懷悶陳允平〈點絳脣〉，瑞香亭畔寒成陣袁易〈燭影搖紅〉。遶銀屏趙汝茪〈江城梅花引〉，艷瑤笙周密〈江城子〉，辥臉星眸李甲〈幔卷紬〉，水盼蘭情周邦彥〈拜星月慢〉，亭亭趙以夫〈憶舊游〉。　　無人問蘇軾〈瑤池燕〉，教人恨張翥〈摘紅英〉，爐香卷穗燈生暈歐陽修〈蝶戀花〉。夢難成張虛靖〈江城子〉，酒初醒曹良使〈江城子〉，控雨籠雲彭泰翁〈拜星月慢〉，翦雪裁冰樓槃〈霜天曉角〉，盈盈柳永〈木蘭花慢〉。

蕭評：

此調兩結二疊字最難下，此處「亭亭」與「盈盈」，均恰到好處。又「辥臉星眸」及「水盼蘭情」，用字尖新，又後半「控雨」「翦雪」兩句，亦費雕鏤，各為對仗，銖兩悉稱矣。

許、林校勘（頁197）**：**

〔遶〕〈江城梅花引〉一作〈梅花引〉。〔水〕「水盼」一作「水眄」。〈拜星月慢〉一作〈拜星月〉。〔爐〕此詞又見晏殊《珠玉詞》集。〔酒〕「酒初醒」一作「酒初醒」。

生補正：

「遶銀」句，「遶」《校勘》本作「繞」，《全宋詞》作「遶」（第五冊，頁3165）。「無人」句，「無」《校勘》本作「无」。「翦雪」句，「裁」《校勘》本作「成」。

小重山（卷 4 頁 143）

風罥蔫紅雨易晴李肩吾〈拋毬樂〉。海棠花已謝劉儗〈菩薩蠻〉，掩銀屏盧祖皋〈江城子〉。琵琶可是不堪聽張樞〈南鄉子〉。闌干外譚宣子〈春聲碎〉，閑理玉韡笙趙與仁〈琴調相思引〉。釵溜滑無聲陸游〈烏夜啼〉。秋波嬌殢酒史直翁〈臨江仙〉，酒微醒吳激〈春從天上來〉。背人羞整六銖輕高觀國〈金人捧露盤〉。黃昏近王同組〈摸魚兒〉，待得月華生歐陽修〈臨江仙〉。

蕭評：

綺語而出之以蘊藉。

許、林校勘（頁 198）**：**

〔釵〕「釵溜」一作「釵墜」。

生補正：

「海棠」句，「儗」《校勘》本作「擬」。「琵琶」句，「鄉」《校勘》本作「歌」，《全宋詞》作「歌」（第四冊，頁 3030）。「釵溜」句，「無」《校勘》本作「无」，《全宋詞》作「無」（第三冊，頁 1588）。

臨江仙（卷 4 頁 143）

鶯語匆匆花寂寂陳克〈謁金門〉，任他鶯老花飛趙彥端〈新荷葉〉。休歌〈金縷〉勸金巵蔣子雲〈好事近〉。細風吹柳絮賀鑄〈感皇恩〉，淺雨壓荼蘼樓采〈法曲獻仙音〉。碧唾春衫還在否陳允平〈惜分飛〉？含愁獨倚閨幃毛熙震〈清平樂〉。試憑新燕問歸期周密〈浣溪沙〉。淚多羅袖重周邦彥〈早梅芳近〉，夢斷繡簾垂秦觀〈菩薩蠻〉。

蕭評：

起筆跳脫。「細風」「淺雨」，分量恰好。

許、林校勘（頁199）**：**

〔細〕〈感皇恩〉又名〈人南渡〉。〔淺〕此詞別誤作姜夔詞，見洪正治本《白石詩詞集》。〔泪〕〈早梅芳近〉一作〈早梅芳〉。〔夢〕此詞為无名氏詞，見《草堂詩餘前集》卷下。沈際飛本《草堂詩餘正集》卷一誤作秦觀詞。

生補正：

「休歌」句，「卮」《校勘》本作「巵」。「試憑」句，「憑」《校勘》本作「凭」，《全宋詞》作「憑」（第五冊，頁3267）。「淚多」句，「淚」《校勘》本作「泪」，《全宋詞》作「淚」（第二冊，頁617）。

臨江仙（卷4頁144）

一樹櫻桃花謝了陳允平〈玉樓春〉，玉屏風冷愁人吳文英〈柳梢青〉。不堪獨自對方樽周格非〈多麗〉。流蘇垂翠幰蕭元之〈渡江雲〉，深院鎖黃昏張先〈生查子〉。　夢又不成燈又燼歐陽修〈玉樓春〉，斷香誰與添溫劉頡〈滿庭芳〉？最難消遣是殘春周密〈浣溪沙〉。草痕青寸寸曾原一〈謁金門〉，波煖綠粼粼張炎〈南浦〉。

蕭評：

全詞平穩。

許、林校勘（頁 200）：

〔不〕〈多麗〉一作〈綠頭鴨〉。〔深〕此詞為歐陽修詞，見《歐陽文忠公近體樂府》卷一。《類編草堂詩餘》卷一誤作張先詞。

生補正：

「波煖」句，「煖」《校勘》本作「暖」，《全宋詞》作「暖」（第五冊，頁 3463）。

蘇幕遮（卷 4 頁 144）

淚偷彈蘇軾〈江城子〉，魂欲斷張表臣〈蓦山溪〉。花外紅樓王庭珪〈點絳脣〉，樓外青山遠程垓〈卜算子〉。今日江城春已半黃公紹〈青玉案〉。別酒無情李浙〈踏莎行〉，誰會愁深淺趙以夫〈燭影搖紅〉？　夜沈沈張先〈酒泉子〉，寒淡淡嚴仁〈鷓鴣天〉。枕落釵聲曾允元〈水龍吟〉，翡翠帷空捲韓元吉〈永遇樂〉。可奈夢隨春漏短韓嘐〈浪淘沙〉。睡起懨懨吳文英〈齊天樂〉，臨鏡心情嬾周紫芝〈生查子〉。

蕭評：

別酒二句，推陳出新。

許、林校勘（頁 201）：

〔泪〕〈江城子〉一作〈江神子〉。〔今〕此詞為无名氏詞，見《陽春白雪》卷五。《詞林萬選》卷三誤作黃在軒（黃公紹）詞。又誤作明冷謙詞，見《古今別腸詞選》卷三。〔別〕李浙為李淛之誤。〔夜〕此詞為馮延巳詞，見《陽春集》。誤入張先《張子野詞》卷二。

生補正：

「淚偷」句，「淚」《校勘》本作「泪」，《全宋詞》作「淚」（第一冊，頁 298）。「別酒」句，「無」《校勘》本作「无」，《全宋詞》作「無」（第三冊，頁 1672）。「翡翠」句，「捲」《校勘》本作「卷」，《全宋詞》作「卷」（第二冊，頁 1402）。「可奈」句，「漏」《校勘》本作「露」，《全宋詞》作「漏」（第四冊，頁 2480）。「臨鏡」句，「嬾」《校勘》本作「懶」，《全宋詞》作「懶」（第二冊，頁 880）。

蘇幕遮（卷 4 頁 145）

晚烟濃黃銖〈江城子〉，晴日暖僧揮〈訴衷情〉。才過清明李冠〈蝶戀花〉，碧草池塘滿劉翰〈蝶戀花〉。香徑落紅吹已斷嚴仁〈玉樓春〉。綠樹陰陰康與之〈浪淘沙〉，鶗鴂聲千囀韓元吉〈永遇樂〉。　　翠鬟傾譚宣子〈長相思〉，羅襪剗秦觀〈河傳〉。無限淒涼蘇軾〈雨中花慢〉，寬了黃金釧管鑑〈生查子〉。愁對畫梁雙語燕毛幵〈謁金門〉。簾幙重重蔡伸〈洞仙歌〉，夢雨和春遠胡翼龍〈宴清都〉。

蕭評：

全首寫首夏光景，無一語參差。末句點「春」字，故自深遠。

許、林校勘（頁 202）**：**

〔晚〕〈江城子〉一作〈江神子〉。〔綠〕〈浪淘沙〉一作〈賣花聲〉。〔鶗〕「千囀」一作「千轉」。〔夢〕「雨和」一作「雨隨」。

生補正：

「翠鬟」句，「傾」《校勘》本作「輕」，《全宋詞》作「傾」（第五冊，頁3167）。「無限」句，「無」《校勘》本作「无」，《全宋詞》作「無」（第一冊，頁329）。

蘇幕遮（卷4頁145）

《花簾詞》有此格，內子繡橋集句效之，余亦繼聲。

柳供愁許棐〈滿宮花〉，花解語康與之〈應天長〉，總是銷魂周文璞〈一翦梅〉，總是銷魂處吳潛〈青玉案〉。人自憐春春未去劉鉉〈蝶戀花〉，芳草斜陽吳文英〈夜合花〉，芳草斜陽路陳允平〈點絳脣〉。　臥紅茵孫光憲〈更漏子〉，觴綠醑徐一初〈摸魚兒〉。幾度相思王沂孫〈三姝媚〉，幾度相思苦張埜〈念奴嬌〉。明日重來須記取周孚先〈蝶戀花〉，梅子黃時潘元質〈醜奴兒慢〉，梅子黃時雨賀鑄〈青玉案〉。

蕭評：

詞中重句凡八見，妙在上句四字，不覺其少；下句五字，不覺其多。此等句法，雖非調中正格，然跳盪有致，讀之自然輕快。

許、林校勘（頁202）：

〔柳〕〈滿宮花〉一作〈滿宮春〉。〔梅〕〈青玉案〉一作〈橫塘路〉。

生補正：

「幾度」句，「幾」《校勘》本作「几」，《全宋詞》作「幾」（第五冊，頁3359）。「梅子」句，「慢」《校勘》本作「近」。

附原作　蘇幕遮（卷4頁146）　程淑

柳陰涼朱用之〈意難忘〉，蘭棹舉盧祖皋〈謁金門〉。南北東西呂本中〈采桑子〉，南北東西路林逋〈點絳脣〉，恰是去年今日去江開〈玉樓春〉。芳草連天劉辰翁〈蘭陵王〉。芳草連天暮余桂英〈小桃紅〉。　燕初歸趙彥端〈芰荷香〉，鶯正語顧敻〈酒泉子〉。似說相思吳文英〈江城梅花引〉，似說相思苦沈端節〈虞美人〉。夢斷綵雲無覓處秦觀〈蝶戀花〉。門掩黃昏李甲〈八寶妝〉，門掩黃昏雨賀鑄〈點絳脣〉。

蕭評：

此其夫人程淑之作，其中八句相重，往復回還，以補語意之不足，已極文字游戲三昧。妙在其他各句，配襯得宜，如「柳陰」「蘭棹」，以示「路」之「南北東西」；「芳草連天」，應上句「去」字，而補一「暮」字以應「去年今日」。以下各句，其細膩類如此。蓋連集數重句固難；配襯他句，亦復不易也。想汪氏此書之成，其得力於內助者，必不止於校注出處已也。

許、林校勘（頁203）**：**

〔南〕此詞（林逋〈點絳脣〉）誤作姜夔詞，見洪正治本《白氏詩詞集》卷二十一。〔夢〕〈蝶戀花〉一作〈黃金縷〉。〔門〕此詞李甲〈八寶妝〉為劉燾詞，見《樂府雅詞拾遺》卷上。《詞綜》誤作李甲詞。〔門〕此詞賀鑄〈點絳脣〉為蘇軾詞，見《東坡詞拾遺》。《類編草堂詩餘》卷一誤作賀鑄詞。

生補正：

「夢斷」句，「綵」《校勘》本作「彩」。

小桃紅（卷 4 頁 147）

正是春留處吳文英〈點絳脣〉，又送春歸去周紫芝〈生查子〉。夢繞南樓謝懋〈解連環〉，香銷南國王蒙〈憶秦娥〉，恨迷南浦万俟詠〈春草碧〉。料啼痕暗裏浥紅妝張樞〈木蘭花慢〉，倚闌干無語張埜〈石州慢〉。　只有相思苦楊果〈摸魚兒〉，還解相思否姚寬〈生查子〉？一掬春情王沂孫〈醉落魄〉，一襟幽事周密〈玉京秋〉，一番淒楚仇遠〈齊天樂〉。算年年落盡刺桐花辛棄疾〈滿江紅〉，更一分風雨葉清臣〈賀聖朝〉。

蕭評：

後半連下四「一」字，殊妙；然前段連用三「南」字，便覺無味。全在做作與不做作耳。

許、林校勘（頁 204）**：**

〔又〕現存周紫芝詞未見此句。〔倚〕「倚闌干無語」一作「倚欄無語」。

生補正：

「又送」句，「去」《校勘》本作「處」。「倚闌」句，「無」《校勘》本作「无」。

風入松（卷 4 頁 148）

桐花庭院近清明王同祖〈阮郎歸〉，幾處簸錢聲陳克〈菩薩蠻〉。玉人為我調秦瑟朱敦儒〈醜奴兒〉，驚遺恨、悄悄難平葉夢得〈滿庭芳〉。翠袖兩行珠淚朱埴〈畫堂春〉，畫堂一枕春酲柳永〈木蘭花〉。　　廉纖小雨晚初晴王大簡〈浣溪沙〉，睡起不勝情曹組〈如夢令〉。餘寒猶在東風輭宋自道〈點絳脣〉，柳陰趁、驕馬蹄輕趙時奚〈多麗〉。幽思屢隨芳草史達祖〈西江月〉，更行更遠還生李後主〈清平樂〉。

蕭評：

後結三句，一氣呵成。雖曰集句，與作手何異？

許、林校勘（頁 205）：

〔玉〕〈醜奴兒〉一作〈采桑子〉。

生補正：

「幾處」句，「幾」《校勘》本作「几」，《全宋詞》作「幾」（第二冊，頁 828）。「驚遺」句，「驚」《校勘》本作「惊」，《全宋詞》作「驚」（第二冊，頁 768）。「翠袖」句，「淚」《校勘》本作「泪」，《全宋詞》作「淚」（第五冊，頁 3074）。「畫堂」句，「〈木蘭花〉」《校勘》本作「〈木蘭花慢〉」，《全宋詞》作「〈木蘭花慢〉」（第一冊，頁 48）。

明月引　尋夢（卷 4 頁 148）

晚妝勻罷却無聊李呂〈鷓鴣天〉。燭光搖顧敻〈楊柳枝〉，漏聲迢陳允平〈鷓鴣天〉，攲枕朦朧吳禮之〈蝶戀花〉，空度可憐宵蘇軾〈臨江仙〉。睡鴨爐溫吟散後韓淲〈浣溪沙〉，尋昨夢林正大〈滿江紅〉，夢巫雲高觀國〈金人捧露盤〉，夢翠翹吳文英〈惜黃花慢〉。　　謝娘翠蛾愁不消溫庭筠〈河傳〉。露初晞賀鑄〈鷓鴣天〉，月漸高杜龍沙〈鬪鷄回〉。鳳屏半掩孫惟信〈夜合花〉，幽香歇黎廷瑞〈秦樓月〉，寒透鮫綃王沂孫〈一萼紅〉。不管春歸黃庭堅〈採桑子〉，憔悴楚宮腰柳永〈少年遊〉。獨立東風彈淚眼袁去華〈安公子〉，人不見趙聞禮〈千秋歲〉，冷清清周密〈唐多令〉，歸路遙譚宣子〈長相思〉。

蕭評：

此調即〈江城梅花引〉，此詞以陳允平、周密為準則，故十三、十四，句法稍異。過徧處最不易集，竟於〈河傳〉中得之，巧不可階。前結「夢翠翹」之夢字，與尋常〈江梅引〉相合，而與陳詞微異，蓋連用三「夢」字，故破律取巧耳。

許、林校勘（頁 206）：

〔尋〕「尋昨夢」一作「尋作夢」。〈滿江紅〉原作〈括滿江紅〉。〔夢〕「巫雲」一作「湘雲」。〔謝〕「愁不消」一作「愁不銷」。〔露〕〈鷓鴣天〉一作〈思佳客〉。〔冷〕〈唐多令〉一作〈南樓令〉。

生補正：

「晚妝」句，「無」《校勘》本作「无」，《全宋詞》作「無」（第三冊，頁 1479）。「憔悴」句，「遊」《校勘》本作「游」，《全宋詞》作「遊」（第一冊，頁 32）。「獨立」句，「淚」《校勘》本作「泪」，《全宋詞》作「淚」（第三冊，頁 1501）。

明月引（卷 4 頁 149）

憑闌幽思幾千重趙長卿〈畫堂春〉。霧濛濛馮延巳〈喜遷鶯〉，月朦朧陳克〈豆葉黃〉，知是誰調鸚鵡、柳陰中張炎〈南歌子〉。繡閣深深人半醒姚雲文〈蝶戀花〉，懷往事蕭允之〈滿江紅〉，恨前歡趙君舉〈楊柳枝〉，清淚紅彭元遜〈滿江紅〉。　　三花兩花破蒙茸王沂孫〈花犯〉。酒初醺張先〈落梅花〉，春正濃顧敻〈河傳〉。儘教寂寞張元幹〈點絳脣〉，昨夜裏周邦彥〈芳草渡〉，幽夢相逢潘元質〈玉蝴蝶〉。夢作一雙蝴蝶遶芳叢何㮚〈虞美人〉。叮囑重簾休放下史達祖〈玉樓春〉，歸去去趙與〈謁金門〉，惹相思歐陽炯〈三字令〉，無路通吳文英〈滿江紅〉。

蕭評：

二、三兩句，為第四句「誰」字作勢。十三、十四，又為第十五「一雙」張本，運思甚細。兩結三字頗難得，皆出自平韻〈滿江紅〉。後起首句，則取自〈花犯〉，可謂狡猾之至。

許、林校勘（頁207）：

〔三〕「兩花」一作「兩蕊」。〔酒〕此詞為无名氏詞，見《梅苑》卷十。《歷代詩餘》卷四誤作張子野（先）詞。〔盡〕「盡教」一作「盡交」。

生補正：

「憑闌」句，「憑」、「幾」《校勘》本作「凭」、「几」，《全宋詞》作「憑」、「幾」（第三冊，頁1783）。「月朦」句，「朦」《校勘》本作「朧」，《全宋詞》作「朧」（第二冊，頁830）。「清淚」句，「淚」《校勘》本作「泪」，《全宋詞》作「淚」（第三冊，頁3313）。「儘教」句，「儘」《校勘》本作「盡」，《全宋詞》作「儘」（第二冊，頁1089）。「夢作」句，「遶」《校勘》本作「繞」，《全宋詞》作「繞」（第二冊，頁1031）。「無路」句，「無」《校勘》本作「无」，《全宋詞》作「無」（第四冊，頁2876）。

玉漏遲 惜春（卷 4 頁 150）

洞簫誰怨宇吳文英〈齊天樂〉。重門向掩方千里〈齊天樂〉，惜春春去李清照〈點絳脣〉。一夜東風晁冲之〈傳言玉女〉，碧盡柳絲千縷莫崙〈摸魚兒〉。回首江南路遠呂渭老〈選冠子〉，驚夢斷、行雲無據劉弇〈惜雙雙令〉。垂玉筯向子諲〈鷓鴣天〉，不知因甚尹煥〈眼兒媚〉，怨人良苦姜夔〈清波引〉。　　呼酒漫撥清愁陶宗儀〈念奴嬌〉，待醉也慵聽張炎〈齊天樂〉，哀紘危柱陳以莊〈水龍吟〉。暗卜歸期周密〈齊天樂〉，細把花枝閒數程垓〈謁金門〉。還是翠深紅淺李之儀〈如夢令〉，那更聽、亂鶯疏雨歐陽修〈夜行船〉。愁幾許周邦彥〈垂絲釣〉，難尋弄波微步賀鑄〈下水船〉。

蕭評：

四、五兩句，直如自作。第十二句已用「聽」字，指「哀紘危柱」而言，故第十七句言「亂鶯疏雨」，則於「聽」字上著一「更」字，可謂心細如髮。

許、林校勘（頁 208）：

〔重〕「向掩」一作「尚掩」。〔驚〕「驚夢斷」一作「夢斷」，據《詞綜》卷十一補。〔不〕「因甚」一作「為甚」。

生補正：

「驚夢」句，「驚」、「無」《校勘》本作「惊」、「无」，《全宋詞》作「驚」、「無」（第一冊，頁 452）。「垂玉」句，「筯」《校勘》本作「箸」，《全宋詞》作「筯」（第二冊，頁 970）。「哀紘」句，「紘」《校勘》本作「弦」，《全宋詞》作「紘」（第四冊，頁 2518）。「細把」句，「閒」《校勘》本作「閑」，《全宋詞》作「閒」（第三冊，頁 2006)。「愁幾」句,「幾」《校勘》本作「几」,《全宋詞》作「幾」(第二冊,頁 601)。

倦尋芳(卷 4 頁 150)

綠雲冉冉楊恢〈八聲甘州〉,紅日遲遲司馬光〈錦堂春慢〉,離思何限周邦彥〈齊天樂〉。人獨春閑王茂孫〈高陽臺〉,閑掩屏山六扇毛幵〈謁金門〉。細雨夢回雞塞遠李中主〈山花子〉,牡丹花謝鶯聲嬾汪莘〈玉樓春〉。意難任毛文錫〈虞美人〉,有當時樓閣僧揮〈念奴嬌〉,恁時庭院盧祖皋〈安清都〉。又何苦、悽涼客裏張輯〈疏簾淡月〉,愁滿天涯薛夢桂〈眼兒媚〉,偷寄香翰姜夔〈百宜嬌〉。青鳥沉浮張耒〈風流子〉,二十四橋凭徧陳允平〈瑞鶴仙〉。波上清風花上露丁義叟〈漁家傲〉,林間戲蝶簾間燕馮延巳〈采桑子〉。黯銷凝李萊老〈高陽臺〉,抱相思、夜寒腸斷趙聞禮〈水龍吟〉。

蕭評:

首句四字,大體尚是,論律不能無微疵也。此種起筆亦弱,能另易八字,則完璧矣。

許、林校勘(頁 209):

〔綠〕楊恢應為湯恢。〔細〕「鴨塞遠」一作「清漏永」。〈山花子〉一作〈攤破浣溪沙〉。〔有〕「當時」一作「當年」。〔偷〕〈百宜嬌〉一作〈眉嫵〉。〔波〕「花上露」一作「花上霧」。

生補正:

「有當」句,「樓」《校勘》本作「池」。「恁時」句,「安」《校勘》本作「宴」,《全宋詞》作「宴」(第四冊,頁 2404)。

聲聲慢（卷 4 頁 151）

鴛鴦枕畔吳文英〈賀新郎〉，翡翠簾邊利登〈綠頭鴨〉，夢回雲冷瀟湘趙時奚〈漢宮春〉。莫話消魂晏幾道〈兩同心〉，錦書紅淚千行李萊老〈清平樂〉。當年翠篝素被馮應瑞〈天香〉，漫空留、荀令餘香胡翼龍〈夜飛鵲〉。愁不寐張先〈更漏子〉，歎俊游零落周密〈三姝媚〉，往事淒涼杜安世〈剔銀燈〉。　何處芙蓉別館王同祖〈西江月〉，但鳳音傳恨史達祖〈玉簟涼〉，爨馥縈妝陳三聘〈念奴嬌〉。清夜沈沈張元幹〈點絳脣〉，月移花影西廂李彭老〈四字令〉。風流寸心易感秦觀〈沁園春〉，悵綠陰、青子成雙尹煥〈唐多令〉。憑杜宇王大簡〈更漏子〉，一聲聲都是斷腸陳允平〈戀繡衾〉。

蕭評：

此首依吳文英作，十六、十九兩句，最是難得。吳結云：「待攜歸行雨夢中」，舍〈戀繡衾〉外，殆不易求矣。

許、林校勘（頁 210）**：**

〔鴛〕「鴛鴦枕畔」原句為「紅白闌干鴛鴦枕」。〔愁〕〈更漏子〉應為〈江城子〉。

生補正：

「錦書」句，「淚」《校勘》本作「泪」。

長亭怨慢　春草（卷 4 頁 152）

漸遮滿李彭老〈祝英臺近〉、舊曾吟處梅堯臣〈蘇幕遮〉。亂碧萋萋万俟詠〈春草碧〉，又隨芳渚張翥〈滿江紅〉。望入西泠方千里〈側犯〉，四山翠合王沂孫〈掃花游〉，短亭暮韓縝〈鳳簫吟〉。池塘別後周邦彥〈蘭陵王〉，似夢裏王孫去林逋〈點絳脣〉。愁損綠羅裙魯逸仲〈南浦〉，倩誰問、淩波輕步仇遠〈八犯玉交枝〉。　休顧陸游〈真珠簾〉。正蘭皋泥潤秦觀〈沁園春〉，滿眼東風飛絮歐陽修〈夜行船〉。踏青人散吳文英〈朝中措〉，獨自箇、傷春無緒嚴仁〈一絡索〉。任啼鳥、怨入芳華蕭允之〈渡江雲〉，但莫賦、綠波南浦黃機〈金縷曲〉。映十二闌干王易簡〈齊天樂〉，千點碧桃吹雨周密〈大聖樂〉。

蕭評：

全詞詠春草，句句著題。一氣流轉，往復迴環，讀之令人意遠。試看他起筆三字，便是不凡，已足奪春草之魂。以下層層轉折，風韻絕佳。惟第五六兩句，例應對偶，如六、七只用一七句更奇妙。愚意不如將第五句，改用李彭老〈浪淘沙〉中之「一片煙輕」四字，以下對文，似較原集更為合律，語意亦差勝也。

許、林校勘（頁 211）**：**

〔又〕「又隨芳渚」一作「又隨芳緒生」。〔池〕〈芳草〉一作〈鳳簫吟〉。〔獨〕「獨自個」一作「獨自價」。〈一絡索〉一作〈一落索〉。〔但〕〈金縷曲〉一作〈乳燕飛〉。

生補正：

「漸遮」句、「舊曾」句，《校勘》本合一，作「李彭老〈祝英臺近〉」，《全宋詞》作「李彭老〈祝英臺近〉」（第四冊，頁2971）。「亂碧」句，《校勘》本作「梅堯臣〈蘇幕遮〉」，「萋萋」，《校勘》本作「凄凄」，《全宋詞》作「梅堯臣〈蘇幕遮〉」、「萋萋」（第一冊，頁118）。「又隨」句，《校勘》本作「万俟詠〈春草碧〉」，《全宋詞》作「万俟詠〈春草碧〉」（第二冊，頁 809）。「望入」句，《校勘》本作「張翥〈滿江紅〉」。「四山」句，《校勘》本作「方千里〈側犯〉」，《全宋詞》作「方千里〈側犯〉」（第二冊，頁 2459）。「短亭」句，《校勘》本作「王沂孫〈掃花游〉」，《全宋詞》作「王沂孫〈掃花游〉」（第五冊，頁3361）。「池塘」句，《校勘》本作「韓縝〈芳草〉」，《全宋詞》作「韓縝〈鳳簫吟〉」（第一冊，頁202）。「似夢」句，《校勘》本分作「似夢裏」、「王孫去」兩句。「似夢」句，《校勘》本作「周邦彥〈蘭陵王〉」，《全宋詞》作「周邦彥〈蘭陵王〉」（第二冊，頁 611）。「王孫」句，《校勘》本作「林逋〈點絳唇〉」，《全宋詞》作「林逋〈點絳脣〉」（第一冊，頁7）。

翠樓吟（卷4頁153）

訪柳章臺陳以莊〈水龍吟〉，祓蘭曲水史達祖〈慶清朝〉，斷雲零雨何限洪瑹〈瑞鶴仙〉。漏殘金獸冷趙令畤〈臨江仙〉，判不寐、闌干凭煖楊无咎〈桌牌子〉。年華催晚張元幹〈十月桃〉。正愁黯文通高觀國〈八歸〉，病添中散袁易〈齊天樂〉。難消遣宋自道〈點絳脣〉。事隨花謝周密〈宴清都〉，樂隨春減陳偕〈滿庭芳〉。　含怨李呂〈調笑令〉。頻剔銀燈毛滂〈剔銀燈〉，把珠簾半揭晁冲之〈傳言玉女〉，牙屏半掩陳允平〈齊天樂〉。玉箏彈未了蕭允之〈菩薩蠻〉，料彼此、魂消腸斷劉過〈賀新郎〉。天涯情遠李珏〈擊梧桐〉。自懶展羅衾葉士則〈蘭陵王〉，慵題花院利登〈過秦樓〉。良宵短翁元龍〈絳都春〉，翠陰如夢蔣捷〈洞仙歌〉，暮寒如翦吳文英〈解語花〉。

蕭評：

全詞平穩。第十六與白石道人之「玉梯凝望久」，抑揚全合，可見其用心之細。

生補正：

「判不」句，「煖」《校勘》本作「暖」，《全宋詞》作「暖」（第二冊，頁1192）。「玉箏」句，「允」《校勘》本作「元」，《全宋詞》作「元」（第五冊，頁3176）。

齊天樂 感舊（卷4頁153）

障泥油壁人歸後朱藻〈採桑子〉，塵香舊時歸路康與之〈應天長〉。第四橋邊姜夔〈點絳唇〉，無雙亭上鄭覺齋〈揚州慢〉，總是慣曾經處張翥〈綺羅香〉。凌波慢賦黃機〈水龍吟〉。正倦立銀屏樓采〈二郎神〉，閒題金縷陸游〈真珠簾〉。一紙紅箋晏幾道〈兩同心〉，直饒尋得雁分付黃庭堅〈望江東〉。　淒涼今夜簟席尹煥〈霓裳中序第一〉，但碧雲半歛李珏〈擊梧桐〉，獨醒人去盧祖皋〈水龍吟〉。慢拍調鶯蔣捷〈春夏兩相期〉，么絃彈鳳周密〈水龍吟〉，粉濺兩行冰筯陳允平〈如夢令〉。分明間阻譚宣子〈摸魚兒〉。念取酒東壚周邦彥〈紅羅襖〉，吹花南浦程垓〈南浦〉。燈外歌沈吳文英〈倦尋芳〉，黃昏愁更苦袁去華〈東坡引〉。

蕭評：

第十句自〈望江東〉來，出人意外。十一句取自〈霓裳中序第一〉，煞費苦心。第十三句借用〈水龍吟〉中之句，以「獨」

作平，「醒」讀上聲，真所謂巧取豪奪矣。惟第六句論律從嚴，當作平平去上，方能起調。詞中「凌波慢賦」四字，與題面亦少干涉；愚意不如用張炎〈摸魚兒〉中之「重游倦旅」四字，音響既合，亦能點清題面，梁啟超謂調中此四字為全詞關鍵所繫，信然。

許、林校勘（頁 214）：

〔淩〕「漫賦」一作「謾賦」。〔粉〕〈如夢令〉一作〈宴桃源〉。

生補正：

「閒題」句，「閒」《校勘》本作「閑」，《全宋詞》作「閒」（第三冊，頁 1599）。「淒涼」句，「淒」《校勘》本作「凄」，《全宋詞》作「淒」（第四冊，頁 2708）。「分明」句，「兒」《校勘》本作「子」，《全宋詞》作「兒」（第五冊，頁 3166）。

齊天樂（卷 4 頁 154）

去年春入芳菲國張先〈木蘭花〉，魂消翠蘭紫若張允平〈解連環〉。柳展宮眉宋祁〈錦纏道〉，花新笑靨劉子寰〈花發沁園春〉，空怨殘紅零落蔡松年〈念奴嬌〉。疏烟漠漠方千里〈瑞鶴仙〉。還燕別文梁盧祖皐〈夜飛鵲〉，雁歸衡岳俞國寶〈瑞鶴仙〉。酒醒衾寒汪晫〈蝶戀花〉，那堪風雨晚來惡無名氏〈惜寒梅〉。　嬋娟也應為我周紫芝〈漢宮春〉，綠窗描繡罷陳克〈菩薩蠻〉，心倦梳掠袁去華〈蘭陵王〉。素鯉無憑李甲〈望雲涯引〉，青鸞何在韓元吉〈水龍吟〉，彈指匆匆恨錯趙聞禮〈瑞鶴仙〉。瑤池舊約辛棄疾〈瑞鶴仙〉，記翠箔張燈史達祖〈三姝媚〉，畫樓吹角范成大〈秦樓月〉。今日重來蔡伸〈點絳脣〉，閒愁無處著李清臣〈謁金門〉。

蕭評：

此首用入聲韻，音節少異。前結用惜寒梅句，亦殊難得。後起首句「嬋娟也應為我」，「應」字讀平聲，「為」字去聲，與姜夔「西窗又吹暗雨」句合。惟第七句「還燕別文梁」，以平聲領句，殊未妥。愚意不如用楊澤民〈掃花游〉中之「正葉落吳江」，似較勝。

許、林校勘（頁215）**：**

〔柳〕此詞為無名氏詞，見《草堂詩餘前集》卷上。《類編草堂詩餘》卷二誤作宋祁詞。〔酒〕現存汪晫詞未見此句。〔青〕「何在」一作「何許」。〔畫〕「畫樓吹角」一作「畫樓聞鵲」。〔閑〕此詞為賀鑄詞，見《陽春白雪》卷一。《詞的》卷三誤作李清臣詞。

生補正：

「那堪」句，「無」《校勘》本作「无」，《全宋詞》作「無」（第五冊，頁3481）。「素鯉」句，無「憑」《校勘》本作「凭」，《全宋詞》作「憑」（第一冊，頁489）。「閒愁」句，「閒」《校勘》本作「閑」，《全宋詞》作「閒」（第一冊，頁218）。

齊天樂（卷4頁155）

楊景周觀察抱騎省之慼，繪〈落花啼鳥圖〉索題

畫樓酒醒春心悄李億〈菩薩蠻〉，羅衾舊香餘暖晏幾道〈撲胡蝶〉。歡與花殘孫惟信〈風流子〉，淚隨花落俞國寶〈瑞鶴仙〉，雙燕却來池館晁端臣〈水龍吟〉。闌干倚徧李彭老〈祝英臺近〉。漫賦

減蘭成黃廷璹〈憶舊游〉，情傷荀情周邦彥〈過秦樓〉。立盡黃昏洪咨夔〈眼兒媚〉，海棠滿地夕陽遠陳允平〈秋蕊香〉。　良宵長是閒別應法孫〈霓裳中序第一〉，悵芙蓉城杳丁宥〈水龍吟〉，無計重見盧祖皋〈宴清都〉。杜宇啼時翁孟寅〈燭影搖紅〉，暮鴉啼處姜夔〈醉吟商〉，早帶怨紅啼斷翁元龍〈倦尋芳〉。都成夢幻洪瑹〈瑞鶴仙〉。正雨渺烟茫高觀國〈洞仙歌〉，水流雲散張翥〈陌上花〉。瞪目銷魂方千里〈掃花游〉，月遲簾未捲趙湳夫〈謁金門〉。

蕭評：

三、四、十各句點落花，五及十四、十五點啼鳥，錯落有致。中以人事穿插，亦能盡情。

許、林校勘（頁 216）：

〔羅〕《苕溪漁隱叢話後集》卷三十九以此詞為舊詞，不著作者；明溫博《花間集補》卷下以此詞為唐人作；《陽春白雪》以此詞為晏几道詞。〔神〕「神傷」一作「情傷」。〔正〕出處待查。

生補正：

「羅衾」句，「幾」《校勘》本作「几」，《全宋詞》作「幾」（第一冊，頁 258）。「淚隨」句，「淚」《校勘》本作「泪」，《全宋詞》作「淚」（第四冊，頁 2282）。「闌干」句，「徧」《校勘》本作「遍」，《全宋詞》作「徧」（第四冊，頁 2970）。「情傷」句，「情傷荀情」《校勘》本作「神傷荀倩」，《全宋詞》作「情傷荀倩」（第二冊，頁 602）。蕭先生「自存」本，「情」亦改作「倩」字。「暮鴉」句，「吟商」《校勘》本作「仙吟」，《全宋詞》作「吟商」（第三冊，頁 2173）。

齊天樂（卷 4 頁 156）

角聲吹散梅梢雪謝逸〈虞美人〉，芳情緩尋細數張炎〈大聖樂〉。眠鴨凝烟胡仔〈水龍吟〉，翔鴛溜月譚宣子〈摸魚兒〉，人在畫堂深處蘇軾〈如夢令〉。頻傾桂醑晏殊〈燕歸梁〉。喚翠袖輕歌張翥〈摸魚兒〉，綠窗低語趙雍〈玉珥墜金鐶〉。謾寫羊裙姜夔〈淒涼犯〉，賦懷應是斷腸句張磐〈綺羅香〉。　東風何事又惡周邦彥〈瑞鶴仙〉，留春渾未得姜个翁〈霓裳中序第一〉，吹斷香絮高觀國〈玲瓏四犯〉。兩地離愁蔡伸〈蘇武慢〉，十年舊事范成大〈念奴嬌〉，欲共柳花低訴黃孝邁〈湘春夜月〉。憑誰說與李冶〈買陂塘〉。記步屧尋雲陳允平〈木蘭花慢〉，翦燈聽雨周密〈水龍吟〉。雲雨匆匆黃昇〈行香子〉，釵分金半股楊冠卿〈東坡引〉。

蕭評：

前半勻整，後段轉折，層次井然。行文極吞吐開合之妙，初不意集句有此也。

許、林校勘（頁 217）**：**

〔人〕「畫堂」一作「玉堂」。〔頻〕「桂醑」一作「壽酒」。〔謾〕「謾寫」一作「漫寫」。〔吹〕「香絮」一作「晴絮」。〔雲〕出處待查。

生補正：

「憑誰」句，「憑」《校勘》本作「凭」。「記步」句，「屧」《校勘》本作「屟」，《全宋詞》作「屧」（第五冊，頁 3100）。「雲雨」句，「昇」《校勘》本作「升」。

水龍吟 病憶（卷4頁157）

黃昏獨倚朱闌馮延巳〈清平樂〉，驚心怕見年華晚錢宀孫〈踏莎行〉。醉人花氣范成大〈眼兒媚〉，軟人天氣王玉〈朝中措〉，怎生消遣劉過〈賀新郎〉？芳徑聽鶯王泳祖〈風流子〉，香韉調馬賀鑄〈風流子〉，短亭逢雁周密〈三姝媚〉。悵東風巷陌史達祖〈風流子〉，暮雲樓閣吳淑〈風流子〉，春思悄高觀國〈鷓鴣天〉，離魂亂柳永〈鶴冲天〉。　終日畫簾高捲張景修〈選冠子〉，病懨懨、海棠池館楊恢〈倦尋芳〉。書寂人閑王沂孫〈望梅〉，情深恨渺余南溪〈瑞鶴仙〉，夢沈書遠周邦彥〈過秦樓〉。幾疊雲山劉之才〈玲瓏四犯〉，幾重烟水万俟詠〈憶秦娥〉，幾番淒惋陳恕可〈齊天樂〉。是憐他樹底張炎〈瑣窗寒〉，多愁杜宇莫崙〈摸魚兒〉，一聲聲怨翁孟寅〈燭影搖紅〉。

蕭評：

一至五寫病，六至十二寫憶。後半兩字融合成篇。詞中一連三句自成對偶者，凡三見。此係集者最擅長處，故能運用自如。

許、林校勘（頁218）**：**

〔怎〕「怎生消遣」原句為「怎消遣」。〔春〕〈鷓鴣天〉一作〈思佳客〉。〔病〕楊恢應為湯恢。〔書〕查王沂孫現存詞無〈望梅〉，有〈解連環〉（〈望梅〉別名）一闋，失四字，作「想炎荒樹密，□□□□」。另有無名氏〈望梅〉一闋，誤入王沂孫《花外集》，首句為「書闌人寂」。

生補正：

「醉人」句，「氣」《校勘》本作「气」，《全宋詞》作「氣」（第三冊，頁 1623)。「終日」句，「捲」《校勘》本作「卷」，《全宋詞》作「捲」(第一冊，頁 384)。「病懨」句，「懨懨」《校勘》本作「厭厭」。「晝寂」句，「寂」《校勘》本作「閑」，「閑」《校勘》本作「寂」。「幾叠」、「幾重」、「幾番」句，「幾」《校勘》本皆作「几」，《全宋詞》皆作「幾」(第五冊，頁 3070、第二冊，頁 812、第五冊，頁 3530)。「多愁」句，「崙」《校勘》本作「侖」，《全宋詞》作「崙」(第五冊，頁 3377)。

水龍吟（卷 4 頁 157）

綺窗睡起春遲楊无咎〈柳梢青〉，小憐未解論心素晏幾道〈玉樓春〉。香槽撥鳳張先〈傾盃樂〉，檀盤戰象呂渭老〈選冠子〉，錦箋揮兔薩都剌〈水龍吟〉。笑底歌邊黃廷璹〈齊天樂〉，醉餘夢裏張炎〈掃花游〉，倚闌無語黃公度〈青玉案〉。做踏青天氣柴望〈念奴嬌〉，采茶時節劉克莊〈秦樓月〉，幽恨積劉學箕〈賀新郎〉，歌盟誤吳文英〈西子妝〉。　兩兩鶯啼何許范成大〈如夢令〉，柳蒙茸、暗凌波路施樞〈摸魚子〉。誰知怨抑周邦彥〈瑣窗寒〉，碧紗秋月晏殊〈撼庭秋〉，青燈夜雨張可久〈人月圓〉。舞帶歌鈿李萊老〈點絳脣〉，藥爐經卷王特起〈喜遷鶯〉，酒籌花譜王易簡〈齊天樂〉。歎俊游疏懶史達祖〈慶清朝〉，佳音迢遞杜安世〈剔銀燈〉，有消魂處汪輔之〈行香子〉。

蕭評：

全詞對仗絕工，如三、四、五、三句及十八、十九、二十、三句，九、十及十六、十七、及二十一、二十二等句皆是，尤以六、七兩句恰到好處，更為難得。

許、林校勘（頁 220）：

〔小〕「小憐」一作「小蓮」。〈玉樓春〉一作〈木蘭花〉。〔香〕〈傾杯樂〉一作〈傾杯〉。〔歡〕〈西子妝〉一作〈西子妝慢〉。〔誰〕周詞有〈瑣窗寒〉一闋，無此句。

生補正：

「小憐」句，「幾」《校勘》本作「几」，《全宋詞》作「幾」（第一冊，頁 233）。「歌盟」句，「歌」《校勘》本作「欢（歡）」，《全宋詞》作「歡」（第四冊，頁 2900）。「歎俊」句，「嬾」《校勘》本作「懶」，《全宋詞》作「懶」（第四冊，頁 2333）。

水龍吟　歸思（卷 4 頁 158）

歸期莫數芳晨張元幹〈柳梢青〉，今年自是清明晚史達祖〈杏花天〉。梅花雪冷周密〈夜合花〉，杏花風小蔣捷〈解珮令〉，桃花浪煖柳永〈柳初新〉。半掬羈心史深〈玉漏遲〉，一襟離緒陳以莊〈水龍吟〉，幾番嬌怨楊无咎〈雨中花〉。把紅爐對擁李億〈徵招〉，翠尊雙飲姜夔〈八歸〉，分別後徐照〈阮郎歸〉，思量徧張榘〈摸魚兒〉。　簾影參差滿院周邦彥〈秋蕊香〉，正斜陽、澹烟平遠翁元龍〈倦尋芳〉。日長人瘦孫惟信〈燭影搖紅〉，路長信杳袁去華〈垂絲釣〉，天長夢短黃孝邁〈湘春夜月〉。舊閣塵封李演〈聲聲慢〉，吟箋淚漬黃機〈水龍吟〉，明璫聲斷柴望〈祝英臺近〉。悵香銷麝土張翥〈掃花游〉，恨凝蛾岫張炎〈探芳信〉，病多依黯高觀國〈齊天樂〉。

蕭評：

全詞行氣極順，如首句喚起，直至第五句次第渲染。第九句「把」

字，直貫前結，均見手段。詞中各句對仗，尤為工整。惟第十九句「吟箋淚漬」取自黃機〈水龍吟〉，與本調同，實與集者體例不符，或係一時偶誤。鄙意可以吳激〈人月圓〉中之「素衫淚濕」四字代之。下句「明璫」二字亦不妨依張輯「疏簾淡月」易以「素絃」二字，更響亮。

許、林校勘（頁221）：

〔桃〕此詞又誤入陳耆卿《篔窗集》卷十，想是因字同而致誤。
〔思〕張榘為張矩之誤。

生補正：

「杏花」句，「珮」《校勘》本作「佩」，《全宋詞》作「佩」（第五冊，頁3441）。「桃花」句，「煖」《校勘》本作「暖」。「思量」句，「徧」《校勘》本作「遍」，《全宋詞》作「徧」（第五冊，頁3086）。「吟箋」句，「淚」《校勘》本作「泪」，《全宋詞》作「淚」（第四冊，頁2531）。

綺羅香（卷4頁159）

豆蔻朱簾張翥〈水龍吟〉，梨英翠箔黃廷璹〈齊天樂〉，別有傷心無數姜夔〈齊天樂〉。聚散匆匆幼卿〈浪淘沙〉，懶記溫柔舊處史達祖〈花心動〉。問甚時、重見桃根黃孝邁〈湘春夜月〉，念後約、頓成輕負康與之〈應天長〉。又爭知、一字相思王沂孫〈高陽臺〉，錦箋誰與寄愁去周密〈齊天樂〉。　藍橋人斷歲久利登〈齊天樂〉，況是懨懨病起譚宣子〈春聲碎〉，菱花羞覷孫居敬〈喜遷鶯〉。腕玉香銷石孝友〈眼兒媚〉，塵鎖寶箏絃柱徐□□〈珍珠簾〉。弄舊寒、晚酒醒餘吳文英〈高陽臺〉，第一是、難聽夜雨張炎

〈月下笛〉。空凄怨、多少銷魂劉頡〈滿庭芳〉，綠波芳草路楊冠卿〈東坡引〉。

蕭評：

集句之作，補屋牽蘿，求其綴合成篇，故文情類不出乎綺怨。求其語氣流順，即為已足。此詞行氣自然，雖調中六、七及十五、十六駢偶為宜。末二字以去上為宜，要不足病也。

許、林校勘（頁 222）**：**

〔錦〕「誰與」一作「誰為」。〔塵〕徐□□一作徐□。

生補正：

「別有」句，「無」《校勘》本作「无」，《全宋詞》作「無」（第三冊，頁 2176）。「塵鎖」句，「珍」《校勘》本作「真」，《全宋詞》作「真」（第五冊，頁 3183）。

疏影　落梅（卷 4 頁 160）

迎風低掠曾原隆〈過秦樓〉，點飛英如雪劉翰〈好事近〉，怨深難託柴望〈桂枝香〉。小院無人楊恢〈滿江紅〉，環珮初歸翁孟寅〈燭影搖紅〉，醉怯冷香羅薄趙聞禮〈瑞鶴仙〉。南樓不恨吹橫笛吳文英〈高陽臺〉，恨只恨相違舊約柳永〈鳳皇閣〉。尚依依、花月關心張炎〈風入松〉，夢想揚州東閣趙以夫〈角招〉。　為喚香魂教醒王同祖〈西江月〉，聽春禽聲續無名氏〈好事近〉，朝暮如昨高觀國〈蘭陵王〉。粉怯珠愁王沂孫〈望梅〉，酒灩酥融張榘〈應天長〉，才見還因飛却續雪谷〈念奴嬌〉。含章睡起宮妝褪白樸〈秋色橫空〉，記半面、淺窺朱薄張翥〈東風第一枝〉，望隴驛、音信沈沈張先〈恨春遲〉，曾寄一枝柔弱蔡松年〈念奴嬌〉。

蕭評：

覺藥韻殊不易辨，而集者掉臂自如，語語著題，極是難得；論律即有小疵，固不必吹毛求之矣。

許、林校勘（頁 223）：

〔小〕楊恢應為湯恢。〔夢〕「夢想」一作「夢繞」。〔粉〕此詞為无名氏詞，見《梅苑》卷四。《花草粹編》卷十二誤題王聖與（王沂孫字）作，各家俱誤補入王沂孫《花外集》。金繩武本《花草粹編》卷二十三又誤作王夢應詞。〔酒〕張榘應為張矩。

生補正：

「怨深」句，「託」《校勘》本作「托」。「環珮」句，「珮」《校勘》本作「佩」，《全宋詞》作「佩」（第四冊，頁 2946）。「恨只」句，「皇」《校勘》本作「凰」，《全宋詞》作「凰」（第一冊，頁 55）。「聽春」句，「無」《校勘》本作「无」。

沁園春（卷 4 頁 161）

人倚西樓張耒〈風流子〉，樓倚花梢王嵎〈祝英臺近〉，青雲半遮李演〈八六子〉。正霧衣香潤周密〈木蘭花慢〉，沈吟洛涘徐寶之〈桂枝香〉，霞綃淚搵陳允平〈絳都春〉，顦顇天涯趙彥端〈點絳脣〉。翠幌嬌深劉一止〈喜遷鶯〉，綠屏夢杳李萊老〈揚州慢〉，暖日閒窗映碧紗歐陽炯〈定風波〉。扶頭怯范成大〈秦樓月〉，記前回困酒利登〈洞仙歌〉，困後呼茶陳三聘〈朝中措〉。　玉簫吹落梅花劉翰〈清平樂〉，且休把江頭千樹誇張炎〈瑤臺聚八仙〉。但年光暗換莫崙〈水龍吟〉，垂楊繫馬辛棄疾〈念奴嬌〉；流光暗度丁默〈齊天樂〉，翳柳啼鴉杜龍沙〈雨霖鈴〉。塵鏡羞臨吳元可〈鳳凰臺上憶吹簫〉，**夜燈慵翦**陳允平〈瑞鶴仙〉，**錦帳重重捲暮霞**賀鑄〈浣溪沙〉。**銷凝處**胡翼龍〈滿庭芳〉，**有何人留得**朱敦儒〈好事近〉，**歸雁平沙**王沂孫〈高陽臺〉。

蕭評：

詞中十六與十八兩句，詞意全同，實為大病。十七、十九、意亦差近，上下文亦不相屬。即依「垂」「翳」二字略示分別，亦極勉強。此四句例須對偶，愚意「流光暗度」四字，不如以姜夔〈念奴嬌〉中之「情人不見」易之，差勝，然中不甚佳也。

許、林校勘（頁 224）**：**

〔綠〕「夢杳」一作「夢渺」。〔錦〕此句出處待查。

生補正：

「霞綃」句，「淚」《校勘》本作「泪」，《全宋詞》作「淚」（第五冊，頁 3097）。「暖日」句，「閒」《校勘》本作「閑」。「且休」句，「誇」《校勘》本作「夸」，《全宋詞》作「誇」（第五冊，頁 3498）。「但年」句，「崙」《校勘》本作「侖」，《全宋詞》作「崙」（第五冊，頁 3376）。「錦帳」句，「捲」《校勘》本作「卷」。

沁園春（卷 4 頁 162）

樓影沈沈朱藻〈采桑子〉，**簾影垂垂**李振祖〈浪淘沙〉，**佳人未逢**曹組〈婆羅門令〉。**記笑桃門巷**程垓〈洞庭春色〉，**酸心一縷**史達祖〈玉燭新〉；**垂楊庭院**歐陽修〈青玉案〉，**幽恨千重**黃昇〈行香子〉。**寶鑑慵拈**杜安世〈燕歸來〉，**冰奩羞對**黃機〈傳言玉女〉，**夢覺雲屏依舊空**韋莊〈天仙子〉。**閒無事**蔣捷〈洞仙歌〉，**趁芳樽泛蟻**無名氏〈夏日宴黌堂〉，**錦帳翻虹**吳儆〈滿庭芳〉。　**斷橋流水溶**

溶蔡伸〈滿庭芳〉。怕流作題情斷腸紅吳文英〈八寶妝〉。向湖邊柳外江緯〈向湖邊〉，香生玉塵米芾〈滿庭芳〉，闌隈砌角沈公述〈望南雲慢〉，釵墜金蟲翁元龍〈風流子〉。頻聽銀籤韓瓘〈高陽臺〉，重熏翠被唐藝孫〈天香〉，霹冷燈昏愁殺儂陳克〈鷓鴣天〉。愁無已賀鑄〈小梅花〉，有香風縹緲李光〈瓊臺〉，斜月朦朧趙長卿〈行香子〉。

蕭評：

慢詞集句，殊不易為，蓋集者原無本旨，而篇幅甚長，不能不以堆砌出之矣。

許、林校勘（頁 225）**：**

〔佳〕此詞亦作楊景詞，但《苕溪漁隱叢話》以此詞為曹組作，云：「曾端伯編《雅詞》，乃以此詞為楊如晦（楊景字）作，非也。」〔垂〕此詞為無名氏詞，見《草堂詩餘前集》卷上。《類編草堂詩餘》卷一誤作歐陽修詞。〔冰〕「冰匳」一作「風匳」。〔夢〕「雲屏」一作「銀屏」。〔怕〕〈八寶妝〉一作〈新雁過妝樓〉。〔香〕此詞為秦觀詞，見《淮海居士長短句》卷中。又誤入米芾《寶晉英光集》卷五。〔霹〕〈鷓鴣天〉應為〈豆葉黃〉。

生補正：

「幽恨」句，「昇」《校勘》本作「升」，《全宋詞》作「昇」（第四冊，頁 2994）。「冰匳」句，「機」《校勘》本作「几」，《全宋詞》作「機」（第四冊，頁 2535）。「閒無」句，「閒」《校勘》本作「閑」，《全宋詞》作「閒」（第五冊，頁 3440）。「頻聽」句，「籤」《校勘》本作「簽」，《全宋詞》作「籤」（第四冊，頁 2480）。「愁無」句，「無」《校勘》本作「无」，《全宋詞》作「無」（第一冊，頁 541）。

沁園春　秋宵（卷4頁162）

落日登樓劉克莊〈滿江紅〉，橫竹吹商王月山〈齊天樂〉，愴然暗驚秦觀〈八六子〉。正淒涼望極施岳〈水龍吟〉，水葒颸雁翁元龍〈水龍吟〉；徘徊步嬾江致和〈五福降中天〉，露草流螢王沂孫〈金盞子〉。羽扇微搖趙汝鈉〈水龍吟〉，翡帷低揭無名氏〈紅窗睡〉，夢遠春雲不散情趙君舉〈憶王孫〉。添離索吳潛〈滿江紅〉，想綺窗今夜岳珂〈滿江紅〉，為我銷凝王億之〈高陽臺〉。　凄清姚雲文〈紫萸香慢〉，枕簟涼生鄧剡〈浪淘沙〉，又爭奈西風吹恨醒陳允平〈八寶妝〉。悵舊歡無據蕭東父〈齊天樂〉，斜搴珠箔謝懋〈解連環〉；亂愁無際郭從範〈瑞鶴仙〉，獨喚瑤箏韓嘐〈浪淘沙〉。鳳繡猶重毛滂〈踏莎行〉，獸香不斷周邦彥〈少年游〉，雨歇花梢月正明黃時龍〈浣溪沙〉。闌干凭黃機〈摸魚兒〉，漫尋尋覓覓戴山隱〈滿江紅〉，廊葉秋聲吳文英〈八聲甘州〉。

蕭評：

起筆三句，極合〈沁園春〉風度。兩結疏宕有致。

生補正：

「徘迴」句，「嬾」《校勘》本作「懶」，《全宋詞》作「懶」（第二冊，頁984）。

鶯啼序 別緒（卷 4 頁 163）

汀洲漸生杜若周邦彥〈解連環〉，渺蒼茫何許張輯〈徵招〉。漫過却、歌夕吟朝黃廷璹〈解連環〉，斷魂分付潮去郭從範〈念奴嬌〉。醉乍醒、一庭春寂施岳〈曲游春〉，閑窗盡日將愁度袁去華〈東坡引〉。問此愁、還有誰知王沂孫〈高陽臺〉，夕陽無語張耒〈風流子〉。 繡戶珠簾晏殊〈玉堂春〉，暝靄向斂李甲〈弔嚴陵〉，倩東風約住程過〈謁金門〉。襟袖上、空染啼痕秦觀〈滿庭芳〉，啼痕猶濺紈素陳允平〈摸魚子〉。徧天涯、尋消問息李玉〈賀新郎〉，更多少、無情風雨宋徽宗〈宴山亭〉。夢半闌、欹枕初聞僧晦〈高陽臺〉，淒涼酸楚汪元量〈水龍吟〉。 市橋繫馬尹煥〈眼兒媚〉，宮柳招鶯翁元龍〈水龍吟〉，又別君南浦嚴仁〈好事近〉。便怕有、踏青期誤彭元遜〈玉女迎春慢〉，拾翠沙空賀鑄〈厭金杯〉，芳信不來黃孝邁〈水龍吟〉，錦書難據張鎡〈宴山亭〉，思和雲積吳文英〈解連環〉。夢和香冷孫惟信〈風流子〉，此時無限傷春意張先〈八寶裝〉，送孤鴻、目斷千山阻葉夢得〈金縷曲〉，畫闌凭徧王月山〈齊天樂〉，無端又斂雙眉石瑤林〈清平樂〉，關心去年情緒胡翼龍〈徵招〉。 簟波零亂趙善杠〈賀新郎〉，屏影參差方君遇〈風流子〉，但黯然凝竚柳永〈鵲橋仙〉。甚年年、共憐今夕奚㴭〈華胥引〉，箏譜慵看呂渭老〈選冠子〉；怕說當時張炎〈國香〉，酒杯慵舉盧炳〈點絳脣〉。雙螺未合姜夔〈少年游〉，雙鶯細蹙史達祖〈步月〉。臂寬條脫添新瘦張端義〈倦尋芳〉，悵玉容、寂寞春知否黃機〈摸魚兒〉？要知欲見無因周格非〈多麗〉，記取盟言黃庭堅〈減字木蘭花〉，自今細數楊纘〈一枝春〉。

蕭評：

此詞中最長之調，集者字斟句酌，得心應手；以視尋常作手之竭蹶從事者，相去何止天壤？調中第十句，最不易得，集者竟於〈弔嚴陵〉中得之，正不知費却多少工夫也。

許、林校勘（頁228）：

〔倩〕此詞為無名氏詞，見《樂府雅詞拾遺》卷上。《花草粹編》卷三又作程過詞。〔襟〕「空染」一作「空惹」。〔便〕「踏青期誤」一作「踏青人誤」。〔拾〕〈厭金杯〉一作〈獻金杯〉。〔思〕「思和雲積」一作「思和雲結」。〔箪〕趙善杠應為趙善扛。〔悵〕「悵玉容寂寞春知否」《全宋詞》作「悵□□、玉容寂寞春和否」。〔要〕「要知」一作「杳知」。〈多麗〉一作〈鴨頭綠〉。

生補正：

「夕陽」句，「無」《校勘》本作「无」，《全宋詞》作「無」（第一冊，頁593）。「繡戶」句，「堂」《校勘》本作「樓」，《全宋詞》作「堂」（第一冊，頁107）。「徧天」句，「徧」《校勘》本作「遍」，《全宋詞》作「遍」（第二冊，頁1040）。「啼痕」句，「子」《校勘》本作「兒」，《全宋詞》作「兒」（第五冊，頁3097）。「更多」句，「無」《校勘》本作「无」。「淒涼」句，「淒」《校勘》本作「凄」，《全宋詞》作「淒」（第五冊，頁3340）。「拾翠」句，「籌」應為「鑄」，「賀鑄」，疑排版時誤植。「畫闌」句，「徧」《校勘》本作「遍」，《全宋詞》作「徧」（第五冊，頁3173）。「甚年」句，「潫」《校勘》本作「汉」。

《麝塵蓮寸集・補遺》

詞刻將竣，偶檢書簏，得殘稿十數闋。續存於後，亦敝帚自享之意也。汪淵識。

訴衷情（補遺，頁 165）

晚風楊柳綠交加李萊老〈浪淘沙〉，腸斷欲棲鴉趙令時〈錦堂春〉。年年飛絮時節張雨〈百字令〉，猶不見還家蘇軾〈少年游〉。　　金鳳舞韋莊〈應天長〉，玉蟾斜賀鑄〈攤破浣溪沙〉，思無涯張翥〈六州歌頭〉。半欹犀枕馮延巳〈賀聖朝〉，半彈鸞釵孫氏〈燭影搖紅〉，半掩龜紗盧祖皐〈醜奴兒慢〉。

蕭評：

前半靈動，後段稍板滯。

許、林校勘（頁 230）**：**

〔腸〕〈錦堂春〉一作〈烏夜啼〉。〔半〕此詞（孫氏〈燭影搖紅〉）為无名氏詞，見《草堂詩餘後集》卷下。《彤管遺編後集》卷十二誤為孫氏詞。

生補正：

「腸斷」句，「棲」《校勘》本作「栖」，《全宋詞》作「棲」（第一冊，頁 500）。「思無」句，「無」《校勘》本作「无」。

柳梢青（補遺，頁165）

紅杏香中趙長卿〈水龍吟〉，綠楊影裏宋祁〈玉漏遲〉，芳意婆娑劉鎮〈水龍吟〉。乳燕穿簾孫氏〈燭影搖紅〉，乳鶯梳翅曾原隆〈過秦樓〉，乳鴨隨波方千里〈華胥引〉。　碧雲風月無多張孝祥〈柳梢青〉，漫敲缺、銅壺浩歌張樞〈慶宮春〉。笑吐丁香劉景翔〈念奴嬌〉，重澆卯酒張翥〈水龍吟〉，不奈春何范成大〈減字木蘭花〉。

蕭評：

前結三句，均用「乳」字，殊見巧思。「丁香」「卯酒」，刻意對仗，亦極自然，換頭用張孝祥〈柳梢青〉，與本調同，有違集者體例，當係一時疏忽。不如以張炎〈風入松〉中之「銖衣初試輕羅」易之，庶成全璧。

許、林校勘（頁231）**：**

〔綠〕此詞為韓嘉彥詞，見《花草粹編》卷九。又作无名氏詞，見《草堂詩餘》卷上。《類編草堂詩餘》卷三誤作宋祁詞。（宋祁有〈玉樓春〉，中有「綠楊烟外曉寒輕」句。）又誤入吳文英《夢窗詞》。〔乳〕孫氏〈燭影搖紅〉見上闋「半彈鸞釵」注。

生補正：

「碧雲」句，「無」《校勘》本作「无」，《全宋詞》作「無」（第三冊，頁1715）。

柳梢青（補遺，頁166）

碧蘚回廊無名氏〈踏莎行〉，青蕪平野蔡松年〈聲聲慢〉，紅葉低窗蔣捷〈聲聲慢〉。幾度斜暉蘇軾〈八聲甘州〉，幾回殘月周密〈齊天樂〉，幾線餘霜無名氏〈夏日宴黌堂〉。　風帷吹亂凝香陳師道〈清平樂〉，兀誰管、今宵夜長楊果〈太常引〉。駝褐侵寒周邦彥〈西平樂〉，鸞弦解語衛元卿〈齊天樂〉，鴛錦啼妝蔡伸〈鎮西〉。

蕭評：

首三句極是好景。後結三語，刻意對偶，便傷文氣。

許、林校勘（頁232）**：**

〔駝〕「侵寒」一作「寒侵」。

生補正：

「青蕪」句，「蕪」《校勘》本作「芜」。「幾度」、「幾回」，《校勘》本「幾」作「几」。《全宋詞》作「幾」（第五冊，頁3288）。「幾線」，「幾」《校勘》本作「几」，「線」《校勘》本作「綫」。

少年游（補遺，頁167）

梅村踏雪李昂英〈摸魚兒〉，蘚階聽雨史達祖〈祝英臺近〉，舊事嬾追尋趙長卿〈浪淘沙〉。青鳳啼空王沂孫〈一萼紅〉，翠虯騰架盧祖皋〈水龍吟〉，看得綠成陰陳克〈臨江仙〉。　鸞臺窺鏡郭從範〈瑞鶴仙〉，鴛梭織錦陳允平〈酹江月〉，難話此時心魏承班

〈生查子〉。峨髻愁雲吳文英〈永遇樂〉，瓊肌沁露張埜〈念奴嬌〉，憔悴到如今袁去華〈一叢花〉。

蕭評：

全調板滯，幸三、六、九、十二等句小作結束，方有交代。

許、林校勘（頁233）**：**

〔梅〕「蹋雪」一作「踏雪」。

生補正：

「梅村」句，「踏」《校勘》本作「蹋」，《全宋詞》作「踏」（第四冊，頁2867）。「舊事」句，「嬾」《校勘》本作「懶」，《全宋詞》作「懶」（第三冊，頁1822）。「青鳳」句，「紅」《校勘》本作「梅」，《全宋詞》作「紅」（第五冊，頁3357）。「瓊肌」句，「瓊」、「埜」《校勘》本作「琼」、「野」。

望江南柳（補遺，頁167）

長亭柳黃庭堅〈驀山溪〉，何事苦顰眉趙令畤〈小重山〉？不奈金風兼玉露歐陽修〈玉樓春〉，更看綠葉與青枝蘇軾〈定風波〉，消瘦有誰知方千里〈少年游〉？　　芳菲歇向子諲〈秦樓月〉，楚客慘將歸周邦彥〈風流子〉。鸚鵡洲邊鸚鵡恨陳允平〈望江南〉，杜鵑花裏杜鵑啼晏幾道〈鷓鴣天〉，愁緒暗縈絲秦觀〈一叢花〉。

蕭評：

前半設問，詞意流順。八、九兩句，對仗未嘗不佳，究無深意。

許、林校勘（頁234）**：**

〔長〕此詞誤作姜夔詞，見洪正治本《白石詩詞集》。〔何〕此詞誤作趙德仁詞，見《草堂詩餘前集》卷下。趙令畤字德麟，想是因名字相近致誤。

生補正：

「杜鵑」句，「幾」《校勘》本作「几」，《全宋詞》作「幾」（第一冊，頁225）。

瑞鷓鴣（補遺，頁168）

夜香燒了夜寒生曹良史〈江城子〉，人倚低窗小畫屏洪咨夔〈南鄉子〉。新酒又添殘酒困趙令畤〈蝶戀花〉，別時不似見時情黃庭堅〈南歌子〉。　　金絲帳煖牙牀穩馮延巳〈賀聖朝〉，翡翠簾深寶篝清趙君舉〈憶王孫〉。惆悵行雲無覓處舒亶〈木蘭花〉，子規啼盡斷腸聲杜安世〈浪淘沙〉。

蕭評：

全詞完整，前半尤暢。

許、林校勘（頁234）**：**

〔新〕此詞又見晏幾道《小山詞》。又誤作晏殊詞，見楊金本《草堂詩餘後集》卷下。

生補正：

「金絲」句，「煖」、「牀」《校勘》本作「暖」、「床」。「惆悵」句，「無」《校勘》本作「无」，《全宋詞》作「無」（第一冊，頁365）。

一翦梅 用東浦詞體（補遺，頁 168）

短燭熒熒射碧窗陳克〈浣溪沙〉。冰輪轉影楊无咎〈曲江秋〉，玉枕生涼趙令畤〈滿庭芳〉。深秋不寐漏初長閻選〈虞美人〉。楓葉飃紅呂渭老〈傾杯令〉，梧葉飃黃王詵〈行香子〉。　一曲危絃斷客腸嚴仁〈鷓鴣天〉，小鶯捎蝶李肩吾〈風流子〉，歸鳳求凰楊冠卿〈蝶戀花〉。佳期難會信茫茫孫光憲〈浣溪沙〉。松雪飃寒周密〈法曲獻仙音〉，梅雪飃香趙長卿〈燭影搖紅〉。

蕭評：

音節與東浦同，而全用對偶則異。兩結四用飃字，均嫌做作，反傷韻味。

許、林校勘（頁 235）**：**

〔短〕「射碧窗」一作「照碧窗」。〔松〕〈法曲獻仙音〉一作〈獻仙音〉。

生補正：

「楓葉」及「梧葉」句，「飃」《校勘》本作「飄」，《全宋詞》作「飄」（第二冊，頁 1126）。「一曲」句，「絃」《校勘》本作「弦」，《全宋詞》作「絃」（第四冊，頁 2548）。

兩同心（補遺，頁 169）

瑣窗睡起楊恢〈二郎神〉，繡被重重柳永〈洞仙歌〉。下犀簾無名氏〈搗練子〉，金波瀲豔陳偕〈滿庭芳〉，敲象板陳紀〈賀新郎〉，珠袖玲瓏翁元龍〈風流子〉。空贏得杜安世〈燕歸梁〉，恨對南雲劉一止〈夢橫塘〉，倦倚東風黃簡〈柳梢青〉。　　斷腸十二臺空張翥〈春從天上來〉，何處相逢劉克莊〈沁園春〉？淚涓涓周紫芝〈江城子〉，慢愁箏雁趙以夫〈燭影搖紅〉；情默默周密〈鷓鴣天〉，長望書鴻賀鑄〈好女兒〉。難忘處蔡伸〈滿庭芳〉，玉暖酥凝陸游〈沁園春〉，燭灺歌慵趙長卿〈行香子〉。

蕭評：

兩同心調本板滯，作者又刻意駢偶，疏失疏靈之致。然專就字面言，不可謂不工巧也。

許、林校勘（頁236）：

〔瑣〕楊恢應為湯恢。〔慢〕「慢愁」一作「慢調」。〔玉〕「玉暖」一作「雪暖」。

生補正：

「淚涓」句，「淚」《校勘》本作「泪」，《全宋詞》作「淚」（第二冊，頁883）。

祝英臺近（補遺，頁169）

錦鴛閒周密〈鷓鴣天〉，衾鳳冷晏幾道〈阮郎歸〉，留夢繞羅幙吳文英〈醉落魄〉。夢斷難尋李之儀〈留春令〉，如雪綴烟薄無名氏〈泛蘭舟〉。侵晨淺約宮黃周邦彥〈瑞龍吟〉，淡籠紈素李宏模〈慶清朝〉，正困倚、鈎闌斜角蔣捷〈解連環〉。　　捲珠箔張元幹〈蘭陵王〉，真個恨殺東風德祐太學生〈念奴嬌〉，東風妒芳約張榘〈應天長〉。愁到今年張炎〈探芳信〉，人比去年覺范成大〈醉落魄〉。

當時翠縷吹花黃廷璹〈宴清都〉，金釵鬪草陳亮〈水龍吟〉，對皓月、忍思量著謝懋〈解連環〉。

蕭評：

前半甚有層次，後段稍浮滑。六、七及十四、十五，本不須作對，而集者截句為偶，能仍自然，亦殊難得也。

許、林校勘（頁237）：

〔東〕張榘應為張矩之誤。

生補正：

「錦鴛」句，「閒」《校勘》本作「閑」，《全宋詞》作「閒」（第五冊，頁3279）。「衾鳳」句，「幾」《校勘》本作「几」，《全宋詞》作「幾」（第一冊，頁237）。「如雪」句，「無」《校勘》本作「无」。「捲珠」句，「捲」《校勘》本作「卷」，《全宋詞》作「卷」（第二冊，頁1073）。

暗香 殘梅（補遺，頁170）

鳳樓人獨張樞〈清平樂〉，見南枝向煖無名氏〈漢宮春〉，染波芬馥石瑤林〈霓裳中序第一〉。天入羅浮周密〈齊天樂〉，宿酒醒遲趙令畤〈蝶戀花〉，恨難續吳潛〈賀新郎〉。到得壽陽宮額劉燾〈花心動〉，甚淺掠、未忺妝束張翥〈聲聲慢〉。但傷心、冷落黃昏辛棄疾〈瑞鶴仙〉，飛去自相逐蔡伸〈醉落魄〉。　香玉溫庭筠〈歸國謠〉，兩簌簌蘇軾〈賀新郎〉，記芳徑暮歸方君遇〈風流子〉，頻泛醽醁施翠岩〈桂枝香〉。坐看不足楊无咎〈兩同心〉，緩步香茵韓縝〈鳳簫吟〉，倚寒竹蔣捷〈賀新郎〉，倚到西廂月上胡翼龍〈西江月〉，又却怨、玉龍哀曲姜夔〈疏影〉。慎莫負張先〈慶佳節〉、朝雪霽吳文英〈祝英臺近〉，白雲在目陳允平〈蕙蘭芳引〉。

蕭評：

全詞尚能把住題面，要自難得。「宿酒醒遲恨難續」，集者分兩句集成，仍以一句為宜，此種句法，可求之〈洞仙歌〉中也。

許、林校勘（頁 238）**：**

〔宿〕此詞又見晏幾道《小山詞》。又誤作晏殊詞，見楊金本《草堂詩餘後集》卷下。〔恨〕現見吳潛詞僅有「腸易斷、有誰續句」句。

生補正：

「見南」句，「煖」《校勘》本作「暖」，《全宋詞》作「暖」（第五冊，頁 3602）。「天入」句，「天」《校勘》本作「夢」，《全宋詞》作「夢」（第五冊，頁 3289）。又，蕭先生「自存」本《蓮寸集》於本闋按語末云：此種句法，可求之〈洞仙歌〉、〈青玉案〉、〈六么令〉等調。

醉蓬萊　歸思（補遺，頁 171）

趁西泠載酒張翥〈真珠簾〉，北阜尋幽李彭老〈一萼紅〉，東郊拾翠易祓〈驀山溪〉。盼得春來張雨〈早春怨〉，奈未成歸計姜夔〈徵招〉。媚臉籠霞僧揮〈念奴嬌〉，仙肌勝雪吳潋〈人月圓〉，悵曲闌獨倚趙以夫〈徵招〉。目斷魂消蘇軾〈蝶戀花〉，野棠如織孫光憲〈後庭花〉，海棠如醉陸游〈水龍吟〉。　七里灘邊方有聞〈點絳脣〉，百花洲畔張炎〈聲聲慢〉，漲綠涵空高士談〈減字木蘭花〉，亂紅飃砌韓琦〈點絳脣〉。家在江南辛棄疾〈滿江紅〉，寄此情千里張先〈師師令〉。幾處房櫳翁元龍〈風流子〉，幾重簾幙黃機〈憶秦娥〉，歎幾縈夢寐吳文英〈鶯啼敘〉。衛玠清羸周邦彥〈大酺〉，蘭成愁悴黃昇〈酹江月〉，那人知未趙聞禮〈魚游春水〉？

蕭評：

全詞緊扣題面，行文亦開合有致。

許、林校勘（頁 239）：

〔家〕「家在」一作「家住」。

生補正：

「亂紅」句，「飀」《校勘》本作「飄」，《全宋詞》作「飄」（第一冊，頁 169）。「歎幾」句，「敘」《校勘》本作「叙」，《全宋詞》作「序」（第四冊，頁 2907）。

醉蓬萊（補遺，頁 171）

正蒲風微過趙功可〈曲游春〉，梨雪初飀梁寅〈燕歸慢〉，榆烟新換張翥〈水龍吟〉。百卉爭妍歐陽修〈采桑子〉，且相期共看周景〈水龍吟〉。落絮橋邊潘元質〈孟家蟬〉，尋芳原上李甲〈過秦樓〉，識秋娘庭院周邦彥〈拜星月慢〉。金鴨香寒張埜〈奪錦標〉，玉龍聲杳趙長卿〈念奴嬌〉，銀蟾光滿柳永〈傾盃樂〉。　楊柳池塘晁冲之〈玉蝴蝶〉，海棠簾箔趙聞禮〈瑞鶴仙〉，拍拍輕鷗張孝祥〈多麗〉，翩翩小燕王沂孫〈南浦〉。困倚危樓秦觀〈減字木蘭花〉，更傷高念遠沈會宗〈漢宮春〉。鮫室珠傾楊子咸〈木蘭花慢〉，犀奩黛卷張鎡〈宴山亭〉，問何時重見陳允平〈拜星月慢〉。憔悴而今劉鎮〈高陽臺〉，素箋寄與詹玉〈桂枝香〉，紫簫吹斷張輯〈疏簾淡月〉。

蕭評：

對仗之工，作家所不甚措意，而集句家獨優為之，蓋欲於此極見精巧耳。

許、林校勘（頁 240）**：**

〔識〕〈拜星月慢〉一作〈拜星月〉。〔憔〕〈高陽臺〉一作〈慶春澤〉。〔紫〕「吹斷」一作「吟斷」。

生補正：

「梨雪」句，「飈」《校勘》本作「飄」。「金鴨」句，「埜」《校勘》本作「野」。「犀匳」句，「匳」《校勘》本作「奩」，「宴」《校勘》本作「晏」。「憔悴」句，「而」《校勘》本作「如」，《全宋詞》作「而」（第四冊，頁 2473）。

齊天樂（補遺，頁 172）

臨窗滴淚研殘墨無名氏〈踏莎行〉，樽前漫題金縷周密〈聲聲慢〉。啼鴃聲中蔣捷〈粉蝶兒〉，飛鴻影裏晏幾道〈少年游〉，偷把秋期頻數李彭老〈念奴嬌〉。秋期又誤劉天廸〈一萼紅〉。正綠芰擎霜馮去非〈喜遷鶯〉，黃蕉攤雨周伯弜〈二郎神〉。爭忍重聽吳文英〈三姝媚〉，蕭蕭金井斷蛩暮張翥〈綺羅香〉。　良宵誰見哽咽張炎〈綺羅香〉？斷腸人寂寞楊冠卿〈謁金門〉，猶記窺戶高觀國〈永遇樂〉。晚月魂清劉光祖〈踏莎行〉，行雲夢冷陳允平〈水龍吟〉，多少關心情緒趙長卿〈念奴嬌〉。慇勤寄與王易簡〈天香〉。向寶鏡鸞釵陸游〈風流子〉，錦紋魚素方千里〈華胥引〉。枉自銷凝史達祖〈慶清朝〉，說愁無處所程垓〈謁金門〉。

蕭評：

行文何等自然，音節亦諧宛，至七、八及十四、十五對偶之工，猶其餘事。

許、林校勘（頁 241）**：**

〔樽〕「樽前」一作「尊前」。〔良〕「誰見」一作「誰念」。〔枉〕「枉自」一作「枉是」。

生補正：

「臨窗」句，「淚」《校勘》本作「泪」。「飛鴻」句，「幾」《校勘》本作「几」，《全宋詞》作「幾」（第一冊，頁 247）。

望湘人（補遺，頁 173）

向烟霞堆裏李萊老〈木蘭花慢〉，水月光中趙汝愚〈柳梢青〉，羅帷繡幕高捲何籀〈宴清都〉。露溼銅鋪姜夔〈齊天樂〉，風傳銀箭柳永〈長相思慢〉，凭久闌干留煖儲詠〈齊天樂〉。載酒圓林陸游〈沁園春〉，吹簫門巷周密〈水龍吟〉，飛梭庭院陳允平〈絳都春〉。為情多、攙盡芳春趙聞禮〈瑞鶴仙〉，懊恨春來何晚無名氏〈買馬索〉。　花下試翻歌扇趙崇嶓〈過春樓〉，映紫蘭嬌小張矩〈孤鸞〉，綠楊輕軟楊无咎〈安公子〉。又誰料而今程垓〈摸魚兒〉，舊事如天漸遠翁孟寅〈燭影搖紅〉。鳳絃常下史達祖〈三姝媚〉，魚封永斷賀鑄〈風流子〉，沒處與人消遣侯寘〈風入松〉。可憐是、依依倚竹高觀國〈金人捧露盤〉，翻作一番新怨王特起〈喜遷鶯〉。

蕭評：

語雖堆砌，亦復靈動。

許、林校勘（頁242）：

〔飛〕「飛梭庭院」原句為「飛梭庭院綉簾間」。〔映〕「映紫蘭嬌小」原句為「下映紫蘭嬌小」。張矩為張榘之誤。

生補正：

「羅帷」句，「捲」《校勘》本作「卷」，《全宋詞》作「卷」（第二冊，頁915）。「凭久」句，「煖」《校勘》本作「暖」，《全宋詞》作「暖」（第四冊，頁2956）。「鳳絃」句，「絃」《校勘》本作「弦」，《全宋詞》作「弦」（第四冊，頁2330）。「可憐」句，「依依倚竹」《校勘》本作「倚竹依依」，《全宋詞》作「倚竹依依」（第四冊，頁2349）。

望湘人（補遺，頁173）

任叫雲橫笛趙師使〈賀聖朝〉，憑月擪簫朱敦儒〈聒龍謠〉，離腸未語先斷盧祖皋〈宴清都〉。龜甲屏開張炎〈壺中天〉，魚麟簟展柳永〈玉蝴蝶〉，幾許傷春春晚賀鑄〈望湘人〉。細葉舒眉張景修〈選冠子〉，垂楊嚲髻吳文英〈江南好〉，野花留靨王特起〈喜遷鶯〉。但莫教、嫩綠成陰俞國寶〈瑞鶴仙〉，孤負芳叢無限程珌〈念奴嬌〉。　　琴罷不堪幽怨張元幹〈水調歌頭〉，正白蘋風急張輯〈釣船笛〉，青蕪烟淡陳允平〈氐州第一〉。對觸目淒涼秦觀〈木蘭花慢〉，荏苒膩寒香變趙崇嶓〈過秦樓〉。文鴛繡履張先〈減字木蘭花〉，乘鸞寶扇趙彥端〈鵲橋仙〉，誰信人間重見劉瀾〈齊天樂〉。暗惹起、一掬相思史達祖〈東風第一枝〉，脈脈兩蛾愁淺陳克〈謁金門〉。

蕭評：

第六句「幾許傷春春晚」，出賀方回詞，亦〈望湘人〉中之第六句，與集者體例相違，顯係疏誤。不如依陸游〈水龍吟〉將首四字易為「紅綠參差」為合。又第九句「野花留靨」之「靨」字，本入聲韻，屬「葉」部，雖宋人如周密〈齊天樂〉亦以「靨」協「嬾」「臉」，究屬未妥。愚意不如以呂渭老〈點絳脣〉之「醉霞凝面」易之，雖對仗不如原集之工，要亦相去不遠也。

許、林校勘（頁 243）：

〔任〕趙師使一名趙師俠。〔青〕「烟淡」一作「烟澹」。

生補正：

「魚鱗」句，「永柳」《校勘》本作「柳永」。「幾許」句，「幾」《校勘》本作「几」，《全宋詞》作「幾」（第一冊，頁 541）。「垂楊」句，「吳文」《校勘》本作「吳文英」。（按：柳永、吳文英應是排印者誤植，校對未校出。）

本書詞調筆畫索引

（依第一字筆畫及本書出現前後排列）

一畫

二畫

三畫

四畫

五畫 45

六畫

七畫

八畫

九畫

十畫

十一畫

十二畫

十三畫

十四畫

十五畫

十六畫

十七畫

十九畫

二十畫

二十一畫

二十二畫

二十三畫

附：本書作者著作目錄表

（一）論著

編號	書名	出版地	出版社	出版時間	頁數
1	《說文解字》中的古文究	台中	手抄本	1970 年 6 月	271 頁
2	袁枚的文學批評	台中	手抄本	1973 年 6 月	568 頁
3	鄭板橋研究	台中	曾文出版社	1976 年 11 月	212 頁
4	吳梅村研究	台中	曾文出版社	1981 年 4 月	377 頁
5	趙甌北研究（上、下）	台北	台灣學生書局	1988 年 7 月	864 頁
6	蔣心餘研究（上、中、下）	台北	台灣學生書局	1996 年 10 月	1305 頁
7	增訂本鄭板橋研究	台北	文津出版社	1999 年 8 月	312 頁
8	增訂本吳梅村研究	台北	文津出版社	2000 年 6 月	418 頁
9	袁枚的文學批評（增訂本）	台北	聖環圖書公司	2001 年 12 月	490 頁
10	古典詩選及評注	台北	文津出版社	2003 年 8 月	473 頁
11	簡明中國詩歌史	台北	文津出版社	2004 年 9 月	341 頁
12	《隨園詩話》中所提及清代人物索引	台北	文津出版社	2005 年 7 月	223 頁
13	清代詩文理論研究	台北	秀威資訊科技公司	2007 年 2 月	246 頁
14	韓柳文選評注	台北	文津出版社	2008 年 9 月	318 頁

15	陶謝詩選評注	台北	秀威資訊科技公司	2008年9月	226頁
16	詩學・詩話・詩論講稿	台中	東海中文研究所講義	2008年9月	391頁
17	歐蘇文選評注	台北	文津出版社	2009年1月	354頁
18	詩與詩人專題研究講稿	台中	東海中文研究所講義	2009年1月	214頁
19	楚辭選評注	台北	秀威資訊科技	2009年4月	306頁
20	山水詩研究講稿	台中	東海中文研究所講義	2009年11月	328頁
21	索引本評點補《麝塵蓮寸集》	台北	秀威資訊科技公司	2011年	273頁

（二）合集・散文

編號	書名	出版地	出版社	出版時間	頁數
1	王建生詩文集	台中	自刊本	1990年7月	168頁
2	建生文藝散論	台北	桂冠圖書公司	1993年3月	254頁
3	心靈之美	台北	桂冠圖書公司	2000年11月	208頁
4	山濤集	台北	聯合文學	2005年8月	206頁
5	一代山水畫大師井松嶺先生傳	井松嶺先生口述，王建生整理		待刊	

（三）詩集

編號	書名	出版地	出版社	出版時間	頁數
1	建生詩稿初集	台中	自刊本	1992年11月	70頁／270首
2	涌泉集	台中	自刊本	2001年3月	145頁／310首

3	山水畫題詩集	台北	上大聯合股份有限公司	2009年12月	136頁／600餘首
4	山水畫題詩續集附畫作	台北	秀威資訊科技公司	2011年出版中	400餘首附有畫作

（四）畫集

編號	書名	出版地	出版社	出版時間	頁數
1	消暑小集（畫冊）	台中	台中養心齋	2006年9月	2（上下卷）長卷軸

（五）收集金石文物

編號	書名	出版地	出版社	出版時間	頁數
1	尺牘珍寶	台中	自刊本	2005年5月	32頁
2	金石古玩入門趣	台北	貓頭鷹出版社	2010年3月	143頁（精裝）

（六）單篇學術論文、文藝創作作品、展演

編號	著作篇名	出版書籍及期刊名稱	卷期、頁數	出版年月
1	鄭板橋生平考釋	東海學報	17卷頁75至92	1976年8月
2	吳梅村交遊考	東海學報	20卷頁83至101	1979年6月
3	吳梅村的生平	東海中文學報	第二期頁177至192	1981年4月
4	屈原的「存君興國信念」與忠怨之辭	遠太人	15期頁53至54	1984年12月

5	淺論我個人對文藝建設的新構想	東海文藝季刊	16 期頁 1 至 5	1985 年 6 月
6	談文學的進化論	東海文藝季刊	17 期頁 3 至 8	1985 年 9 月
7	淺談文學的多元論	東海文藝季刊	20 期頁 6 至 8	1986 年 6 月
8	談文學的波動說	東海文藝季刊	24 期頁 1 至 14	1987 年 6 月
9	「性靈說」的意義	東海文藝季刊	25 期頁 2 至 7	1987 年 9 月
10	清代的文學與批評環境	東海文藝季刊	26 期頁 3 至 27	1987 年 12 月
11	與青年朋友談文藝——須有「個性」	東海文藝季刊	27 期頁 18 至 21	1988 年 3 月
12	與青年朋友談文藝——須有「真」「趣」	東海文藝季刊	33 期頁 7 至 11	1988 年 6 月
13	從文藝創作獎談文藝創作論	東海文藝季刊	28 期頁 2 至 11	1988 年 6 月
14	趙甌北的文學批評——論李白	中國文化月刊	104 期頁 32 至 47	1988 年 6 月
15	趙甌北的史學成就	東海學報	29 卷頁 39 至 53	1988 年 6 月
16	趙甌北的文學批評——論杜甫	中國文化月刊	105 期頁 32 至 41	1988 年 7 月
17	趙甌北交遊	東海中文學報	8 期頁 19 至 66	1988 年 6 月
18	趙甌北的文學批評——論韓愈	中國文化月刊	106 期頁 36 至 44	1988 年 6 月
19	憶巴師（古詩）	巴壺天追思錄	頁 112 至 114	1988 年 8 月
20	與青年朋友談文藝——須有「主」「從」	東海文藝季刊	29 期頁 6 至 9	1988 年 9 月
21	趙甌北的文學批評——論白居易	中國文化月刊	107 期頁 105 至 114	1988 年 9 月
22	趙甌北的文學批評——論歐陽修	中國文化月刊	108 期頁 34 至 38	1988 年 10 月
23	與青年朋友談文藝——須有「結構」	東海文藝季刊	30 期頁 2 至 7	1988 年 12 月

24	趙甌北的文學批評——論王安石	中國文化月刊	110 期頁 27 至 31	1988 年 12 月
25	趙甌北的生平事略	書和人	611 期	1988 年 12 月
26	趙甌北的文學批評——論蘇軾	中國文化月刊	112 期頁 30 至 40	1989 年 1 月
27	與青年朋友談文藝——須有「氣」「象」	東海文藝季刊	31 期頁 2 至 10	1989 年 3 月
28	詩經、楚辭	中國文化月刊	121 期頁 98 至 113	1989 年 11 月
29	漢代詩歌——樂府民歌	中國文化月刊	122 期頁 95 至 105	1989 年 12 月
30	魏晉南北朝民歌	中國文化月刊	123 期頁 65 至 86	1990 年 1 月
31	唐代詩歌（一）	中國文化月刊	124 期頁 27 至 46	1990 年 2 月
32	唐代詩歌（二）	中國文化月刊	125 期頁 73 至 92	1990 年 3 月
33	唐代詩歌（三）	中國文化月刊	126 期頁 83 至 108	1990 年 4 月
34	宋代詩歌（上）	中國文化月刊	128 期頁 59 至 81	1990 年 6 月
35	宋代詩歌（下）	中國文化月刊	129 期頁 66 至 80	1990 年 7 月
36	中國散文史	東海中文學報	9 期頁 33 至 96	1990 年 7 月
37	金元詩歌	中國文化月刊	130 期頁 71 至 80	1990 年 8 月
38	明代詩歌	中國文化月刊	131 期頁 54 至 73	1990 年 9 月
39	清代詩歌（上）	中國文化月刊	132 期頁 68 至 78	1990 年 10 月
40	清代詩歌（下）	中國文化月刊	133 期頁 44 至 62	1990 年 11 月
41	歲暮詠四君子（古詩）	東海校刊	238 期	1990 年 12 月
42	東坡傳	中國文化月刊	135 期頁 36 至 56	1991 年 1 月
43	歐陽修傳	中國文化月刊	138 期頁 43 至 62	1991 年 4 月
44	慶祝開國八十年（古詩）	實踐月刊	816 期頁 12	1991 年 5 月
45	應東海大學書法社國畫社邀請參加師生聯展（展出書法）	在東海大學課外活動中心展出書法		1991 年 12 月
46	題畫詩（八十二首，自題所作水墨畫）	中國文化月刊	152 期頁 87 至 97	1992 年 6 月

47	應中國當代大專教授聯誼會邀請聯展（展出書畫）	在台中文化中心文英館展出		1993 年 1 月
48	應台灣省中國書畫學會邀請聯展（展出書畫）	在台中文化中心文英館展出		1993 年 1 月
49	蔣心餘文學述評——藏園九種曲（一）	中國文化月刊	160 期頁 62 至 82	1993 年 2 月
50	題畫詩（有畫作）	東海文學	38 期頁 37 至 38	1993 年 6 月
51	應中國當代大專書畫教授聯展作品刊出	中國當代大專書畫教授聯展選集	頁 15	1993 年 7 月
52	蔣心餘文學述評——藏園九種曲（二）	中國文化月刊	166 期頁 91 至 110	1993 年 8 月
53	刊出行書中部五縣市書法比賽入選作品	台灣省中國書畫學會會員作品專輯	頁 35	1993 年
54	評「李可染畫論」	書評（雙月刊）	8 期頁 3 至 5	1994 年 2 月
55	蔣心餘文學述評——藏園九種曲（三）	中國文化月刊	173 期頁 75 至 91	1994 年 2 月
56	蔣心餘文學述評——藏園九種曲（四）	中國文化月刊	177 期頁 95 至 118	1994 年 7 月
57	蔣心餘與袁枚、趙翼及江西文人之交遊	東海中文學報	11 期頁 11 至 29	1994 年 12 月
58	也談玉璧	中國文化月刊	194 期頁 121 至 128	1995 年 12 月
59	談玉圭	中國文化月刊	198 期頁 114 至 127	1996 年 4 月

60	應中國當代書畫聯誼邀請「傑出書畫名家聯展」（展出書法、水墨畫）	在美國洛杉磯展出		1996 年 10 月
61	應兩岸書畫交流暨台灣區國畫創作比賽聯展（展出書法、水墨畫）		在台中市文英館展出	聯展作品于 85 年 12 月 1997 年 1 月 31 日出版
62	清代文學家蔣士銓	書和人	823 期	1997 年 4 月 19 日
63	神韻說的意義	中國文化月刊	220 期頁 62 至 67	1998 年 7 月
64	肌理說的意義	中國文化月刊	221 期頁 46 至 48	1998 年 8 月
65	憶江師舉謙	東海大學校刊	7 卷 1 期	1999 年 3 月 10 日
66	憶江師舉謙	東海校友雙月刊	207 期	1999 年 3 月
67	參加「台灣文學望鄉路」現場詩創作	台中文化中心		1999 年 4 月
68	懷念老友松齡兄	東海大學校刊	7 卷 3 期	1999 年 5 月
69	台灣省中國書畫學會會員聯展（展出書畫）		台中市文化中心第三、四展覽室	1999 年 11 月 20 日至 12 月 2 日
70	揚州八怪的鄭板橋	書和人	910 期	2000 年 9 月 16 日
71	韓愈的生平、柳宗元的生平	未刊稿（後收在《山濤集》）	頁 80 至 113	1999 年 8 月
72	憶方師母	方師母張懋言女士紀念文集	頁 152	2001 年 6 月
73	捐出書畫、參與財團法人華濟醫學文教基金會舉辦「關懷心，濟世情」書畫義賣會		地點：嘉義華濟醫院	2001 年 8、9 月
74	參與台灣省中國書畫學會聯展（展出書畫）		台中市文化中心文英館	2001 年 12 月 15 日
75	參加台灣省中國書畫學會聯展（展出書畫）		彰化社教館	2002 年 11 月

76	參加台灣省中國書畫學會聯展（展出書畫）	台中市文化中心文英館		2003 年 8 月 23 日
77	應台中科博館邀請演講〈菊花與文學〉	台中科博館		2003 年 11 月
78	《菊花與文學》	《東海文學》	第 55 期 83－87 頁	2004 年 6 月
79	〈從《興懷集》、《獨往集》看蕭繼宗先生生平與人格思想〉	《緬懷與傳承——東海中文系五十年學術研討會》	頁 93-123	2005 年 10 月
80	參加台灣省中國書畫學會書畫聯展主題畫廊（展出書畫）	台中市文化中心文英館		2005 年 10 月 1 日
81	應邀北京大學中文系講座，題目：乾隆三大家：袁枚、趙翼、蔣士銓	北京大學中文系		2006 年 4 月
82	參加第九屆東亞（台灣、韓國、日本）詩書展	台中市文化中心	收在《作品集》31～32 頁	2006 年 5 月
83	〈從《興懷集》、《獨往集》看蕭繼宗先生生平與人格思想〉	東海中文學報	18 期頁 131～162	2006 年 7 月
84	參加台灣省中國書畫學會書畫聯展（展出書畫）	台中市稅捐處畫廊		2006 年 10 月
85	〈袁枚、趙翼、蔣士銓三家同題詩比較研究〉	東海大學中文系教師論文發表會	42 頁	2006 年 11 月
86	大雪山一日遊——中文系系友會紀實	《東海人》季刊	第六期第二版	2007 年 5 月 20 日
87	參加 2007 台灣省中國書畫學會會員聯展（展出書畫）	台中市文化局文英館主題畫廊	有《作品集》刊出	2007 年 7 月 14 日

<table>
<tr><td>88</td><td>〈袁枚、趙翼、蔣士銓三家同題詩比較研究〉</td><td>《東海中文學報》第 19 期</td><td colspan="2">頁 139～194</td><td>2007 年 7 月</td></tr>
<tr><td>89</td><td>接受《東海文學》專訪，題目：〈他的專情專心與專一〉</td><td>《東海文學》</td><td colspan="2">第 58 期頁 53～59</td><td>2007 年 6 月</td></tr>
<tr><td>90</td><td>兩岸大學生長江三角洲考察活動參訪紀實</td><td>《東海校訊》</td><td colspan="2">131 期第 3 版</td><td>2007 年 10 月 31 日</td></tr>
<tr><td>91</td><td>從《興懷集》、《獨往集》看蕭繼宗先生生平與人格思想</td><td>《東海中文系五十年學術傳承研討會論文集》</td><td>台北：文津出版社</td><td>頁 130～168</td><td>2007 年 2 月</td></tr>
<tr><td>92</td><td colspan="2">參加台灣省中國書畫學會會員聯展（展出書畫）</td><td colspan="2">台中市稅捐處畫廊</td><td>2008 年 11～12 月</td></tr>
<tr><td>93</td><td>「博愛之謂仁」書法</td><td>台北：《新中華》雜誌</td><td colspan="2">第 28 期 46 頁</td><td>2009 年 1 月</td></tr>
<tr><td>94</td><td colspan="2">「台灣省中國書畫學會」及「台中市青溪新文藝學會」在台中市後備指揮部舉辦「吉祥聯誼」團拜，王建生資深理事：精進書藝，著作《陶謝詩選評注》表現卓越，推展中華文化有功，接受表揚。</td><td colspan="2">台中市後備指揮部</td><td>2009 年 2 月 15 日</td></tr>
<tr><td>95</td><td colspan="2">「台灣省中國書畫學會」、台中市青溪新文藝學會聯展（展出書畫）</td><td colspan="2">台中市後備指揮部官兵活動中心大禮堂</td><td>2009 年 10 月 10 日</td></tr>
<tr><td>96</td><td colspan="2">赴南京大學學術交流，題目：袁枚與《隨園詩話》。並列為「明星講座」</td><td colspan="2">南京大學文學院</td><td>2009 年 10 月 21 日起一個月</td></tr>
<tr><td>97</td><td colspan="2">台灣省中國書畫學會聯展</td><td colspan="2">台中文化中心大墩藝廊（四）</td><td>2010 年 8 月 21 日至 2010 年 9 月 2 日</td></tr>
</table>

<table>
<tr><td>98</td><td colspan="2">大道中國書畫學會聯展</td><td colspan="2">台中文化中心大墩藝廊（四）</td><td>2010年8月21日至2010年9月2日</td></tr>
<tr><td>99</td><td colspan="2">台中文藝交流協會聯展</td><td colspan="2">台中財稅局藝廊</td><td>2010年9月1日至2010年9月30日</td></tr>
<tr><td>100</td><td colspan="2">蕭繼宗先生言景詩的探討</td><td colspan="2">東海大學中文系教師發表會</td><td>2010年10月28日</td></tr>
<tr><td>101</td><td>敬悼鍾教授慧玲</td><td colspan="2">東海大學中文系鍾慧玲教受紀念集</td><td>頁16至17</td><td>2011年1月</td></tr>
<tr><td>102</td><td colspan="2">台灣省中國書畫學會2011會員聯展</td><td colspan="2">台中市立大墩文化中心門廳大墩藝廊（四）</td><td>2011年2月12日至17日</td></tr>
</table>

語言文學類　PG0541

鏤金錯采的藝術品
——索引本評校補《霽塵蓮寸集》

作　　者 / 王建生
責任編輯 / 林千惠
圖文排版 / 鄭佳雯
封面設計 / 王嵩賀

發 行 人 / 宋政坤
法律顧問 / 毛國樑　律師
印製出版 / 秀威資訊科技股份有限公司
114 台北市內湖區瑞光路 76 巷 65 號 1 樓
電話：+886-2-2796-3638　傳真：+886-2-2796-1377
http://www.showwe.com.tw
劃撥帳號 / 19563868　戶名：秀威資訊科技股份有限公司
讀者服務信箱：service@showwe.com.tw
展售門市 / 國家書店（松江門市）
104 台北市中山區松江路 209 號 1 樓
電話：+886-2-2518-0207　傳真：+886-2-2518-0778
網路訂購 / 秀威網路書店：http://www.bodbooks.com.tw
國家網路書店：http://www.govbooks.com.tw
圖書經銷 / 紅螞蟻圖書有限公司
114 台北市內湖區舊宗路二段 121 巷 28、32 號 4 樓
電話：+886-2-2795-3656　傳真：+886-2-2795-4100

2011 年 04 月 BOD 一版
定價：350 元

國家圖書館出版品預行編目

鏤金錯采的藝術品：索引本評校補《蟫廬蓮寸集》/ 王建生
著. -- 一版. -- 臺北市：秀威資訊科技, 2011.04
面； 公分. -- (語言文學類；PG0541)
BOD 版
ISBN 978-986-221-727-6(平裝)

833.5 100003799

讀者回函卡

感謝您購買本書，為提升服務品質，請填妥以下資料，將讀者回函卡直接寄回或傳真本公司，收到您的寶貴意見後，我們會收藏記錄及檢討，謝謝！

如您需要了解本公司最新出版書目、購書優惠或企劃活動，歡迎您上網查詢或下載相關資料：http:// www.showwe.com.tw

您購買的書名：＿＿＿＿＿＿＿＿＿＿＿＿＿＿＿＿＿＿＿＿

出生日期：＿＿＿＿年＿＿＿＿月＿＿＿＿日

學歷：□高中（含）以下　□大專　□研究所（含）以上

職業：□製造業　□金融業　□資訊業　□軍警　□傳播業　□自由業

□服務業　□公務員　□教職　□學生　□家管　□其它＿＿＿

購書地點：□網路書店　□實體書店　□書展　□郵購　□贈閱　□其他

您從何得知本書的消息？

□網路書店　□實體書店　□網路搜尋　□電子報　□書訊　□雜誌

□傳播媒體　□親友推薦　□網站推薦　□部落格　□其他＿＿＿＿

您對本書的評價：（請填代號　1.非常滿意　2.滿意　3.尚可　4.再改進）

封面設計＿＿　版面編排＿＿　內容＿＿　文／譯筆＿＿　價格＿＿

讀完書後您覺得：

□很有收穫　□有收穫　□收穫不多　□沒收穫

對我們的建議：＿＿＿＿＿＿＿＿＿＿＿＿＿＿＿＿＿＿＿＿

＿＿＿＿＿＿＿＿＿＿＿＿＿＿＿＿＿＿＿＿＿＿＿＿＿＿＿

＿＿＿＿＿＿＿＿＿＿＿＿＿＿＿＿＿＿＿＿＿＿＿＿＿＿＿

＿＿＿＿＿＿＿＿＿＿＿＿＿＿＿＿＿＿＿＿＿＿＿＿＿＿＿

請貼
郵票

11466
台北市內湖區瑞光路 76 巷 65 號 1 樓
秀威資訊科技股份有限公司 收
BOD 數位出版事業部

（請沿線對折寄回，謝謝！）

姓　　名：＿＿＿＿＿＿＿＿　年齡：＿＿＿＿　性別：□女　□男

郵遞區號：□□□□□

地　　址：＿＿＿＿＿＿＿＿＿＿＿＿＿＿＿＿

聯絡電話：(日)＿＿＿＿＿＿＿＿(夜)＿＿＿＿＿＿＿＿

E-mail：＿＿＿＿＿＿＿＿＿＿＿＿＿＿＿＿